合格必勝！

しんにほんごのうりょくしけん

新日本語能力試験 JLPT Japanese-Language Proficiency Test

新日檢 N2 必考文法總整理

劉文照・海老原博★編著

笛藤出版

♪ MP3音檔請掃描QR Code或至下方連結下載：

https://bit.ly/DTJLPTN2

★請注意英數字母＆大小寫區別★

■日文發聲｜林 鈴子・須永賢一

■中文發聲｜常青

前　言

日本語能力試驗已經實施了 20 多年，日語教育在此期間也有相當不錯的發展，為了適應語言教育的潮流變化和學習多元化測試目的，自 2010 年 7 月份起，日本國際交流學基金會與日本國際教育支援協會針對日本語能力試驗進行了大幅度的調整，新的能力試驗更注重日語的實際運用能力。而本書是根據其公布的《新日本語能力試驗指南》以及新版能力試驗題型編寫而成的。

編者深入研究並總結了能力試驗指南以及近年考試的題庫，精心整理歸納之後編寫了本書。全書由「助詞」、「助動詞」、「指示語 · 接尾語」、「機能語 · 句型」、「敬語」五大部分組成，有系統的涵蓋了 N2 新日本語能力試驗要求掌握的語法知識。

本書的主要特點如下：

★ **以新能力試驗的變革為依據**　不僅包含教學要求中所需要掌握的語法要點、句型，還根據新能力試驗指導方針，增加了部分語法的表達形式。

★ **按照語法功能分類編寫**　日語語法中有不少類似的表達形式，分類編寫可讓學習者在一定程度上區分並清楚各種表達型式的異同。

★ **摘錄題型例解**　本書篩選並摘錄了歷年考試的正式考題，將相應的語法考試重點歸納至相關句型的條目中，方便學習者了解該考題的重點。

★ **對比辨析，重點説明**　對容易混淆的部分語法、句型，進行較詳盡的對比分析，並針對其中的重點或難以理解的部分作了補充説明、提醒。

★ **相應題型練習**　每一個章節後面都有按照新的題型設計了相應的的練習題，有助於學習者及時掌握相關內容並適應新的考試型態，滿足實際上的運用需求。附錄中對練習題的答案進行了簡明扼要的解析，幫助自學者「知其然，並知其所以然」。

本書在編纂過程中，參考了不少書籍與文獻，並借用其中少部分的例句，在此向相關的著者及編者表達深深謝意。其餘大部分的例句則是由本書另一位作者海老原博老師編寫。

本書除了主編劉文照、海老原博外，其他編纂成員尚有：海老原恭子、陳麗娜、陳平安、陳月琴、張夢海、張子清、李小愛、王瑾、奚桂華、張玲、吳麗萍、錢敏、蕭國英、葉文興、張溯、柴文友、過燕飛、黃洁秀、蔣新龍、李海燕、劉雁、王紅平、陳賢光、楊華業、王文明、楊超駿等人。

限於作者水平，書中若有不妥之處，尚請諸位讀者多家諒解並歡迎各方寶貴意見。

編　者　2012 年 7 月

★ JLPT 日本語能力試驗 ★

（にほんごのうりょくしけん）

日本語能力試驗，一年舉辦兩次，於每年７月及１２月上旬的星期日舉行測驗。
報名期間分別於每年的４月１日～１５日以及９月１日～１５日左右，
採網路登錄資料→繳費→郵寄的方式報名，可別錯過報名時間哦！

<table>
<tr><th>級數</th><th>測驗項目總分</th><th>通過標準</th><th>各項通過門檻</th><th>費用</th></tr>
<tr><td>N１</td><td rowspan="2">言語知識　６０分
（文字・語彙・文法）
讀解　６０分
聽解　６０分
合計　１８０分</td><td>１００分</td><td>言語知識　１９分
讀解　１９分
聽解　１９分</td><td rowspan="5">１５００元</td></tr>
<tr><td>N２</td><td>９０分</td><td>言語知識　１９分
讀解　１９分
聽解　１９分</td></tr>
<tr><td>N３</td><td>言語知識　６０分
（文字・語彙）
文法・讀解　６０分
聽解　６０分
合計　１８０分</td><td>９５分</td><td>言語知識　１９分
讀解　１９分
聽解　１９分</td></tr>
<tr><td>N４</td><td rowspan="2">言語知識（文字・語彙）
文法・讀解　１２０分
聽解　６０分
合計　１８０分</td><td>９０分</td><td>言語知識・讀解　３８分
聽解　１９分</td></tr>
<tr><td>N５</td><td>８０分</td><td>言語知識・讀解　３８分
聽解　１９分</td></tr>
</table>

※ 更多最新資訊請上財團法人語言訓練測驗中心網站查詢—
https://www.lttc.ntu.edu.tw/JLPT_news.aspx

目次

第一章 助詞

第二章 助動詞

第三章 指示語・接尾語

第四章 機能語・文型

★壹★ 時間・場合・共起・繼起・同時

★貳★ 原因・理由・契機・目的

★参★ 條件（逆接・讓步・假定・確定）

★肆★ 手段・根據・基準・例示・並列・展開

★玖★ 範圍・限界・限定

★拾★ 可能・義務・禁止・勸誘・請求・注意

★拾壹★ 推斷・斷定・主張

第五章 敬語

★壹★ 尊敬語

★貳★ 謙讓語

第一章

助　詞

① くせに／くせして ＊ 1. 2. 可是／卻……

1-01 接續助詞

接續
- 名詞「の形」＋くせに／くせして
- ナ形容詞「な形」＋くせに／くせして
- イ形容詞「辭書形」＋くせに／くせして
- 動詞「辭書形」＋くせに／くせして
- 各詞類「た形」＋くせに／くせして

意義① 跟「～のに」(⇨ N4) 的語法意思類似，指出前項和後項不吻合的事實，多用於說話者的指責、批評某主体。「くせして」跟「くせに」相同，但語氣更隨和一些。

例

❶ 警察のくせして、強盗(ごうとう)を見て逃(に)げるなんて、とんでもない。
身為員警，看到強盜（作案）卻逃之夭夭。真是太離譜了！

❷ 彼女は、あの男が嫌いなくせに、よく付き合っているね。お金を狙(ねら)っているのかなあ。
她明明很討厭那個男的，還能和他交往。大概是看上了他的錢吧。

❸ あの人、日本に３年もいたくせに、日本語であいさつもできないんだよ。まったくあきれちゃうよ。
他在日本待了三年，卻連寒暄語之類的簡單日語都不會說。實在是讓人跌破眼鏡。

意義② 作為倒裝句，「くせに」也可以用來結束句子，為語氣助詞的用法。「くせして」無此用法。

❶ 彼も一流大学に入りたいと言っているんだよ。あんな悪い成績のくせに。
他也說他想考一流大學。明明成績就那麼爛……。

❷ 彼女はこれもほしい、あれもほしいと言っている。お金がないくせに。
她一會兒說要買這個，一會兒又說要買那個。明明就沒錢……。

❸ 余計(よけい)なことを言うなよ。何も分からないくせに。
別插嘴！明明什麼都不知道……。

② つつ ＊ (1) 一邊……，……的同時 (2) 雖然……，但是……

接續助詞

接續 (1) 動詞「連用形」＋つつ

意義 跟「～ながら」(⇨ N5) 的語法意思相同，表示一邊做前項的事情，一邊做後項的事情。書面語。

例

❶ 遠くに見える山を眺めつつ、家族への思いに耽っていた。
一邊眺望著遠方依稀可見的群山，一邊沉浸在思念家人的思緒之中。

❷ 彼は足の痛みを我慢しつつ、ゴールまで走りぬいた。
他一邊忍著腳痛，一邊（咬緊牙關）跑到了終點。

❸ アジア漢字圏で漢字の字体を統一することの意義を検討しつつ、統一することにかかわる問題を探って行きたいと思っています。
我認為，在討論亞州漢字圈統一字體的意義時，也應該要探討與其相關的問題。

接續 (2) 動詞「連用形」＋つつ（も）

意義 跟「～ながら（も）」(⇨本書 P.4) 的語法意思相同，表示逆接，用來連接內容互相矛盾的前後項。

例

❶ 主人は「すぐ起きるよ」と言いつつ（も）、なかなか起きようとしない。
老公雖然嘴上說「我馬上起床」，可就是賴在被窩裡不肯起來。

❷ 今度こそ彼女にプロポーズしようと思いつつも、どうしても勇気を出せなかった。
雖然心裡想這次一定要向她求婚，可是怎麼也拿不出那股勇氣。

❸ タバコは体に悪いと知りつつも、つい吸ってしまう。
雖然知道抽菸有害健康，但最後還是抽了。

説明

大多表示認知（心理、思維活動）、愛憎的動詞，如「悩む・言う・思う・考える・知る・好きになる・嫌きらう」等一起使用。
像下面的這樣的句子有些不自然。

■彼はお金がありつつ、私に貸してくれない。
■2時間も待ちつつ、彼女は来なかった。
■そろそろ会議が始まりつつ、会場には誰もいない。

③ どころか ＊ (1) 哪裡是……　(2) 別說是……／就連……也沒有……

接續助詞

接續 (1)
- ◆ 名詞＋どころか
- ◆ ナ形容詞語幹＋どころか
- ◆ ナ形容詞「な形」＋どころか
- ◆ イ形容詞「辭書形」＋どころか
- ◆ 動詞「辭書形」＋どころか

意義 肯定式作謂語，表示根本就不是前項，而是相反的後項。用於從根本上推翻說話者的預想或問話人的期待。

例

❶ A：今日、田中さんは病気で休暇を取って会社を休んだそうだ。
　B：病気どころか、元気いっぱいで株式取（かぶしきと）り引（ひ）き所（じょ）で株の売買（ばいばい）をしているのを見かけたよ。

A：聽說田中今天請病假沒來上班。
B：哪有生病，我看見他精神抖擻地在證券交易所炒股票呢。

❷ A：どう？先週見に行ったあの川は水がきれいだっただろう。
　B：きれいなどころか／きれいどころか、臭（くさ）い匂（にお）いが漂（ただよ）っていたよ。

A：怎麼樣？上周你去看的那條河流，河水很乾淨吧。
B：哪裡乾淨了，整條河散發著陣陣惡臭。

❸ A：もしもし、最近、京都は涼しくなった。
　B：涼しいどころか、毎日34度、35度で、暑くてたまらない。

A：喂。現在京都天氣轉涼了嗎？
B：涼快什麼呀，每天 34 度、35 度的高溫，簡直熱得受不了。

接續 (2)
- ◆ 名詞＋どころか～も～ない
- ◆ ナ形容詞語幹＋どころか～も～ない
- ◆ ナ形容詞「な形」＋どころか～も～ない
- ◆ イ形容詞「辭書形」＋どころか～も～ない
- ◆ 動詞「辭書形」＋どころか～も～ない

意義 否定式作謂語，表示別說是前項，就連有可能出現的或最起碼、最低標準的後項都沒有出現的意思。

例

❶ 最近は多忙（たぼう）で、旅行どころかコンサートに行く暇もない。

最近很忙，別說是去旅行，就連聽場音樂會的空閒時間都沒有。

❷ A：今晩お暇ですか。
　B：暇どころか、仕事が多くていつ帰れるかも分からない。

A：今晚有空嗎？
B：哪來的空閒時間，工作多到連今晚什麼時候能回家都不知道呢。

❸ A：借りた部屋は広いですか。

B：広いどころか、ベッドのほかに机を置く場所もないぐらいだ。

A：你租的房子大嗎？

B：哪裡談得上大呀。擺了張床後，連放書桌的空間都快沒有了。

❹ 登山（とざん）で足にけがをして歩くどころか、立つこともできないぐらいだ。

登山時腳受傷了，別說走路了，連站都快站不起來。

4 とも ＊ 頂多、至少……

1-02 接續助詞

接續 イ形容詞「く形」＋とも

意義 副助詞「とも」用於對數量、程度的估計。多為固定用法。常見的有「多くとも、少なくとも、早くとも、遲くとも、長くとも、短くとも」等。

例

❶ ここから目的地（もくてきち）までは多くとも 10 キロはあるまい。

從這裡到目的地不超過 10 公里。

❷ うちから学校まで歩いて行くと、長くとも 20 分ぐらいだ。

從我家走路到學校，最多也只需要花 20 分鐘左右。

❸ 彼は早くとも午後 4 時ごろにこちらに着くだろう。

估計他最快會在下午 4 點左右到這裡吧。

❹ 今日は遅くとも 8 時までに帰れると思う。

我想今天最晚在 8 點半之前可以回到家。

5 ながら（も） ＊ 雖然……，但是……

接續助詞

接續
- 名詞（＋であり）＋ながら（も）
- ナ形容詞語幹（＋であり）＋ながら（も）
- イ形容詞「辭書形」＋ながら（も）
- 動詞「連用形」＋ながら（も）

意義 表示轉折，跟「が／けれども／のに」（⇨ N5、N4）的語法意思類似，後項多為意外的結果。

例

❶ 田中さんは学生の身（み）でありながら、いくつもの会社を経営（けいえい）している。

雖然田中還是個大學生，但已經擁有好幾家公司了。

❷ 国際交流に微力ながら、貢献できればと思っておりますので、よろしくお願いいたします。
雖然能力有限，但我仍想為國際交流活動做點貢獻，尚請諸位多多指教。

❸ 狭いながらも、ようやく自分の持ち家を手に入れて嬉しかった。
雖然坪數不大，但很高興總算有了自己的房子。

❹ 彼女はその店で大安売りすることを知っていながら、私に教えてくれないで、一人でこっそりと安いものをたくさん買って帰った。
她明明知道那家店在特賣，卻不告訴我，自己偷偷跑去買了很多特價品。

6 もので ＊ 因為、由於……

接續助詞

接續
◆ 名詞「な形」＋もので
◆ ナ形容詞「な形」＋もので
◆ イ形容詞「辭書形」＋もので
◆ 動詞「辭書形」＋もので
◆ 各詞類「た形」＋もので

意義 跟「～ものだから」(⇨ N3) 的語法意思類似，表示原因，語氣比較強烈。在比較隨意的對話中，還可以用「もんで」。

例

❶ 連日悪天候なもので、観光客が少なかった。
連日的惡劣天氣，使得觀光客變少了。

❷ 何をしてもせっかちなもので、失敗ばかりしている。
因為無論做什麼事都很急躁，所以老是失敗。

❸ 海が荒かったもので、今日は一匹も釣れなかった。
因為海浪太大，所以今天連一條魚也沒釣到。

❹ 彼は約束の時間に遅れたもので、彼女に怒られた。
她生氣因為他約會遲到了。

❼ ものなら ＊（1）如果能……（2）如果……

⊙1-03 接續助詞

接續 （1）可能動詞「辭書形」＋ものなら

意義 用於假設本來很難實現的事情如果能實現的話，以此條件下去做後項。後項多用表示嘗試或願望、期待等意思的表達形式。比較隨意的對話中，可以用「もんなら」。

例

❶ 少年時代に戻れるものなら戻ってみたい。
如果能回到少年時代的話，真想回去看看啊。

❷ スケジュールが詰（つ）まっているが、兄が結婚するので、国に帰れるものなら帰りたい。
雖然日程排得滿滿的，不過因為我哥哥要結婚，如果能回國的話真想回去一趟。

❸ A：あなたにこのことがやれるものなら、やってもらおうか。
B：自信があまりないですけど、いちおうやらせてもらいます。
A：這項工作如果你能做的話你就做吧。
B：雖然沒什麼自信，但總之先讓我來試試看吧。

接續 （2）動詞「う形」＋ものなら

意義 表示萬一做了／出現本來不該有的事情，恐怕會產生嚴重後果。

例

❶ あの人に発言（はつげん）させようものなら、一人で何時間でもしゃべっているだろう。
如果讓他發言的話，恐怕會一個人嘮叨好幾個小時吧。

❷ ちょっとでも間違いをしようものなら、上司にひどく怒られる。
只要出一點點差錯，就會遭到上司的嚴厲訓斥。

❸ 近頃（ちかごろ）は、レストランなどで騒（さわ）ぐ子どもをしかろうものなら、逆（ぎゃく）にこちらがその親に文句（もんく）を言われてしまう。
最近，如果看見在餐廳等場合打打鬧鬧的孩子而說他們幾句的話，反而會遭到孩子家長的抱怨。

⑧ ものの ＊ 雖然……但是……

接續助詞

接續 ◆ 名詞＋であるものの
◆ ナ形容詞「な形」＋ものの
◆ イ形容詞「辭書形」＋ものの
◆ 動詞「辭書形」＋ものの
◆ 各詞類「た形」＋ものの

意義 表示後項的結果並不順應前項的事實發展。

例

❶ 相手は子供であるものの、なかなか手(て)ごわい。 雖然對方是個孩子，但滿難對付的。

❷ 生活が相当(そうとう)に豊(ゆた)かなものの、被災地(ひさいち)に一円も寄付(きふ)しない人がいる。 有的人雖然生活很富有，可是連一毛錢也不願意捐給災區。

❸ それは高いもののよく売れている。 雖然那個東西很貴，但十分暢銷。

❹ 輸入果物(ゆにゅうくだもの)は高いものの、珍しいらしく人気があって、よく売れている。 雖然進口水果價格不菲，但由於稀少，倒是也很受青睞十分暢銷。

❺ 若い人に人気のあるゲームだというので、やってはみたものの、私には無理だった。 聽說是很受年輕人喜愛的遊戲，我就跟著玩看看，結果發現這遊戲不適合我。

⑨ きり

副助詞

＊(1)(2)(3)只有、僅有…… (4)一……就……（再也沒）／只……（再也沒）
(5)表示最後機會／一直……

接續 (1) 數量詞＋きり

意義 謂語為肯定式，語法意思跟「だけ」(⇨ N5) 相同，表示對數量的限定、限制。口語中「きり」有時也可以說成「っきり」。

例

❶ 広い部屋で二人きりで話していた。 寬敞的房間裡只有他們兩個人在交談。

❷ たくさん買い物をした。残りは二千円きりだった。 買了很多東西。錢包裡只剩下兩千日元了。

接續 (2) 名詞＋きり

意義 謂語為肯定式，語法意思跟「だけ」(⇨ N5) 相同，表示對人物、物品、事情等加以限制或限定。

例

❶ お父さんが行っていたのは小学校きりなのよ。　爸爸只上過小學。

接續 (3) ◆ 數量詞＋きり～ない
◆ 數量詞＋きりしか～ない

意義 謂語為否定式，語法意思跟「しか～ない」(⇨N5) 相同，表示數量上的限定、限制。

例

❶ 部屋に残っているのは二人きりしかいない。　房間裡只留下兩個人。

❷ 漢方薬（かんぽうやく）は二回きり飲みませんでした。　中藥只吃了兩次。

接續 (4) 名詞（＋助詞）＋きり～ない／名詞（＋助詞）＋きりしか～ない

意義 謂語為否定式，語法意思跟「しか～ない」(⇨N5) 相同，表示對人物、物品、事情等加以限制或限定。

例

❶ 今日、そのデパートで買ったのはこのカバンきりしかない。　今天在那家百貨公司只買了這個皮包。

❷ 僕がやれるのはこの仕事きりしかないから、しかたがない。　沒辦法我能做的只有這項工作。

❸ お父さんは小学校きり行っていなかった。　爸爸只上過小學。

接續 (5) 動詞「た形」＋きり

意義 表示以此為最後機會，再也沒有發生過預測或期待的事情。

例

❶ ちょっとスーパーまでと言って出て行ったきり、彼女は帰って来なかった。　她說她去趟超市就回來，可是出門後到現在都還沒有看到人。

❷ 大学時代にいつも隣の席に座っていた内田（うちだ）さんは今ごろどうしているだろう。卒業した翌年（よくとし）に一度会ったきりだ。　不知道大學時代一直坐我隔壁的內田同學現在在做什麼呢？畢業的隔年我有見過他一面，之後就沒再連絡了。

❸ 父は三年間、寝たきりの状態（じょうたい）です（＝寝たきりで起きられない状態です）。　長達三年的時間，父親一直臥病不起。

說明

也可以用「これっきり」「それっきり」「あれっきり」的形式，產生接續詞的作用。

■ 本田（ほんだ）さんとは 20 年前に一度会って、それっきり会っていない。
／跟本田小姐只有在 20 年前見過一面，從那之後就再也沒有見過面。

10 だけ

＊ (1) 盡情地…… (2) 儘可能…… (3) 足以…… (4) 隨之……／相應地……

1-04 副助詞

接續 (1) ◆ ナ形容詞「な形」＋だけ
◆ 名詞＋がほしいだけ
◆ 動詞「連用形」＋たいだけ

意義 表示將事情做到盡興為止，想怎麼做就怎麼做。使用動詞時，一般將動詞重複使用。不過，能接續的形容詞十分有限。

例

❶ 蜜柑（みかん）はたくさん買ってあるので、好きなだけ持って行きなさい。
我買了好多橘子，你隨便拿吧（喜歡拿多少就拿多少）。

❷ 彼女は両親からほしいだけ小遣（こづか）いをもらえるそうだ。
聽說她想要多少零用錢就能從父母那裡拿到多少。

❸ すぐ帰るなんて言わないで、私の家にいたいだけいてください。
別說什麼要馬上回去這種見外的話，在我這裡你想待多久就待多久。

接續 (2) 可能動詞「辭書形」＋だけ

意義 將動詞重複使用，表示用最大程度做件某事情。

例

❶ 持てるだけ持って行ってください。
能帶多少請你就帶多少走吧。

❷ どうぞご遠慮（えんりょ）なく召（め）し上（あ）がれるだけ召し上がってください。
別客氣，請您盡情地享用吧（能吃多少就吃多少）。

❸ 明日はできるだけ早く来てほしいんですが。
希望你明天儘量早到。

接續 (3) 動詞「辭書形」＋だけの＋名詞

意義 表示達到足以做該動作的程度。

例

❶ 僕はもう大人だ。一人で生きていけるだけの力がある。
我已經長大了。我有獨自生活的能力。

❷ 若いころはお金がなくて、その日の食事にも困ることがあった。そんなとき下宿(げしゅく)のおばさんは、私に食事をごちそうしてくれたばかりか、しばらく暮らせるだけのお金まで貸してくれた。
年輕時沒有錢，有時候甚至籌不出一天的飯錢。那時，讓我寄宿的阿姨不僅請我吃飯，還借給我足以維持生活的費用。

接續 (4)◆動詞「た形」+だけ
◆動詞「ば形」+それだけ
◆動詞「た形」+ら、それだけ

意義 表示後項隨著前項發生相應的變化。

例

❶ 収入(しゅうにゅう)が増えただけ(=収入が増えたら、それだけ)、税金(ぜいきん)も多くなった。
收入增加了，要繳的稅金也變多了。

❷ お金を借りれば、借りただけ(=借りれば、それだけ)利子(りし)を払わなければならない。
借錢的時候，借愈多錢就得付愈多的利息。

❸ 早く出かけたら、それだけ(=早く出かけただけ)早く帰れるから、そろそろ出かけよう。
早點出門就可以早點回家，所以我們現在差不多該出發了吧。

11 ったら/たら

＊(1)真是的⋯⋯ (2)快點⋯⋯ (3)不是⋯⋯嗎？ **副助詞**

接續 (1)名詞+ったら/たら

意義 多數接在人稱代詞後面，偶爾也接在物品後面。「ったら/たら」跟「は」的語法意思類似，即用於提示話題，但含有指責、埋怨等語氣，所以後項多為負面內容。主要為女性或兒童用語。

例

❶ 君ったら、どこへ行ってたの？あちこち探(さが)してたよ。
你這傢伙，剛才跑到哪兒去了？讓我找好久。

❷ 私ったら、また相手の名前を間違(まちが)えた。
我也真是的，又把對方的名字給叫錯了。

接續 (2) 句子普通體＋ったら／たら

意義① 接在句子的末尾，為語氣助詞的用法，表示招呼並催促對方按照說話者的意志做某事情。主要為女性或兒童用語。

例

❶ 速くしろったら。遅いなあ。　你動作可以快點嗎？慢死了。

❷ はやく起きなさいったら。向こうが私たちを待ってますから。　你快點起床吧。對方在等我們呢。

❸ ねえ、ひと晩(ばん)でもいいから、海に面(めん)したホテルに泊まろうったら。　我說，哪怕一個晚上也好，就選擇一個海濱賓館住一晚吧。

意義② 接在句末，用於因對方對自己的懷疑等而表示強烈的不滿。

例

❶ A：太郎(たろう)と良子(りょうこ)ちゃん、静かに。ママは本を読んでいるんだから。　A：太郎和良子，安靜點！媽媽正在看書。
B：…(騒ぎが続いている)　B：……(還在繼續打鬧)
A：しいっ、静かにったら。　A：噓，不是叫你們安靜嗎！

❷ A：ああ、お腹(なか)が空(す)いた。あの、何か食べる物を作ってくれない？　A：啊啊，我肚子餓了。幫我做點吃的吧。
B：今、その気分(きぶん)じゃないの。　B：我現在沒心情做。
A：頼(たの)むよ。　A：拜託啦。
B：いやだったら。あなた、手がないの？　B：我不是說過我不想做嗎？你自己是沒手嗎？

說明

前接單詞的最後一個假名為「ん」時只能用「たら」。例如：「おかあさんたら、おとうさんたら」等。其他場合「たら」「ったら」均可用。例如：「私たら／ったら、あなたたら／ったら」等。

⑫ ってば／てば

＊ (1) 真是的……
(2) 1. 快點……　2. 不是……嗎？

副助詞

接續 (1) 名詞＋ってば／てば

意義 跟「ったら／たら」的語法意思相同，用於提示話題。主要為女性或兒童用語。

例

❶ お母さんってば、アメリカへ行ったのに、私に何も買ってきてくれないのよ。
我媽媽她呀，去了一趟美國，卻什麼東西也沒買給我。

❷ 彼ってば、いつも約束の時間に遅れるのよ。
我說他這個人呀，總是比約好的時間晚到。

❸ お父(とう)さんってば、聞いているの？あたし、おこづかいがもうないの。
我說老爸，你有在聽我說話嗎？我沒有零用錢了啦。

接續 (2) 句子普通體＋ってば／てば

意義① 跟「ったら／たら」的語法意思相同，為語氣助詞的用法，表示招呼並催促對方按照說話者的意志做某事情。主要為女性或兒童用語。

例

❶ 姉さん、僕にもそれを一つちょうだいってば。
姐姐，那個東西也送給我一個吧。

❷ 私といっしょに探してみましょうってば。
你就和我一起找吧？

❸ 黙れってば黙ってよ。うるさい！
叫你別說話你就閉嘴嘛。煩死了！

意義② 跟「ったら／たら」的語法意思相同，接在句末。用於因對方對自己的懷疑等而表示強烈的不滿。「我不是回答過你……嗎！」

例

❶ A：この部屋から出て行きなさい。
B：5分、たった5分でいいから、いさせて。
A：出て行けってば。君が行かないなら、僕が出ていく。

A：你給我從這個房間裡滾出去。
B：5分鐘，就5分鐘，讓我再待一下。
A：我不是叫你出去嘛！你不滾的話那我走。

❷ A：宿題やったの？
B：うん。
A：テレビを消して、宿題をやりなさい。
B：もうやったってば。おかあさん、本当にくどいなあ。

A：作業做了嗎？
B：嗯。
A：把電視關了，去做作業。
B：我不是說我做好了嘛。媽媽妳真的很煩耶。

說明

前接單詞的最後一個假名為「ん」時只能用「てば」。
例如：「おかあさんてば」等。其他場合「てば」「ってば」均可用。
例如：「わたしてば／ってば」等。

13 ては ＊(1) 每次…… (2) ……又……

1-05
副助詞

接續 (1) 動詞＋「て形」＋は

意義 表示動作的反覆，跟「～たびに」(⇨ N3) 的語法意思類似，表示每次做前項的時候都會出現後項。

例

❶ 食べては体重（たいじゅう）を気にし、飲んでは血圧（けつあつ）を気にする毎日だ。
我現在每天擔心這擔心那的。例如吃飯時擔心體重會不會增加，喝酒時擔心血壓會不會升高。

❷ 息子がとても英語の歌が好きで、町へ出かけては新しいＣＤを買ってくる。
我兒子很喜歡英語歌曲，每次逛街都會買新的 CD 回來。

接續 (2) 動詞＋「て形」＋は、動詞＋「て形」＋は

意義 表示動作的反覆，可以是相同動詞的重複使用，也可以是同類動詞的交替使用。

例

❶ 寄（よ）せては返（か）えし、寄せては返す波（なみ）の音を耳にしながら、はるかかなたの古里（ふるさと）を思っている。
耳邊一邊聽著來回拍打的海浪聲，心中思念著遙遠的故鄉。

❷ だだをこねる五歳の弟をなだめながら、歩いては休み、休んでは歩きして、やっと隣村（となりむら）のおばあさんの家へたどり着（つ）いた。
我哄著隔壁那愛撒嬌的 5 歲弟弟，每走一段路就休息一會兒，好不容易到了住在隔壁村的外婆家。

❸ 休み中、食べては眠り、食べては眠りの連続（れんぞく）で、すっかり太ってしまった。
我在休假時吃了又睡，睡了又吃，結果胖了一大圈。

14 とは ＊(1)(2) 竟然……（驚訝）

副助詞

接續 (1) 句子普通體＋とは（驚く、信じられない）

意義 跟「なんて」(⇨ N3) 的意思基本相同，表示後續詞的內容，用於驚訝、感嘆的場合。

例

❶ この作品の価値が分かるとは、林さんも目が高い。 能懂得這部作品的價值所在，說明林先生滿有眼光的。

❷ 自分がこんなに早く結婚するとは思ってもみなかった。 我自己都沒有想到會這麼早結婚。

接續 (2) 句子普通體＋とは

意義 置於句末，為語氣助詞的用法。可以看做是省略「とは」後面的詞語。

例

❶ 大の男が過去の事をいつまでもくよくよ言い続けているとは。 一個大男人，竟然老念著已經過去的事情不忘。

❷ A：林さんは本当にラッキーなやつだなあ。 A：林先生真是個幸運的人啊。

B：そうですね。宝くじで一億円当たったとは。 B：是啊。他竟然中了1億日元的彩券。

15 に ＊ (1) 和……（疊加） (2)……又……／再三……

副助詞

接續 (1) 名詞＋に

意義 跟「と」的語法意思類似，表示同類物品的疊加。

例

❶ 今朝はトーストにコーヒーで朝食を済ませた。 今天早餐吃了幾塊吐司和喝了一杯咖啡。

❷ スーパーで鉛筆に消しゴムにノートを買った。 在超市買了鉛筆、橡皮和筆記本。

❸ 先生はいつも背広にネクタイといった服装をしています。 老師總是一身西裝搭配領帶的裝扮。

接續 (2) 動詞「連用形」＋に＋同一動詞

意義 重複同一動詞，用於強調所說的動作、作用的程度非常激烈。多用於講述過去的事情。

例

❶ 待ちに待った結婚の日がついやってきた。　等待已久的婚禮終於到來了。

❷ 先生の葬式(そうしき)では、みんな泣きに泣いた。　在老師的葬禮上，大家悲痛的淚流不止。

❸ のどが渇(かわ)きに渇いて、どうしようもなかった。　喉嚨渴得不得了。

16 のみ　＊ (1) 僅僅……　(2) 只有……

接續 (1) 名詞＋のみ

意義 跟「だけ」(⇨ N5) 的意思基本相同，用於限定。常跟副詞「ただ」「単(たん)に」等一起使用。

例

❶ この地球上では、ただ人間のみが文字を作れ、そして使える。　這地球上只有人類才能創造並使用文字。

❷ 新入社員を募集(ぼしゅう)するとき、学歴(がくれき)のみを問題にすべきではない。　在招聘新員工的時候，不應該只看重學歷。

❸ 以上のような質問に正しく答えられた応(おう)募者(ぼしゃ)はＡ大出(だいで)の学生のみだった。　只有Ａ大學的畢業生能正確回答出以上問題的人。

接續 (2) ◆ 動詞「辭書形」＋のみだ
◆ 名詞＋あるのみだ

意義 跟「だけ」(⇨ N3) 的意思基本相同，表示「沒有別的選擇，該做的只有這個」。常跟副詞「ただ」「単(たん)に」等一起使用。

例

❶ 事故はあまりにも突然(とつぜん)で、私は何もできず、ただ呆然(ぼうぜん)とするのみだった。　由於事故發生得太突然，我不知道該怎麼辦才好，只能傻傻地愣在那兒。

❷ 一歩(いっぽ)も後退(こうたい)はできない。ただ前進(ぜんしん)あるのみだ。　一步也不能後退。只能前進。

❸ 私は、お金のために働くのみではない。　我不僅僅是為了錢而工作。

17 ばかり ＊（1）一直……　（2）一個勁……

副助詞

接續 （1）動詞「辭書形」＋ばかりだ

意義 跟「～一方だ」的語法意思基本相同，表示某種事態朝著不理想的方向發展。

例

❶ 物価(ぶっか)は上(あ)がるばかりで生活は少しも楽にならない。　物價一直往上漲，生活十分艱難。

❷ このグラフを見て分かるように今年になって以来、売り上げは下がるばかりだ。　從這張表格可以看出，今年以來，銷售額一路走低。

❸ 仕事は忙しくなるばかりで、帰るのも遅くなった。　工作愈來愈忙，每天回家的時間也變晚了。

接續 （2）動詞「た形」＋ばかり（の＋名詞）だった

意義 表示過去的動作或狀態的反覆或持續。

例

❶ 彼の話は非常に感動的(かんどうてき)で、聞いている人すべてが涙を浮(う)かべたばかりだった。　他說的故事非常感人，讓現場所有人聽到都流下眼淚。

❷ A議員(ぎいん)の無礼(ぶれい)な発言(はつげん)に、会場(かいじょう)の人はみんな目を丸(まる)くしたばかりだった。　A議員那極其失禮的發言，讓全場所有人都目瞪口呆，無言以對。

❸ 火事現場(げんば)の煙(けむり)が目に染(し)みて、逃げ出した人たちが涙を流して、泣いたばかりの顔だった。　火災現場的濃煙很嗆，逃出來的人都滿面淚水，表情就像剛剛哭過一樣。

18  や ＊ ……或……

副助詞

接續 數量詞＋や＋數量詞

意義 多使用「1＋量詞 や 2＋量詞」的形式，列舉大約的數量。

例

❶ 真(しん)の友人が一人や二人いれば、どんなに幸せだろう。　如果能擁有一兩個知己，那是多麼幸福的事情啊。

❷ 今の学生には、外国語が一つや二つできる人が多い。
現在的學生，會說一、兩種外語的人不在少數。

❸ 金持ちの彼にとっては5萬円や10萬円寄付(きふ)しても、たいした數ではないだろう。
他很有錢，捐個五萬、十萬日元對他來說是小菜一碟吧。

19 やら

＊(1)什麼……（表不確定） (2)(3)不知道…… (4)……啦……啦 (5)又……又……

1-07 副助詞

接續 (1)◆疑問詞＋やら（は、が、を）
◆疑問詞＋やら＋助詞（に、へ、で、と、から、まで）

意義 跟副助詞「か」(⇨N5)的語法意思類似，表示不確定。「やら」後續的「は、が、を」可以省略，但其他後續助詞一般不能省略。

例

❶ この箱に何やら入っているようだ。開(あ)けてみよう。
這個箱子裡好像有什麼東西。打開看看吧。

❷ いつやら／いつのことやら、そんな話を聞いたことがあります。
忘了是在什麼時候，我也曾經聽說過那件事情。

❸ 私にも分かりません。だれやらと相談してみましょう。
我也不知道。你去跟別人商量看看吧。

接續 (2)疑問詞～のやら

意義 跟「～のか」(⇨N4)的語法意思類似，表示不確定的疑問。

例

❶ 財布はどこにしまったのやら、いくら捜しても見つからない。
不知道錢包放在哪裡了，怎麼找也找不到。

❷ お祝(いわ)いに何をあげていいのやら分からない。
不知道到底賀禮要送什麼才好。

接續 (3)疑問詞～やら

意義 置於句末，為語氣助詞的用法，跟「か」類似，表示不確定的疑問詞。也可看做是省略「分からない」等詞語後面的表達形式。

例

❶ この赤い傘には名前が書いてないので、誰のものやら。　這把紅傘上面也沒有寫名字，不知道是誰的。

❷ 電車も止まったし、タクシーもなかなかつかまらない。どうしたらよいのやら。　電車停開了，也招不到計程車。怎麼辦呢？

❸ あの子は学校から帰るとすぐ友達と出かけたが、さて、どこへ行ったやら。　那孩子從學校一回家就馬上和朋友一起出去了，也不知道他們去哪。

接續 (4) ◆ 名詞＋やら～やら
◆ ナ形容詞語幹＋やら～やら
◆ イ形容詞「辭書形」＋やら～やら
◆ 動詞「辭書形」＋やら～やら
◆ 各詞類「た形」＋やら～やら

意義 跟「～やら～やら」(⇨ N4、N3) 的語法意思類似，表示並列、列舉同類事項。

例

❶ 動物園には象（ぞう）やらライオンやら熊（くま）やら、いろいろな動物がいます。　動物園裡有各種各樣的動物，像大象、獅子、熊等等。

❷ 物が粗末（そまつ）やら、値段が高いやらと彼は文句（もんく）を言っている。　他不停地在發牢騷，一會兒說東西不精緻，一會兒又說價錢太高。

❸ 昨日は大雨（おおあめ）が降るやら、大風（おおかぜ）が吹くやらで、たいへんな天気でした。　昨天又是下雨，又是刮風的，天氣糟透了。

接續 (5) ◆ 名詞「な形」＋のやら～のやら
◆ ナ形容詞「な形」＋のやら～のやら
◆ イ形容詞「辭書形」＋のやら～のやら
◆ 動詞「辭書形」＋のやら～のやら
◆ 各詞類「た形」＋のやら～のやら

意義 表示並列、列舉兩個意思相反的事項，帶有不知是其中哪個的語氣，後項多用「分からない／知らない／はっきりしない」等表示「不清楚、不明確」等意思的表達形式。

例

❶ 近頃（ちかごろ）は男なのやら女なのやらはっきり分からない格好（かっこう）をした若い人がいる。　最近有些年輕人的打扮讓人分不清是男還是女。

❷ あの人の描（か）いた絵はすてきなのやら、幼稚（ようち）なのやら、素人（しろうと）の私には分からない。　我是個門外漢，所以我也說不清他畫的畫是好看還是幼稚。

❸ 田中さんは嬉しいのやら悲しいのやら分からないような顔をしている。

田中的表情讓人看不出他是喜是憂。

❹ このごろ、何の消息もないから、生きているのやら死んでいるのやら。

因為目前尚未有任何消息，不知道她到底是生還是死。

20 こと

語氣助詞

接續 (1) ◆ 名詞「辭書形」＋こと
◆ ナ形容詞「辭書形」＋こと
◆ ナ形容詞「な形」＋こと
◆ イ形容詞「辭書形」＋こと
◆ 動詞「て形」＋いること
◆ 禮貌型（です／ます）＋こと

意義 表示感歎、驚訝等心情。主要為女性用語。

例

❶ まあ、なんてきれいな夕焼けだこと。

哇～多麼漂亮的晚霞啊。

❷ 今日は暖かいこと。春のようね。

今天真的好暖和啊。像春天一樣。

❸ まあ、よくできましたこと。

嗯，做得不錯喔。

接續 (2) ◆ 名詞「の形」＋こと
◆ ナ形容詞「な形」＋こと
◆ イ形容詞「辭書形」＋こと
◆ 動詞「辭書形」＋こと
◆ 各詞類「た形」＋こと

意義 用「～ことよ」「～ことね」的形式表示委婉的斷定，有時帶有提醒的語氣。

例

❶ A：ゆうべ、見た映画、どうだったかしら。
B：とてもおもしろかったことよ。

A：昨晚你看的那部電影怎麼樣？
B：很好看喔。

❷ A：明日、お誕生日よね。
B：いいえ、そうじゃないことよ。

A：明天是你的生日吧。
B：不，不是明天。

❸ 寝る前には食べないことよ。太りやすくなるんだから。

睡前不要進食，因為容易發胖。

接續 (3) ◆ イ形容詞（いい）＋こと
◆ 各詞類「ない形」＋こと

意義 跟語氣助詞「か」（⇨ N5）的意思基本相同，語氣上揚，表示疑問，用於向對方提問或徵求對方同意，有時也帶有勸誘的語氣。主要為女性用語。

例

❶ A：これでいいこと？つまりこうすればいいこと？
B：ええ。そうすれば大丈夫だと思う。

A：這樣行嗎？也就是說我這樣做可以嗎？
B：是的。我認為那樣做沒問題。

❷ A：あなたもごいっしょにいらっしゃらないこと？
B：ええ、時間がないものですから。

A：你不一起去嗎？
B：是的。因為我沒有時間。

❸ A：彼のほうが正しいとは思わないこと？
B：ええ、私も彼のほうが正しいと思っていますよ。

A：你不認為他才是對的嗎？
B：嗯，我也認為他是對的。

接續 (4) ◆ 動詞「辭書形」＋こと
◆ 動詞「ない形」＋こと

意義 表示命令，主要為書面語，一般不跟其他語氣助詞重覆使用。

例

❶ この名簿（めいぼ）には個人情報（こじんじょうほう）が記載（きさい）されているので、取（と）り扱（あつ）かいに注意すること。

這本冊子裡記錄了個人資訊，所以使用時要特別注意。

❷ レポートは手書（てが）きでも可（か）。ただし、きれいに書くこと。

報告可以用手寫，但必須保持字體工整、紙面整潔。

❸ 展示（てんじ）してある絵には、決（けっ）して觸（ふ）れないこと。

嚴禁觸碰展示中的畫作。

21 ぜ

語氣助詞

接續 句子普通體或禮貌型＋ぜ

意義 跟「よ」（⇨ N4）的意思類似，用於叮嚀、提醒對方或促使對方注意。男性用語。

例

❶ もう時間だぜ。そろそろ行こうぜ。

時間已經不早了，我們出發吧。

❷ 今日も遅れぎみだぞ。少し急ごうぜ。

今天也有點晚了，我們走快點吧。

❸ あんな商売（しょうばい）をするのは危ないぜ。

做那種生意風險太大了。

❹ 彼もそう言ってたぜ。

他也是那麼說的。

22 ぞ

1-08
語氣助詞

接續 句子普通體或禮貌型＋ぞ

意義① 跟「ぜ」基本相同，用於叮囑、提醒對方。男性用語。

例

❶ もう十時だぞ。そろそろ出発（しゅっぱつ）するぞ。　已經 10 點了，我們出發吧。

❷ このゲーム、おもしろいぞ。君もやってごらん。　這個遊戲很好玩呢，你也來玩玩看吧。

❸ 俺にうそをついたら、承知（しょうち）しないぞ。　你要是對我撒謊，我可不饒你。

意義② 用於自言自語的場合，表示判斷、決心等意思。

例

❶ あれ、変だぞ、このパソコンは。　哎呀，這電腦怎麼回事？

❷ おや、ピアノの音、おかしいぞ。　哎呀，這鋼琴的音色有點不對勁喔。

❸ 今度こそ、2 級試験に通るぞ。　這次我一定要通過二級考試。

❹ そんな事をだれが信じようぞ。　那種事情會有誰相信呢？

23 たまえ ＊ ……吧！

語氣助詞

接續 動詞「連用形」＋たまえ

意義 表示命令，但語氣較柔和，主要用於成年男性對同輩或後輩說話時，接近「～なさい」（⇨ N5）的語氣。

例

❶ 君、この菓子、食べてみたまえ。うまいそうだぞ。　你來吃吃這個點心，聽說滿好吃的。

❷ A：おじちゃん、私もちょっとビールを飲んでもいい？　A：叔叔，我也可以喝點啤酒嗎？
B：まあ、一杯ぐらいならいいだろう。飲みたまえ。　B：嗯，只喝一杯的話沒關係，喝吧。

❸ 田中君、時間があれば、俺のうちへ遊びに来たまえ。　田中，有時間的話，來我家玩吧。

24 っけ ＊ 1. 表自言自語、通常是確認記憶 2. 是不是……呢 語氣助詞

接續 ◆助動詞「だ」＋っけ
◆助動詞「た」＋っけ

意義① 用於回憶或自言自語時。「っけ」只用於口語表達。

例

❶ しまった。今日は宿題を提出(ていしゅつ)する日(ひ)じゃなかったっけ。　糟了。今天應該是交作業的日子吧。

❷ あれ？このブラウス、どこで買ったっけ？／買いましたっけ？　咦？我都忘了，這件襯衫是在哪家店買的呀？

❸ あれ、明日は金曜日だったっけ？何曜日かな、ちょっと見てみよう。　咦？我記得明天應該是星期五吧？還是星期幾呢？我還是來看看（日曆）吧。

意義② 表示對自己模糊的記憶進行確認。

例

❶ A：会議はいつだっけ？／いつでしたっけ？　A：什麼時候開會啊？
B：十日ですよ。　B：十號喔。

❷ A：あの男の人、なんて名前だっけ？／名前だったっけ？／名前でしたっけ？　A：那個男人叫什麼名字？
B：たしか王(オウ)だったと思う。　B：我記得是姓王。

❸ A：明日は僕の誕生日だったっけ？　A：明天是我的生日？
B：いやだな。自分が忘れてるの？ほら、プレゼントはもう用意(ようい)してあるよ。　B：真討厭。你怎麼連自己的生日都忘記了？你看，我把禮物都準備好了。

25 とも ＊ 當然

1-09 語氣助詞

接續 句子普通體或禮貌型＋とも

意義 用於確定度很高的肯定句，認為理所當然是那樣的。「とも」只用於口語。

例

❶ A：僕、來月良子（りょうこ）さんと結婚するつもりだ。 A：我計畫下個月跟良子結婚。
B：えっ、本当？ B：什麼？真的嗎？
A：もちろんだとも。 A：當然。

❷ A：ちょっとここで休んでもいいですか。 A：我們可以在這裡休息一會兒嗎？
B：いいとも／いいですとも。 B：當然可以。

❸ A：明日のパーティーに行くことになっているけど、あなたはどうするの？ A：我要去參加明天的派對，你呢？
B：行きますとも。 B：當然去啊。

26 ものか ＊ 哪有……／怎麼會……

語氣助詞

接續
- ナ形容詞「な形」＋ものか
- イ形容詞「辭書形」＋ものか
- 動詞「辭書形」＋ものか

意義 語氣下降，以反問的形式表示強烈的否定。男性多用「ものか」，而女性多用「ものですか」。在比較隨意的對話中，還可以用「もんか」。

例

❶ 私が歌が上手ですって？上手なものですか。あなたのほうがずっと上手ですよ。 你說我歌唱得好？才沒有呢！你比我好多了。

❷ A：あの辺は交通の便（べん）がいいだろう。 A：那裡交通很方便吧。
B：いいもんか、バスも通（とお）ってないそうだよ。 B：哪有方便！聽說連公車都沒到咧。

❸ あんな高いレストランには２度と行くものか。 那麼貴的餐廳休想要我再去第二次。

27 や

語氣助詞

接續 助句末＋や

意義① 接在意向形後面表示催促、勸誘。接在命令形後面表示命令。主要用於上對下的談話中。接在普通體後面時多為男性用語，接在禮貌型後面時男女都可以用。

例

❶ A：君、もう帰ろうや。　A：吶，你可以先回家去了。
B：はい。　B：好的。

❷ A：もう一杯飲もうや。　A：再來一杯吧。
B：いや、けっこうです。　B：不用了，我已經夠了。

❸ A：おい、おい、君も一曲(いっきょく)披露(ひろう)しろや。　A：我說，你也唱個一首吧。
B：はい。じゃあ…。　B：好，那我就……

意義② 表示輕鬆的斷定，用於某事情對說話者來說怎麼做都無所謂的語境中。多用於自言自語，而且多為男性用語。

例

❶ A：遅れてすみません。　A：不好意思，我遲到了。
B：まあ、いいや。これから気をつけてね。　B：嗯，這次就算了。以後注意點吧。

❷ A：仲直(なかなお)りができましたか。お二人は。　A：你們兩個人和好了嗎？
B：もうどうでもいいや。彼女と別れてもいい。　B：隨便了啦，跟她分一分也好。

★練習問題★

（解答 ⇨ P.282）

次の文の（　　　）に入れるのに最もよいものを、1・2・3・4 から一つ選びなさい。

(1) A：もしもし、あなたにもあたしの誕生日パーティーに来てもらえればと思いますけど。
B：行く（　　）。
A：じゃ、待ってます。
1　もんか　　2　かな　　3　だろうか　　4　とも

(2) 今日、彼女はスポーツシャツ（　　）ジーパン（　　）サンダルといった姿（すがた）で来ている。
1　ぞ／ぞ　　2　ぜ／ぜ　　3　に／に　　4　も／も

(3) 娘：お母さん（　　）、よく私の友だちの悪口（わるぐち）を言うのはやめてよ。
母：悪口じゃないよ。事実（じじつ）でしょ。
1　ったら　　2　っけ　　3　ながらも　　4　どころか

(4) A：これ、なんという花でした（　　）。「ツツジ」でしょうか。
B：ええ、ツツジです。
1　ぞ　　2　や　　3　なりとも　　4　っけ

(5) お金が多くなれば（　　）、けちになるというが、それは一概（いちがい）には言えないことだねえ。
1　こればかり　　2　これだけ　　3　そればかり　　4　だけあって

(6) 彼はその仕事を立派（りっぱ）に成（な）し遂（と）げる（　　）能力を持っていると私は信じています。
1　だけの　　2　だけに　　3　だけで　　4　だけあって

(7) 大人たちのやることがはっきり分からない（　　）、子供たちはやはりそのまねをする。
1　ながらも　　2　ものなら　　3　ながらに　　4　ものだから

(8) ほかの人を誘わないで、私たち二人(　　)行きましょう。

1　ども　　2　きりで　　3　やら　　4　もので

(9) 贅沢に暮らしているくせに、よく(　　)顔をしている。

1　楽しそうに　　2　楽しそうな
3　苦しそうに　　4　苦しそうな

(10) 経済的に貧乏であり(　　)、いつも明るくしている彼女の顔が励みになった。

1　くせして　　2　けれども　　3　つつも　　4　ものの

(11) ほめられれば、誰でもうれしがるものです。少なくとも(　　)。

1　悪い気持ちにはなりません　　2　悪い気持ちとは言えません
3　いい気持ちにはなりません　　4　いい気持ちとは言えません

(12) 彼女はスミスさんと結婚して、アメリカへ行ったきりで(　　)。

1　一度帰国したことがある　　2　一度も帰国したことがない
3　一度でもいいから帰国してほしい　　4　一度は帰国したくなるだろう

(13) 食事の回数を(　　)、スポーツを(　　)してダイエットに励んでいます。

1　減らしては／しては　　2　減らすやら／するやら
3　減らしても／しても　　4　減らすや／するや

(14) A：お父さんは今晩は早く帰ってくるかしら。

B：早く(　　)。毎晩残業があって遅いんですから。

1　帰りたくてしかたがありません　　2　帰ってくるものですか
3　帰らずにはいられません　　4　帰ってくるに決まっていますが

(15) 人間愛を伝えるあのドラマを見て、私は(　　)だった。

1　感動させられたばかり　　2　感動させたばかり
3　感動させられただけ　　4　感動させただけ

(16) 旅行に行こうとは思っているものの、時間がなくてなかなか(　　)。

1　行かない　　2　行かなかった　　3　行けない　　4　行きたくない

(17) その子は甘やかされて育ったから、ちょっとでも(　　)ものなら、すぐ大いに騒ぐ。

1　叱る　　2　叱れる　　3　叱った　　4　叱ろう

(18) あいつってば、よく俺を（　　）にするよ。でもいい仲(なか)だよ。

1　りっぱ　　2　きれい　　3　みごと　　4　ばか

(19)（　　）というふうに繰(く)り返(かえ)されるうちに、赤ちゃんは歩けるようになるものだ。

1　転んだくせに起き、起きたくせに転ぶ
2　転んでは転び、起きては起きる
3　転びに転び、起きに起きる
4　転んでは起き、起きては転ぶ

(20) 地震で崩(くず)れ落ちたビルの中で、飲まず食わずに 2 週間も生(い)き延(の)びていた（　　）、信じられない。

1　とも　　2　とは　　3　ものの　　4　ものなら

(21) A：関係者以外(かんけいしゃいがい)の人は芝生(しばふ)に（　　）。
B：つまり、芝生に入るなということだね。

1　入ったきりだ　　2　入ったばかりだ
3　入らないこと　　4　入らないくせに

(22) A：あなたも旅行に行きたければ、一緒に（　　）。
B：じゃ、行かせてもらいましょう。

1　行きたまえ　　2　行ったっけ
3　行くものか　　4　行きますとも

問題 2　次の文の ＿★＿ に入る最もよいものを、1・2・3・4 から一つ選びなさい。

(23) 人工衛星(じんこうえいせい)は ＿★＿ ＿＿＿ ＿＿＿ ＿＿＿ 気象観測(きしょうかんそく)を行なう。

1　回りつつ　　2　周りを　　3　地球上の　　4　地球の

(24) 彼女の家に行ったが、＿★＿ ＿＿＿ ＿＿＿ ＿＿＿ くれなかった。

1　姿も見せて　　2　声をかけて　　3　くれる　　4　どころか

(25) 急用が ＿＿＿ ＿＿＿ ＿＿＿ ＿★＿ もらった。

1　先に　　2　ある　　3　席を外(はず)させて　　4　もので

(26) もし宇宙旅行が ＿＿＿ ＿＿＿ ＿＿＿ ＿★＿ 一緒に行きたいんですか。

1　君は誰と　　2　簡単に　　3　できる　　4　ものなら

(27) 国民に ＿＿＿ ＿＿＿ ＿★＿ ＿＿＿ ほしい。

1　改革案を　　2　説明できる　　3　打ち出して　　4　だけの

(28) 一日中、＿＿＿ ＿★＿ ＿＿＿ ＿＿＿ すっかり疲れてしまった。

1　歩いた　　2　歩き　　3　ので　　4　に

(29) 私 ＿★＿ ＿＿＿ ＿＿＿ ＿＿＿ ないが、ただうちの父の健康のみが心配だ。

1　不自由な　　2　何の　　3　自身には　　4　ことも

(30) 突然噴火した火山の ＿＿＿ ＿★＿ ＿＿＿ ＿＿＿ だった。

1　激しくなる　　2　活動は

3　ますます　　4　ばかり

(31) 40年も ＿★＿ ＿＿＿ ＿＿＿ ＿＿＿ さっぱり分からなかった。

1　誰が誰やら　　2　会っていない　　3　はじめは　　4　ので

第二章

助動詞

1 (よ)う ＊ (1)(3)……吧！ (2) 難道……嗎？

2-01 意向助動詞

接續 (1) 動詞「う形」

意義 使用可能動詞等非意志動詞的意向形，用於對未發生的事情進行推測。主要用於書面語，口語中用「だろう／でしょう」。禮貌型為「～ましょう」。

例

❶ 今回の人事異動(じんじいどう)に不満があろうが、我慢しておくれ。よくがんばれば、今度きっと機会が来るよ。
你可能對這次的人事變動有意見，不過希望你再忍耐一段時間。好好努力以後肯定有機會。

❷ 笑顔(えがお)は幸福(こうふく)の結果というよりも、むしろ幸福(こうふく)の原因だとも言えよう。
笑容不是幸福的結果，而是幸福的原因。

❸ さて、次は天気予報をお伝えします。午後からは関東地方(かんとうちほう)は晴れましょう。
接下來播報各地氣象，下午關東地區為晴天。

接續 (2) 動詞「う形」＋か

意義 用於強烈的疑問或反問，表示說話者「そんなことは絶対～ない」的心情。書面語，口語中用「～だろうか／でしょうか」。禮貌型為「～ましょうか」。

例

❶ こんないい機会がまたとあろうか。
這樣的機會還會有第二次嗎？

❷ こんなつまらない所に誰が来ようか。
這麼無聊的地方有誰會來？

❸ 人が困っているのを、どうして黙(だま)って見ていられましょうか。
看別人遇到困難，你怎麼有辦法袖手旁觀？

接續 (3) ◆ 動詞「う形」＋かな
◆ 動詞「う形」＋かしら

意義 表示說話者猶豫不決的心情。一般用於自言自語的時候。男性用「～(よ)うかな」，女性用「～(よ)うかしら」。

例

❶ あ、もうこんな時間だ。そろそろ帰ろうかな。
哎呀，已經這麼晚了。也差不多該回家了吧。

❷ いくつも気に入ったが、何にしようかしら…じゃあ、これを買うことにしましょう。
這幾個我都喜歡，到底選哪個好呢？……嗯，就買這個吧。

❸ 卒業したが、好きな仕事はなかなか見つからない。どうしようかな。
雖然已經畢業了，但是怎麼也找不到喜歡的工作，怎麼辦呢？

② (さ)せる ＊讓、令……。 使役助動詞

接續 ◆ 第一類動詞「未然形」＋せる
◆ 第二、三類（来る）動詞「未然形」＋させる
◆ 第三類動詞（する）動詞＋させる

用法 ～が／は～を動詞(さ)せる

意義 主體為人物或事物，表示促使身體或生理的狀態發生變化。多為慣用句形式。

例

❶ 生徒たちは目を輝（かがや）かせて先生の話を聞いている。
學生們都聚精會神地聽老師講故事。

❷ レストランなどでは客の食べ残しをどう処理するかで頭を悩（なや）ませています。
如何處理客人吃剩的飯菜，讓餐飲業者大傷腦筋。

❸ これは「あお湖（こ）」の寫真です。この湖は、季節（きせつ）によってさまざまな景色（けしき）を水面（すいめん）に映（うつ）して私たちの目を楽（たの）しませてくれます。
這是「藍色之湖」的照片。不同的季節，湖面會映照出不同的景色，令人賞心悅目。

③ ぬ／ん ＊ 表否定、「不」

否定助動詞

接續 ◆ 第一、二、三類（来る）動詞「未然形」＋ぬ
◆ 第三類（する）動詞⇨せぬ

意義 跟「ない」的語法意思相同，表示否定的意思。「ぬ」為書面語，但現代日語裡多出現在慣用句中。「ん」為口語體，但現代日語裡多用「～ません」的形式，即用在禮貌型的形式中。

例

❶ 彼は信頼（しんらい）に足（た）らぬ男だ。彼に任（まか）せておけば、問題になるおそれがある。
他是一個不可信賴的人。如果事情交給他，可能會出問題。

❷ 試合は予測せぬ結果になったので、大喜（おおよろこ）びだった。
比賽出現了令人意想不到的結果，真是皆大歡喜。

❸ そんな事、知らん、分からんと彼は返事をした。
「那種事情我才不知道咧！也不懂啦！」他這麼回答道。

❹ 私は行きたいが、親が私を行かせぬ。
雖然我想去，可是我爸媽不讓我去。

④ まい ＊ 1. 大概……不會……／也許……不會…… 2. 3. 決心……不會……

2-02
否定助動詞

接續 ◆ 第一類動詞「辭書形」＋まい
◆ 第二類動詞「連用形」＋まい
◆ 第三類（する）動詞⇨しまい（するまい、すまい）
（来る）動詞⇨こまい（くるまい）
◆ 助動詞「ます」＋まい

意義① 表示否定的推測，相當於「～ないだろう」的語法意思。

例

❶ まずお金がほしくないという人はいるまい。
大概不會有人不想要錢吧。

❷ 今度、小泉純二郎（こいずみじゅんじろう）さんの議員当選（ぎいんとうせん）はまず間違いあるまい。
這次小泉純二郎參選議員不可能不會當選吧。

❸ いい友達に頼（たの）まれたのですから、父はいやとは言いますまい。
因為是好朋友的請求，估計父親是不會推辭的吧。

❹ こんなに遅いんだから、田中さんはもう来るまい。　都這麼晚了，田中大概不會來了吧。

意義② 用「～まい（と思う／とする）」的形式表示說話者的否定的意志、決心，相當於「～ないようにと思う」「～ないようにしよう」的語法意思。當做謂語時可以省略「まい」後面的「と思う／とする」，但做句中停頓時不能省略。

例

❶ もうこんなばかなことは二度とするまいと思っている。　這種愚蠢的事情我再也不做了。

❷ これ以上、何も言うまいとする。　我再也不想多說什麼了。

❸ もう二度と行くまいと思いながら、つい足を向(む)けてしまうのが競馬場(けいばじょう)なんだ。　儘管我已經下定決心再也不去了，可是最後還是忍不住去賽馬場賭馬。

意義③ 用「～まいと思った／まいと思っている／まいとした／としている」的形式，用於引用別人的意志。這時不能省略「まい」後面的「と思う／とする」。根據需要，也可以用「誓(ちか)う／決心(けっしん)する」等動詞。

例

❶ 山田さんは会議に遅れまいと思って、タクシーを拾(ひろ)ってきた。　山田怕開會遲到，搭了計程車過來。

❷ 兄は、弟を苛(いじ)めるなんてことはこれから二度としまいと決心した。　哥哥決定從今以後再也不欺負弟弟了。

❸ 涙を流している恋人(こいびと)の顔を見た小林(こばやし)君は、これから二度と彼女を怒らせまいと誓った。　看到滿臉淚痕的女朋友，小林發誓從今以後再也不做讓她生氣的事情了。

5 ふうだ

＊(1) 好像……、似乎……
(2) 這樣／那樣／怎樣　(3) 如此這般

比況助動詞

接續 (1) ◆ ナ形容詞「な形」＋ふうだ
◆ イ形容詞「辭書形」＋ふうだ
◆ 動詞「辭書形」＋ふうだ
◆ 各詞類「た形」＋ふうだ

意義 跟「ようだ」（⇨ N4）的語法意思類似，表示樣態。通過對方或第三者所呈現出的表情、神態等，推測出「好像是那麼回事、感覺好像是那樣」的推斷。「ふうだ」多用於對心理或生理現象的描寫，所呈現出的樣態比「ようだ」似乎更模糊一些，有的時候甚至是一種假象。

例

❶ 賞（しょう）をもらった彼女は冷静（れいせい）なふうにしているが、実際はとても嬉しかったのよ。
得獎的她臉上顯得很平靜，但其實她很開心。

❷ 知っているのに、知らないふうにするのは意地（いじ）が悪いねえ。
明明知道卻裝作不知道，你心機很重耶！

接續 (2) ◆ こんな・そんな・あんな・どんな＋ふうだ
◆ こういう・そういう・ああいう・どういう＋ふうだ

意義 跟「このようだ・そのようだ・あのようだ・どのようだ」的語法意思基本相同，表示做某事情的方式或方法。

例

❶ A：封書（ふうしょ）の場合、住所、氏名（しめい）はどんなふうに／どういうふうに書くんですか。
B：封書（ふうしょ）は普通こんなふうに／こういうふうに書くものです。
A：寫信時，（信封上的）地址和姓名應該怎樣寫？
B：信封通常應該這樣寫才對。

❷ そういうふうに／そんなふうに働いてばかりいると体を壊してしまうよ。
像那樣工作下去的話會累壞身體的。

❸ あんなふうに／ああいうふうにゴミを捨てるのでは、人に文句を言われるはずだ。
那樣亂丟垃圾的話會遭人譴責的。

接續 (3) 句子普通體＋というふうに

意義 用於對「做法、方式、方法」或「狀態」等舉例說明，跟「というように／という具合に」的語法意思基本相同。

例

❶ 大学の図書館を誰でも利用できるというふうにすれば、いいと思う。
我覺得如果大學的圖書館能開放給（校內外）所有人利用就好了。

❷ 一人帰り、また一人帰りというふうにして、だんだん客が少なくなっていった。
走了一個，又走了一個，漸漸地客人變得愈來愈少。

❸ まず、大学の別科（べっか）で一年間日本語を習う。それから大学院に進学する。最後（さいご）に博士号（はかせごう）を取ってから帰国するというふうに、留学計画を立てた。
我研擬了一份這樣的留學計劃：首先在大學的別科學一年日語，接著進研究所攻讀，最後取得博士學位後回國。

★ 練習問題 ★

(解答 ⇨ P.284)

問題 1　次の文の（　　　）に入れるのに最もよいものを、1・2・3・4 から一つ選びなさい。

(1) 覚えては忘れ、忘れては覚える（　　）繰り返して外国語の単語を覚える。

1　というふうに　2　というふうな　3　というふうで　4　というふうの

(2) こんな本は難しくて、初心者の君にはたぶん（　　）。

1　役に立たなくはない　　2　役に立つまい
3　役に立つよう　　4　役に立たせるよう

(3) 今になって、まだ相手と話し合う必要があろう（　　）。もうないよ。

1　ね　2　よ　3　か　4　や

(4) そこまで女性美を描き出したところに、彼の才能があったと（　　）よう。

1　言え　2　言える　3　言おう　4　言い

(5) 先に帰ろうかな、待っていようかな、ちょっと（　　）なあ。

1　決めよう　2　決めた　3　迷おう　4　迷う

(6) あのかわいらしい女の子がほっぺたを（　　）のは、あたし怒っているのよという合図なんだ。

1　膨らませる　2　膨らむ　3　膨らまれる　4　膨らんだ

(7) これからは（　　）親を心配させることはしまい。

1　一度に　2　一度と　3　二度に　4　二度と

問題 2 次の文の ＿★＿ に入る最もよいものを、1・2・3・4から一つ選びなさい。

(8) 生徒は ＿＿＿ ＿＿＿ ＿★＿ ＿＿＿ 話を聞いている。

1 先生の宇宙　　2 についての　　3 目を　　4 輝かせながら

(9) 今日は母が出かけているので、＿＿＿ ＿＿＿ ＿＿＿ ＿★＿ しまった。

1 料理　　2 掃除も　　3 させられて　　4 だけでなく

(10) 被災地に ＿＿＿ ＿＿＿ ＿＿＿ ＿★＿ ほしいが。

1 ものなら　　2 すぐ帰って　　3 帰らせられる　　4 いる娘を

(11) 入院している ＿＿＿ ＿＿＿ ＿＿＿ ＿★＿ 眠れなかった。

1 ことが　　2 ゆうべよく　　3 父の　　4 案じられて

(12) 例年 ＿★＿ ＿＿＿ ＿＿＿ ＿＿＿ を行なうことになっている。

1 にて　　2 12月28日　　3 忘年会　　4 のように

第三章

指示語・接尾語

1 これだけ／それだけ／あれだけ／どれだけ

3-01

＊(1)(2) 這麼的……／那般的……

接續 (1) こ(そ、あ、ど)れだけ～のに／ても

意義 和表示條件(逆接、讓步、原因等)的謂語相呼應，表示程度之高或數量之大。其中「どれだけ」表示不確定的程度或數量。跟「これほど・それほど・あれほど・どれほど」(⇨ N3)的意思相同。

例

❶ これだけの土地(とち)を遊ばせておくとはもったいない。
竟然讓這麼多的土地閒置，真可惜。

❷ それだけがんばってきたのだから、試験は大丈夫だろう。
都那麼努力用功了，考試應該不會考不好吧。

❸ あれだけ頼んでおいたのに、彼はやってくれなかった。
我已經這麼拜託了，但他還是不肯幫忙。

❹ どれだけ強調(きょうちょう)しても、し過ぎることはない。
怎麼強調也不過分。

接續 (2) こ(そ、あ、ど)れだけ～ば／たら

意義 和表示假定條件的謂語相呼應，表示假定程度之高或數量之大。其中「どれだけ」表示不確定的程度或數量。「これほど・それほど・あれほど・どれほど」無此用法。

例

❶ 毎月これだけ貯金(ちょきん)していれば、マンションは買えないとしても、車ぐらいは買えるだろう。
如果每個月存這麼多的錢，即使買不起房子，也可以買輛車吧。

❷ それだけお小遣いを子どもにやったら、もう十分でしょう。　給孩子那麼多零用錢，已經很夠用了吧。

❸ あれだけ非難されれば、誰だって一言ぐらい言い返さないではいられないだろう。　受到對方那樣刁難，不管是誰都會忍不住回嘴幾句吧。

❹ どれだけ言えば、あの人に分かってもらえるのだろうか。　我究竟要說多少遍他才會懂啊。

2 このあたり／そのあたり／あのあたり／どのあたり

＊ 1. 2. 這裡／那裡／哪裡

接續 ◆ こ（そ、あ、ど）のあたりの＋名詞
◆ こ（そ、あ、ど）のあたり～（形容詞或動詞作謂語）

意義① 跟「こ（そ、あ、ど）こ」的意思基本相同，表示地理、空間位置。

例

❶ ああ、この辺り、本当にお美しいこと。　哇～這裡真的好美啊！

❷ その辺りの道に不案内だったばかりに、大変な遠回りをしてしまった。　我對附近的路不熟，結果繞了好大一圈。

❸ あの辺りは交通が便利か便利じゃないか行ってみようか。　也不知道那邊的交通方不方便，總之去看看吧！

❹ A：御社は東京のどの辺りにございますか。　A：貴公司在東京哪裡？
B：新宿区にございます。　B：在新宿區。

意義② 跟「こ（そ、あ、ど）こ」的意思基本相同，表示事情進展中的某個階段、方面、程度等。

例

❶ この辺りまで十分復習したら、試験はもう大丈夫でしょう。　如果能充分複習到這種程度，考試應該就沒什麼問題了吧。

❷ その辺りで妥協（だきょう）しても、許（ゆる）してくれなければ困る。　我們已經那麼妥協了，如果對方還不答應的話就麻煩了。

❸ あの辺りのことはよろしくお願いします。　那件事情還請您多多關照。

❹ 交渉（こうしょう）はもうどの辺りまで進んでいますか。　談判已經進行到哪個階段了？

3 このへん／そのへん／あのへん／どのへん

＊ 1. 這一帶／那一帶／哪裡　2. 這裡／那裡／哪裡

接續 ◆こ（そ、あ、ど）のへんの＋名詞
◆こ（そ、あ、ど）のへん～（形容詞或動詞作謂語）

意義① 跟「こ（そ、あ、ど）のあたり」的意思基本相同，表示地理、空間位置。

例

❶ この辺は安い店が少ないです。　這一帶便宜的店很少。

❷ その辺は静かといえば静かだが、交通の便（べん）が悪くて…　那一帶安靜是安靜，但是交通不太方便……

❸ 昔は、あの辺はとても静かだったのではなかったか。　從前那一帶不是很安靜嗎？

❹ このかばんはどの辺の店で買ったのですか。　這皮包你是在哪家商店買的？

意義② 跟「こ（そ、あ、ど）のあたり」的意思基本相同，表示事情進展中的某個階段或程度。

例

❶ さて、この辺で、次のテーマに移（うつ）りたいと思います。　接下來的時間，我想進入下一個主題。

❷ その辺はよく理解してくれたのだから、もう安心した。　關於那部分對方已經充分理解了，可以放心了。

❸ あの辺まで練習すれば、もう大丈夫でしょう。 如果練習到那種程度，應該就沒問題了吧。

❹ 相手にどの辺まで安くしてあげたらよいですか。 給對方的價格可以優惠到多少呢？

④ ～得る

◎3-02

接續 動詞「連用形」＋得る／動詞「連用形」＋得ない

意義① 表示人們認知或處理事情的難易度。

例

❶ 彼の取った態度は、私には十分理解しうるものである。 我完全可以理解他為什麼會有這樣的態度。

❷ 海賊に誘拐された三人が今どんな気持ちなのかは誰でも想像しうることだ。 遭海盜綁架的三個人目前是怎樣的心情，不管是誰都無法想像得到。

❸ ゴッホの絵のすばらしさは、とても言葉で表わしうるものではない。 梵谷的畫作之精美，不是用言語就能輕易描述出來的。

意義② 表示事情發生或存在的可能性。除了「有り得る」外，能使用的動詞極其有限。

例

❶ 教育にゆとりができる反面、学力低下という問題も起こりうるだろう。 實行無壓力教育的反面結果，也造成了學生學力下降的問題。

❷ この仕事は私一人では成しえませんので、手伝っていただけませんか。 我一個人完成不了這項工作，可以幫幫我嗎？

❸ 世界の終わりがすぐに来るなんて、有り得ない話だ。でも人間の活動によって、動物が絶滅してしまうのは有り得ることだ。 「世界末日即將到來」之說是無稽之談，但人類的活動倒是很有可能導致動物的滅絕。

說明

1.「得る」作謂語並用於結束句子或後續名詞時，有「える」和「うる」兩種讀法。「うる」為古語說法。後續「ます／ない／て／た」等活用形式時，要讀作「えます／えない／えて／えた」等。

2.「得る」不能用於人的能力。

■私はピアノが弾き得る。(×)

⇨ 私はピアノが弾ける／私はピアノを弾くことができる。

／我會彈鋼琴。

❺ ～かねる／かねない

＊ (1)1. 2. 難以……
(2) 可能會……

接續 (1) 動詞「連用形」＋かねる

意義① 表示「因為有這樣那樣的原因，所以我想做也很難做到」的意思。多用於委婉拒絕或委婉地請求免責。

例

❶ 面接(めんせつ)試験ではどんな質問が出るのかと聞かれたが、そのようなことを聞かれてもちょっと答えかねます。
有人問我，面試時會提出一些什麼樣的問題？但這樣的問題我也很難回答。

❷ 客(きゃく)：すみませんが、うちのキャベツはいつ出荷(しゅっか)できますか。
請問我訂購的高麗菜什麼時候出貨？

❸ 係(かかり)：担当者(たんとうしゃ)がおりませんので、私ではちょっと分かりかねますが。
因為負責人現在不在，所以我不清楚。

意義② 表示一種焦急、急迫的心情。能用的詞語有限，多為慣用搭配形式。

例

❶ 子供を甘(あま)やかしてはいけないのだが、見るに見かねて、救(すく)いの手(て)を差(さ)し伸(の)べた。
雖然我也知道太溺愛孩子不好，但是我實在是看不下去了，還是伸出手幫他了。

❷ 父の帰りを待ちかねて、子供たちは先に寝てしまった。
孩子們等不及爸爸回家，先去睡了。

❸ 北海道(ほっかいどう)の寒さに耐(た)えかねて、予定よりはやく沖縄(おきなわ)に帰った。
耐不住北海道的寒冷天氣，比預定的時間提前回到沖繩。

接續 (2) 動詞「連用形」＋かねない

意義 表示有可能會出現不願意看到的結果。

例

❶ 何か対策(たいさく)を取らなければ、ストになりかねない。
如果不採取對策，可能會導致罷工遊行。

❷ この吹雪(ふぶき)では遭難(そうなん)しかねないので、引(ひ)き返(かえ)すことにしましょう。
為了怕在暴風雪中遭遇不測，我們還是回頭吧。

❸ 彼は短気で、ばかなことをやりかねないから、前もって頭に来ちゃいけないとよく言っておいたほうがいいよ。

他是個急性子，有時候可能會做出蠢事。所以要常常提醒他別老是這麼衝動。

6 ～くさい ＊ 1. 氣味、味道 2. 有……的樣子 3. 很……

接續 名詞＋くさい

意義① 表示帶有某種令人厭惡的氣味。

例

❶ この酒、なんだか水くさいなあ。

這酒怎麼喝起來跟水一樣無味。

❷ 泥くさい魚はあまり好きではない。

我不太喜歡吃有土臭味的魚。

❸ 今日は会社の食堂で焦げくさいご飯を食べさせられた。

我們今天在公司員工餐廳吃到有點燒焦的白飯。

意義② 表示帶有某種不好的樣子，多用在蔑視他人的場合。

例

❶ そんな大きな仕事は青くさい彼に任せられるか。

他還這麼嫩，這麼大的工作交給他行嗎？

❷ そんな話をすると、田舎くさいと言われるよ。

說那種話，會有人笑你是「鄉巴佬」的。

❸ お父さんは素人くさい手つきで野菜を切り始めた。

爸爸他笨手笨腳地開始切菜了。

意義③ 加強所接續的名詞或形容詞的語氣。

例

❶ 面倒くさい数学の計算問題に頭が痛い。

複雜的數學計算讓人大傷腦筋。

❷ その陰気くさい部屋に入ると、なんだか恐い感じがする。

一走進那所陰森森的屋子，就不由自主地感到害怕。

❸ あの経営者は大金持ちなのに、けちくさい。

那個老闆很有錢，卻很小氣。

參考　另外較為常見的還有：酒くさい、血くさい、土くさい、ガスくさい、タバコくさい、バタくさい、自慢くさい、邪魔くさい、ばかくさい、古くさい、年寄りくさい、いんちきくさい；水くさい則另有很見外的意思！

7　～げだ　＊ ……的樣子　3-03

接續
- ナ形容詞語幹＋げだ
- イ形容詞語幹＋げだ
- 願望助動詞「たい」語幹＋げだ
- 動詞（ある）「連用形」＋げだ

意義　接在表示感情、表情、心情等方面的詞語後面，跟「～そうだ（樣態助動詞）」（⇨N4）的語法意思相同，活用也相同，用於說話者根據對現場事物所呈現的外觀、視覺印象而作出推斷。

例

❶ お父さんは退屈（たいくつ）げに新聞のページをめくっている。　爸爸無聊地翻著報紙。

❷ 道を歩いているところへ、どことなくあやしげな男に声をかけられて驚いた。　走在路上，不知道哪裡來的奇怪男子叫住我，嚇了我一跳。

❸ そのとき、彼女は、僕に何か言いたげな顔をしていた感じだった。　當時我感覺她的表情好像有什麼話要對我說的樣子。

❹ その少年はわけありげな眼差（まなざ）しで、僕を見つめていた。　那位少年看著我，眼神中似乎有什麼難言之隱。

參考　常見的還有：寂しげだ、悲しげだ、懐かしげだ、恥ずかしげだ、ばかげだ、生意気げだ、不安げだ、殘念げだ、自慢げだ、満足げだ

8　～たて　＊ 剛……／新……

接續　動詞「連用形」＋たて（の、だ）

意義　跟「～たばかり」（⇨N4）類似，表示某動作剛做完或某狀態剛出現的意思，但使用範圍不如「ばかり」寬泛。

例

❶ 絞りたてのジュースは特別な味がする。
現榨出來的果汁有一種特別的味道。

❷ 見学人は養鶏場で産みたての卵を買って嬉しそうに帰って行った。
來參觀的人在養雞場買了剛產下的雞蛋後，高興地回家了。

❸ 免許取りたての姉は車庫入れに失敗して、車を門柱に當てて凹ませてしまった。
剛拿到駕照的姐姐在倒車入庫時撞到了門柱，把車身撞凹了。

參考 另外較常用的詞語還有如：焼き立てのパン、揚げたての魚、取れ立ての果物、生まれたての赤ちゃん、塗りたてのペンキ、洗いたての服、覚えたての英語、入れたてのお茶、炊きたてのご飯、できたてのまんじゅう、研ぎたての包丁、掃きたての部屋、蒸したての芋……

9 ～だらけ ＊ 1. 滿滿的…… 2. 淨是……

接續 名詞＋だらけ

意義① 接在表示「液体狀、膠著狀、顆粒狀」等意思的名詞後面，表示物體上沾滿了這些令人厭惡的東西。

例

❶ 彼の部屋はゴミだらけだ。
他的屋子裡滿是垃圾。

❷ 泥だらけの靴で家に入って怒られた。
我穿著滿是泥土的鞋子進了屋，被（父母）罵了一頓。

❸ 昔のと違って霜取り装置が付いているので、冷蔵庫が霜だらけになることはない。
跟以前的冰箱不同，現在生產的冰箱有安裝除霜裝置，所以冰箱裡再也不會結滿霜了。

意義② 接在事物名詞後面，表示「淨是些令人頭疼的現象或事情」的意思。個人說話的感情色彩較濃。

例

❶ 子供たちが風邪の折りから私まで寝込み、我家は病人だらけです。
孩子們感冒，連我都被傳染了。如今我們家裡都是病人。

❷ 世の中は危ないことだらけだから、自分でよく考えて危険に近づかないようにしなさい。
社會上充滿著危險，所以無論做什麼事都要三思而行，盡可能避開危險。

❸ 借金（しゃっきん）だらけで、これからどうしていいか分からない。 我已經負債累累，不知道以後該怎麼辦。

說明

「～だらけ」是一種較為誇張的用法，而「～ばかり」（⇨ N3）幾乎接近100% 的事實。所以當用在誇張地描寫身上、衣服上、鞋帽上、家具上等沾滿了好多骯髒的東西時，不能和「ばかり」互換使用。描寫抽象事物的場合多數可以互換使用，但語感不一樣。

■**昨日からの雨がようやくやんだが、運動場はまだ濡（ぬ）れていた。試合を終えたサッカー選手の顔はみんな泥だらけだ。**
／昨天的雨終於停了，不過運動場的場地還是濕漉漉的。比賽結束後，足球運動員們滿臉都是泥水。

⑩ ～っこない ＊ 絕對不會／不可能

3-04

接續 動詞「連用形」＋っこない

意義 表示說話者主觀上的一種強烈的否定。用於較隨意的口語中。

例

❶ A：どんどん食べてください。
B：どうも。でも、こんなにたくさん食べられっこないよ。

A：多吃點。
B：謝謝。不過，我根本吃不了這麼多的菜啊。

❷ A：彼は来るかなあ？
B：来（き）っこない、来っこない。連絡してないから。

A：他會不會來呀？
B：不會，不會來，因為我沒有連絡他。

❸ この話は、今初めてあなただけにしたんだから、あなたが言わなければ、他の人は知りっこない。

這些話今天我是第一次說，而且只告訴了你。所以只要你不說，其他人不會知道。

⑪ ～っぱなし ＊ 1. 置之不理…… 2. 一直……／總是……

接續 動詞「連用形」＋っぱなし（で、の、にする、になる）

意義① 對本應做的事情不去做而放任不管，保持其原樣。多帶有埋怨、批評的語氣。

例

❶ 妹「お兄ちゃん、部屋の電気、つけっぱなしだよ。」

妹妹：「哥哥，你房間的電燈一直亮著喔！」

❷ 風呂の水を出しっぱなしにして出かけてしまった。

浴室的水沒關，人就跑出去了。

❸ 彼は僕から金を借りっぱなしのくせに、会っても知らん顔をしている。

他跟我借了錢後一直沒還，見了面卻還裝作不知道。

意義② 表示相同的狀態或動作一直持續著的意思。

例

❶ コンピューターは便利なものだが、座りっぱなしの仕事が増えてかえって疲れる。

電腦雖然很方便，但是由於要坐在電腦前處理的事情變多了，反而覺得更累了。

❷ 今度こそ、今(こん)シーズンになってから勝(か)ちっぱなしのＡチームに勝つぞ。

這次一定要打敗本賽季以來從未輸過的Ａ隊。

❸ 後半(こうはん)になってわがチームはずっと相手に押(お)されっぱなしになっていた。

到了下半場，我隊一直被對方壓著打。

⑫ ～づらい ＊ 難以……

接續 動詞「連用形」＋づらい

意義 跟「～がたい」(⇨N3)的語法意思類似，表示某動作做起來心情或生理上有痛苦感、不好受。多用於「想說又難以啟齒、想做又礙於情面」等語境中。反義詞為「～よい」。

例

❶ このペンは古くなったので、とても書きづらい。

這支筆太舊了，寫起來很不順。

❷ この本は字が小さくて読みづらくて困ります。

這本書的字太小了，閱讀起來很不舒服。

❸ 道が悪くてとても歩きづらいです。

路不平很不好行走。

13 ～とも ＊ 都……

3-05

接續 ◆ 數量詞＋とも
◆ 名詞＋とも

意義 表示「無一例外地都……」的意思。

例

❶ 応募者(おうぼしゃ)は男女(だんじょ)ともで 50 人になります。　前來應徵的人男女一共有五十個人。

❷ 山田さんは病気で連続(れんぞく)で四日とも仕事を休んだ。　山田因為生病，已經連續四天沒有上班了。

❸ 友だちが三人とも同じ会場で同時に結婚(けっこん)式(しき)を挙(あ)げるんだ。しかも、六人ともモデル同士(どうし)なんだ。三組(ぐみ)とも美男美女(びなんびじょ)のカップルだ。　我的三個朋友同時在同個地方舉辦婚禮，六個人都是模特兒，三對都是俊男美女。

14 ～ども ＊ 謙詞（我、我們、本公司……）

接續 第一人稱＋ども

意義 根據情況分別表示「我、我們、本公司、本店」等意思。謙讓語用法，主要用於寒暄語或文書中。

例

❶ わたくしどもは、みなさんのおいでをお待ちしております。　我正在等待著諸位的光臨。

❷ わたくしども 3 人一緒にお伺(うかが)いに参(まい)りますので、そのときよろしくお願い申し上げます。　我們三個人會一起去拜訪您，到時請多多指教。

❸ わたくしどもでは（＝私たちの店では）、どこの店よりも安いお値段でお売りしております。　本店的商品比其他任何店賣得都便宜。

15 ～抜く ＊ 1. 堅持到……，一直…… 2. 極其……／完全……

接續 動詞「連用形」＋抜く

意義① 表示歷經艱苦，戰勝種種困難堅持將某事情或行為進行到底。

例

❶ 彼の栄光は、厳しいレースを勝ち抜いた末に獲得したものだ。
他的榮耀是堅持跑完了全程而得來的。

❷ もう疲れ切って倒れそうだ。しかし、応援に励まされて、僕は必死にゴールまで走り抜いた。
我快累癱了。但是，由於有加油團的鼓勵，我堅持跑到了終點。

❸ 最後までやり抜くことが大切なのです。結果は問題ではありません。
重要是要一直要堅持到最後，結果如何不必太在意。

意義② 表示某種狀態達到了極限。

例

❶ いろいろ考え抜いた結果、思い切って帰國すると決心を固めた。
經過再三考慮，毅然決定回國。

❷ 今すぐ離婚するかしないかと悩み抜いたあげく、子供が大學を卒業するまで我慢すると決めた。
猶豫了好久要不要馬上離婚，最後決定等孩子大學畢業以後再說。

❸ 若い母親は幼い子供を失ったことを悲しみ抜いて、自分の命を絶ったという。
年輕的母親因為失去了年幼的愛子心情極度悲傷，聽說後來她自殺了。

參考

較為常見的還有：戦い抜く、生き抜く、粘り抜く、守り抜く、追い抜く、考え抜く、困り抜く、弱り抜く、知り抜く、見抜く。

16 ～よい ＊ 不錯／真好

3-06

接續 動詞「連用形」＋よい（いい）

意義 跟「～やすい」（⇨ N4）的語法意思類似，表示動作不困難、舒暢。

例

❶ ここは山が高く、川が清（きよ）い所で、住みよい。
這裡山高水清，適合居住。

❷ メーカーに、もっと使いいいパソコンを作り出してほしい。
希望製造商能生產出使用起來更方便的電腦。

★練習問題★

（解答 ⇨ P.285）

問題 1 次の文の（　　　）に入れるのに最もよいものを、1・2・3・4 から一つ選びなさい。

(1) A：今日のような人身事故はまったく（　　）。
　B：そうですね。意外な事故だったと言えますね。
　1　防止するべきではない　　2　防止するべきだった
　3　予測し得ないことだった　　4　予測得ることだった

(2) 毎日の安全点検を怠ると、大事故を起こしかねないので、油断（　　）よ。
　1　しようじゃないか　　2　してならない
　3　しかねない　　4　してはいけない

(3) 悲し（　　）表情をして、車にひかれて死んでいる犬のそばに立っている。
　1　かけの　　2　げな　　3　くさい　　4　づらい

(4) これだけ説明して（　　）、まだ分からないの？
　1　あげたのに　　2　あげたら　　3　あげたので　　4　あげれば

(5) あの人はまだ若いくせして、考えが（　　）なあ。
　1　新しい　　2　古くさい　　3　進んでいる　　4　すぐれている

(6) 困っている彼を助けたいが、彼のプライドを傷つける（　　）と言い出しかねています。
　1　のではなかろう　　2　のではないだろう
　3　のではないか　　4　のではない

(7) 石（　　）山の土地を耕して、畑に変えた。
　1　づらい　　2　っこない　　3　だらけの　　4　ぎみの

(8) ラストに強い彼はゴールに入る直前、前に走っていた人を追（　　）。
　1　遅れた　　2　抜いた　　3　向けた　　4　回った

(9) こんな ところに自転車を止め（　　）ではいけないと巡察に言われた上、罰金を取られた。

1　っぱなし　　2　たて　　3　かけ　　4　むき

(10) 口が重い彼女のことだから、聞いてもその事を（　　）。

1　教えてもらってよい　　2　教えてくれっこない
3　教えてもらいづらい　　4　教えてくれたっけ

(11) こんな重大政治事件が起きたのに、メディアは一切報道していないことからして、この国のメディアに対する統制が（　　）厳しいか分かる。

1　どのあたり　　2　どのへん　　3　どれだけ　　4　どのような

(12) ペンキは塗り（　　）ですから、触らないように気をつけなさい。

1　だらけ　　2　ばかり　　3　かける　　4　たて

(13) うちの課長はいつも難しい顔をしているので、話し（　　）。

1　よい　　2　づらい　　3　かけた　　4　得た

(14) 子どもが三人いますが、三人（　　）女の子です。

1　とも　　2　ども　　3　むき　　4　むけ

問題 2　次の文の ＿★＿ に入る最もよいものを、1・2・3・4から一つ選びなさい。

(15) 今日の仕事は ＿＿＿ ＿★＿ ＿＿＿ ＿＿＿ しましょう。

1　終わり　　2　この辺　　3　で　　4　に

(16) 将来、医学が進めば、＿＿＿ ＿＿＿ ＿★＿ ＿＿＿ ありえます。

1　不治の病　　2　病気も　　3　治ることは　　4　といわれている

(17) 先日、＿＿＿ ＿★＿ ＿＿＿ ＿＿＿ 、ありがとうございます。

1　わざわざお見送り　　2　出発の時には
3　くださいまして　　4　わたくしどもの

(18) 若者 ＿＿＿＿ ＿＿＿＿ ＿＿＿＿ ＿★＿ メーカーに重視（じゅうし）されている。

1　特に　　2　車では　　3　向けの　　4　デザインが

(19) 食べ ＿＿＿＿ ＿＿＿＿ ＿★＿ ＿＿＿＿ 、あの子はどこかへ行っちゃった。

1　かけた　　2　リンゴを　　3　置いて　　4　机の上に

(20) 最近、＿＿＿＿ ＿＿＿＿ ＿★＿ ＿＿＿＿ ちょっと心配です。

1　下がり　　2　ぎみで　　3　売り上げは　　4　店の

第四章

機能語・文型

★壹★ 時間・場合・共起・繼起・同時

1 ～に際し（て） ＊ 在……時候／……之際

4-01

接續 ◆名詞「の形」＋に際し／に際して／に際しては／に際しての
◆動詞「辭書形」＋に際し／に際して／に際しては／に際しての

意義 跟「～際に（は）／際（は）」（⇨N3）的語法意思相同，表示在某個特殊時間或非常時期，多用於書面語或演講文。

例

❶ 図書館のご利用に際して、以下の点にご注意ください。
在利用本圖書館時，請注意以下事項。

❷ 今度の総選挙に際し、國民の関心の的となったのは自衛隊の扱いについてだった。
在這次全國大選中，國民所關心的焦點集中於有關日本自衛隊的部署和使用上。

❸ 先生の、卒業式に際してのごあいさつはとても暖かかったです。
老師在畢業典禮上的一席話很溫暖人心。

2 ～にあたって／にあたり ＊ 在……之際／……的時候

接續 ◆名詞＋にあたって／にあたり
◆動詞「辭書形」＋にあたって／にあたり

意義 相當於「～の時に」的意思，表示某個特殊時期。多用於致詞、演講、慰問、採訪、致謝等較鄭重、隆重的場合。更禮貌的說法是「～ にあたりまして」。

例

❶ 原子力発電所の建設にあたって住民との話し合いが持たれた。
在計畫建造核電廠的時候，我們負責跟當地居民進行溝通。

❷ 立候補をなさるにあたってのお気持ちはいかがでしょうか。
能否請您談談當選候選人時的心情。

❸ お子さんの結婚にあたりまして、祝福の意を申し上げます。
在令公子結婚大喜之日，表達我衷心的祝福。

3 ～に先立つ ＊ 在……之前

接續 ◆ 名詞＋に先立／に先立って／に先立つ
◆ 動詞「辭書形」＋に先立ち／に先立って

意義 表示「在前項事情開始之前」的意思，敘述在此之前做與此有關的事宜。書面語。

例

❶ 新薬の輸入に先立ち、慎重な調査が行われている。
在引進新藥之前，做了慎重的調查。

❷ 会議の開始に先立って、新しいメンバーが紹介された。
在正式開會之前，介紹了新成員。

❸ 工場を移転するに先立つ調査に、時間もお金もかかってしまった。
在工廠搬遷的事前調查上，花費了不少時間和費用。

4 ～ところだ ＊ 要是……，就會……

4-02

接續 ◆ ～たら、動詞「辭書形」＋ところだ
◆ ～たら、動詞「た形」＋ところだ

意義 相當於「～はずだ」的意思。前項為假定條件，表示雖然不是現實，但如果是在前項的情況下，就有可能會發生後項的事情。

例

❶ もし長男が死ななかったら、もう父親になっているところでしょう。
如果大兒子沒死的話，現在應該也當父親了吧。

❷ 先日、おじいさんは急病で入院した。もし元気だったら、今日のような日には家族と一緒に年越しそばを食べているところだなあ。
前幾天爺爺因突發疾病住院了。如果身體好的話，像今天這樣的日子會正和我們一起吃年夜飯吧。

❸ 助けていただかなければ、とっくにこの実験をあきらめていたところです。
如果沒有您的幫助，我早就放棄這個實驗了。

5 ～ところへ ＊ 再加上…… ／又……

接續
◆ 名詞「の形」＋ところへ
◆ ナ形容詞「な形」＋ところへ
◆ イ形容詞「辭書形」＋ところへ
◆ 動詞「辭書形」＋ところへ
◆ 動詞「て形」＋いるところへ
◆ 動詞「た形」＋ところへ

意義 表示累加，即在前項的基礎上又出現了後項的意思。多用於「禍不單行」的語境中。這時很難用「～ところに」替換使用。

例

❶ 食糧不足のところへ寒さも手伝って、死にかけていた。
飢寒交迫，險些送命。

❷ 仕事で多忙（たぼう）な／忙しいところへ娘も病気になって…。
工作上忙得不可開交，再加上女兒也生病了…

❸ A：山田さんは失業（しつぎょう）しているところへ肺癌（はいがん）にやられたそうだよ。
A：聽說山田不但失業，同時還得了肺癌。
B：そうなんですか。お気の毒に。
B：是嗎。好可憐啊。

❹ 父が寝込（ねこ）んだところへ(持ってきて)、妻までが倒れた。俺はどうしよう。
父親臥病不起，甚至連妻子也病倒了。我該怎麼辦啊。

6 ～ところを ＊ 1. 2.……之時／……之中

接續
◆ 名詞「の形」＋ところを
◆ ナ形容詞「な形」＋ところを
◆ イ形容詞「辭書形」＋ところを
◆ 動詞「辭書形」＋ところを
◆ 動詞「て形」＋いるところを
◆ 動詞「た形」＋ところを

意義① 「～ところを」的前項表示某種「階段、場面、場景、狀況」等意思。後面的動作是作用於前項的。表示前項的事情正在發生時出現了意外的後項。後項所用的動詞，一種是表示「看見、發現」意思的動詞，另一種是表示「阻止、妨礙、警告、抓住、襲擊」等有關反應主體遇到麻煩甚至傷害的動詞。

例

❶ 足が滑って派手に転んだ。その時、周りにたくさんの人がいた。ああ、まずいところを見られて恥をかいたわ。
腳滑摔了一大跤。當時周圍都是人。被看到我這種醜態，真是糗死了。

❷ 犯人は被害者が昼寝をしているところを襲ったと警察が言った。
員警說，兇手是趁著被害人午睡的時候犯案的。

❸ 犯人は買い物をしていたところを警官に逮捕された。
兇手在購物的時候被員警逮捕了。

意義② 表示某人正處於危險或困境之中得到了幫助。後項所用的動詞是「得到救助、幫助」等動詞。

例

❶ 危ないところを彼女は警察に助けられました。
在危急時刻，她被員警搭救了。

❷ その若い女は痴漢に襲われているところを見知らぬ人に助けられた。
那位年輕女子遭到色狼騷擾時，被一位陌生人搭救了。

❸ 溺れてもう少しで死にかけるところを通りかかった人に救われた。
就在我差一點溺斃時，被一位路過的人救上岸了。

説明

另外，「～ところを」還有表示逆接的用法，請參考 P.101。

7 ～最中 ＊ 正在……

4-03

接續
◆ 名詞「の形」＋最さい中ちゅう（に、だ）
◆ ナ形容詞「な形」＋最中（に、だ）
◆ イ形容詞「辭書形」＋最中（に、だ）
◆ 動詞「て形」＋いる最中（に、だ）

意義 接在形容詞後面時表示一種程度的表現（但能用的形容詞很少）。接在名詞或動詞後面時表示某事情正在如火如荼地進行著。後項多數為突然出現的意外事情。

例

❶ ご多忙の／ご多忙な最中、お邪魔しましてすみません。
您這麼忙我還過來打擾，真不好意思。

❷ 北海道（ほっかいどう）は今寒い最中ですが、いかがお過（す）ごしでしょうか。　現在北海道正是寒冷的時候，您近來過得好嗎？

❸ 電話している最中に、だれかが玄関に来た。　正在打電話的時候，發現有人在我家門口。

8 ～てほどなく ＊ 沒過多久……

接續 動詞「て形」＋ほどなく

意義 表示前項的事情發生後沒過多長時間的意思。用於書面語，口語中多用「～てしばらく」。

例

❶ 悲しいことに、父が死んでほどなく母も世（よ）を去（さ）った。　令人悲痛的是，父親過世後不久，母親也離開了人世。

❷ 電話をしてほどなく、配達人（はいたつにん）が弁当を届けてくれた。　打完電話沒多久，外送人員就把便當送來了。

❸ 僕と別れてほどなく、彼女はアメリカへ留学した。　跟我分手不久後她就去美國留學了。

9 ～てまもなく ＊ 沒過多久……

接續 動詞「て形」＋まもなく

意義 跟「～てほどなく」的意思基本相同。口語和書面語都可用。

例

❶ 入社してまもなく、海外出張を命（めい）ぜられた。　進公司沒多久，我就被派到國外出差。

❷ 入学してまもなく、父の仕事の関係で引っ越しをしなければならなくなった。　才剛入學不久，因為父親工作的關係不得不搬家。

❸ 母が父と離婚してまもなく、父は私を祖父母（そふぼ）の所に置いて、家を出た。　在母親跟父親離婚後不久，父親就把我送到祖父母住的地方之後，就離開了這個家。

10 ～ごと ＊(1)每次…… (2)1. 2. 每……／每個……

4-04

接續 (1) ◆ 名詞＋ごとに
◆ 動詞「辭書形」＋ごとに

意義 表示某現象有規律地反覆出現。

例

❶ 彼女はひと試合ごとに強くなる。　她每次參加比賽，實力都有所提升。

❷ その歌手(かしゅ)が一曲(きょく)歌い終わるごとに会場から大きな拍手(はくしゅ)が起こった。　那位歌手每演唱完一首歌曲，場內都會響起熱烈的掌聲。

接續 (2) ◆ 名詞＋ごとに
◆ 名詞＋ごとの＋名詞

意義① 接在表示距離、時間等意思的名詞後面，表示等間隔距離或時間。

例

❶ 100メートルごとに電柱(でんちゅう)が立っている。　每100公尺架了一支電線杆。

❷ オリンピックは四年ごとに行(おこな)われる。　奧運每四年舉辦一次。

意義② 接在單位的名詞後面，表示一個不漏地重複某個動作。

例

❶ アンケートの回答(かいとう)を項目(こうもく)ごとに分析(ぶんせき)する。　依據問券的回答逐項分析。

❷ 彼女は会う人ごとにあいさつをする。　她見到人都會打招呼。

❸ 大学で専門科目(せんもんかもく)ごとの研究室を設(もう)ける。　大學依各門專業學科配有研究室。

11 ～につけ／につけて／につけても

＊(1)不論…… (2)每當……

接續 (1) 名詞(何(なに)か・何事(なにごと)・それ)＋につけ／につけて(は)／につけても

意義 以「何かにつけ(て)」「何事につけ(て)」「それにつけても」的慣用說法，表示「無論什麼時候」、「每當有某個契機」等意思。即每個這個時候都會做／出現後項。

例

❶ 彼は何かにつけ私のことを目の敵にする。　他動不動就把我視為眼中釘。

❷ 友だちの家に一年ほど同居した。その時、友だち一家は何かにつけても。／何事につけても世話をしてくれたものだ。　我在朋友家住了一年。當時得到他們一家人很大的照顧。

❸ 今は住宅団地になってしまったが、数年前まで、この辺は畑ばかりの田舎だった。それにつけても時の流れがなんと速いことだ。　幾年前這一帶還是一大片農田，但是現在變成了住宅區。每次想起，都會讓人感到時光飛逝。

接續 (2) 動詞「辭書形」＋につけ／につけて（は）

意義 接在「見る／聞く／考える」等動詞後面，每當看到、聽到或想到前項的物品或事情時，總會出現後項（想起、感到、懷念、後悔莫及、懷疑等）。謂語多數為「思い出す／感じる／懐かしむ／後悔する／疑う」等表示感覺、感情、心情等的動詞。

例

❶ この絵を見るにつけ（ても）、ひと昔前のことが頭に浮かんでくる。　每當我看到這張畫時，腦海裡就會浮現出從前的往事。

❷ この本を読むにつけ（ては）、亡くなった先生の顔が思い出されます。　每當我閱讀這本書的時候，就會想起已故的老師。

❸ 新型肺炎 (SARS) が流行った時の光景を思い出すにつけて、恐ろしく感じる。　每當想起 SARS 肆虐的日子，就會覺得很恐怖。

12 〜につけ／につけ〜につけ

＊ 無論……

接續
- 名詞＋につけ
- 名詞＋につけ、〜につけ
- ナ形容詞語幹＋につけ、〜につけ
- イ形容詞「辭書形」＋につけ、〜につけ
- 動詞「辭書形」＋につけ、〜につけ

意義 接在具有對立意義的詞語後面，表示「無論是其中哪個方面」的意思。

例

❶ 風につけ、雨につけ（＝風雨につけ）彼は毎日線路伝いにレールの点検をする。
他風雨無阻，每天沿著鐵路對鐵軌進行安檢保養作業。

❷ 私は周りが静かにつけ、うるさいにつけ、じっとしていられるタイプです。
周圍安靜的時候也好，吵鬧的時候也好，我都不會受到影響。

❸ 社長は常に会社の状況をつかんでおかなければならない。いいにつけ悪いにつけ（＝良し悪しにつけ）、現状をありのままに報告させる必要がある。
作為公司的社長，必須時刻把握公司的發展動向。無論是好消息還是壞消息，都應該讓部下如實地彙報上來。

❹ 交渉がまとまるにつけ、まとまらないにつけ（＝交渉の成否につけ）、相手の気持ちを損なわないように気をつけてください。
無論談判是否成功，千萬不要得罪了對方。

13 ～たとたん（に） ＊ 剛……就……

4-05

接續 動詞「た形」＋とたん（に）

意義 相當於「～とすぐに」的意思，表示「前項的事情剛發生，立即就出現了意外的後項」的意思，臨場感很強。後項不能是本人有意識去做的事情。作為接續詞，也可以用「そのとたん（に）」的形式。

例

❶ その話題が出たとたん、田中さんの声が急に曇った。
一說起那件事，田中的聲音就變得低沉了。

❷ 暑くなったとたん、ビールの売れ行きがよくなった。
天氣才一變熱，啤酒就開始熱賣了起來。

❸ プラグをコンセントに挿した。そのとたん、電気が消えた。ショートしたのだ。
剛把插頭插進插座就斷電了。原來是保險絲燒壞了。

14 ～か～ないかのうちに ＊ 剛（還沒有）……就……

接續 ◆ 動詞「辭書形」＋か、同一動詞「ない形」＋かのうちに
◆ 動詞「た形」＋か、同一動詞「ない形」＋かのうちに

意義 表示在自己也說不清是已經做了前項還是沒開始做的微妙時刻，後項的事情就出現了。

例

❶ 先生の講義(こうぎ)が終わるか終わらないかのうちに、ノートや教科書を閉(と)じて片付け始める学生もいる。

老師的課正準備結束，還沒講完就有學生闔上筆記和課本，開始收拾書包了。

❷ ピクニックの日の朝、娘はとても嬉しそうにしていた。「行ってきます」と言い終わるか終わらないかのうちに玄関を飛び出していった。

去郊遊的那天早上，女兒顯得非常高興。剛說完一句「我走了」，就已經跑出了大門。

❸ 弟のケーキに手をつけるかつけないかのうちに、弟は「だめ」と叫(さけ)んだ。

我剛伸手要碰到弟弟的蛋糕時，就聽到他大叫一聲：「住手！」。

參考：也可以省略「かの」，即用「～か～ないうちに」的形式，意思不變。

■「行ってくるわ」と言ったか言わないうちに家を飛び出した。
／只聽見說了一聲：「我走了。」話才剛說完，他就飛奔出去了。

15 ～かと思うと／かと思えば／かと思ったら

＊ 1. 2. 以為……卻……

接續 動詞「た形」＋かと思うと／かと思えば／かと思ったら～（過去時作謂語）

意義① 用於兩個對立或對比的事情幾乎同時或連續發生。多用於一次性的事情上。有時候也可以省略助詞「か」。

例

❶ 桜の花が咲いたかと思ったら、もう散(ち)ってしまった。

以為櫻花才剛綻放卻已凋謝了。

❷ 隣で夫婦の口げんかが終わったかと思うと、お皿でも落(おと)し壊(こわ)したような音がした。これでは困るな。今晩眠(ね)むれそうにない。

才以為隔壁那對夫婦總算吵完架了，馬上又傳來摔盤子的聲音。這下麻煩了，今晚大概無法好好睡覺了。

❸ 息子は、朝学校に行く際に、必ずと言っていいほど忘れ物をしている。出かけたかと思うとすぐ忘れ物を取りに帰ってくる。

我兒子早上上學時，老是會忘記什麼東西，才剛走出家門又回來拿。

意義② 表示前項的事情剛發生，馬上就發生了相應的後項。後項的產生是一種必然的結果。多用於一次性的事情上。有時候也可以省略助詞「か」。

例

❶ 空が曇ってきたかと思っていたら、案（あん）の定（じょう）雨が降り出した。　天空剛暗下來，果然就下起了雨。

❷ 夫はよほど疲れていたのか、ベッドに横になったかと思うと、もう鼾（いびき）をかき始めた。　丈夫好像很累，剛一躺下，就馬上打鼾了。

❸ 車が丘（おか）を越（こ）えたかと思うと、次の丘が目の前に現れた。　車子剛越過一個山丘，緊接著眼前又是一個山丘。

16 ～次第 ＊ 一……就……

◎ 4-06

接續 ◆ 名詞＋次第（しだい）
◆ 動詞「連用形」＋次第

意義 相當於「～てからすぐに」的意思，表示前項的事情一發生，立即就採取下一步的行動。

例

❶ 部長が到著（とうちゃく）次第、会議を始めましょう。　部長一到，就開始開會吧。

❷ 参加者の名前が分かり次第、教えていただけませんか。　參加者的名單一旦確定下來，請馬上通知我好嗎？

❸ 来週のスケジュールが決まり次第、連絡してください。　下週的行程一定下來請馬上跟我聯絡。

17 ～を前にする ＊ 在……之前……

接續 名詞＋を前に（して）／を前にする／を前にした

意義 接在時間名詞或事件名詞後面，表示在某個時期之前的意思。

例

❶ 卒業を前に自分の将来のことを考えた。 在畢業之前，我考慮了自己的將來。

❷ テストを前にして、落ち着こうと思っても、私の心には不安と焦り（あせ）が募る（つの）ばかりだった。 考試之前，雖然告訴自己不要緊張，但不安和焦慮還是不斷地向我襲來。

❸ 取材（しゅざい）を前にして、彼は対象とするＳ氏（し）のことをいろいろ調べ（しら）てみた。 在採訪之前，他對採訪對象Ｓ先生進行了詳細的調查。

⑱ ～ている場合ではない ＊現在不是……時候

接續 動詞「て形」＋いる場合ではない

意義 用於說明現在不是對方應該採取某行為的時候，或告誡對方採取的行動不合適。

例

❶ 今はぐずぐずしている場合じゃない。はやくやりなさい。 現在不是推託磨蹭的時候，趕快做事。

❷ 悲（かな）しんでいる場合ではない。しっかりしろ。 現在不是難過的時候。振作起來！

❸ 仕事を始めたばかりの僕にとっては、馬券（ばけん）など買ったりして、遊びに興（きょう）じている場合ではない。 對於剛開始工作的我而言，現在不是賭馬玩樂的時候。

★練習問題★

(解答 ⇨ P.287)

問題1 次の文の(　　　)に入れるのに最も よいものを、1・2・3・4から一つ選びなさい。

(1) その食品には防腐剤(ぼうふざい)が入っていないせいで、開封(かいふう)(　　)、カビだらけになった。

1　してほどなく　2　するにつけて　3　し次第　4　するに先立ち

(2) もう少しお待ちください。ご注文の品(しな)が入り次第(　　)。

1　さっそくご連絡くださいました
2　急いでご連絡ください
3　ただちにご連絡いたしました
4　すぐにご連絡いたします

(3) 大統領(だいとうりょう)は在任(ざいにん)の間、各州(かくしゅう)、県(けん)(　　)訪問(ほうもん)した。

1　たびに　2　ごとに　3　につけ　4　にあたり

(4) 出発(しゅっぱつ)(　　)、再(ふたた)び日程(にってい)の確認(かくにん)をさせていただきます。

1　のうえで　2　したとたん　3　の最中　4　にあたり

(5) 急に前に飛び出した子供がいた。ブレーキを踏(ふ)むか踏まないかの(　　)、その子は走(はし)り抜(ぬ)けていた。

1　際に　2　最中に　3　うちに　4　ごとに

(6) 私が部屋に入ったとたん、彼はさっと立ち上がって(　　)。この前けんかしたことをまだ気にしているのかな。

1　出て行く　2　出て行った　3　出始める　4　出始めた

(7) 試合はまだ済んでいないから、笑っている場合(　　)、泣いている場合(　　)ない。しばらく様子を見ていこう。

1　にも／にも　2　をも／をも　3　やらも／やらも　4　でも／でも

(8) ビルが揺(ゆ)れ(　　)、倒れた。死傷者(ししょうしゃ)が多かった。

1　始めるのを前にして　2　始めるにつけても
3　始めようとするところを　4　始めたかと思うと

(9) 新空港建設計画を（　　）に先立ち、地元の住民の意見を求める必要がある。

1　立てる　　2　立てた　　3　立てよう　　4　立てていた

(10) 昨日、財布をなくして（　　）、友だちが貸してくれました。

1　困ってはじめて　　2　困ったうえで
3　困っているところを　　4　困るにつけて

(11) いい（　　）、悪い（　　）、兄と弟と比べるのは、止めて欲しい。

1　にあたり／にあたり　　2　に先立ち／に先立ち
3　につけ／につけ　　4　に際して／に際して

(12) 彼と（　　）まもなく、彼が私にプロポーズを申し込んだ。

1　出会う　　2　出会って　　3　出会った　　4　出会っている

(13) 好きなドラマを（　　）最中に、突然家が揺れ始めた。

1　見ていた　　2　見る　　3　見た　　4　見ている

(14) 私は昨日、教室で居眠りしているところを先生から（　　）。

1　注意させた　　2　注意された　　3　注意した　　4　注意なさった

問題 2　次の文の ＿★＿ に入る最もよいものを、1・2・3・4から一つ選びなさい。

(15) 掲示板に、面接試験を ＿＿＿ ＿★＿ ＿＿＿ ＿＿＿ ある。

1　受ける　　2　が書いて　　3　に際しての　　4　注意事項

(16) C国だったら、そんな過激な発言をする ＿＿＿ ＿＿＿ ＿★＿ ＿＿＿ いるところだ。

1　政治犯　　2　逮捕されて　　3　人間は　　4　として

(17)「失敗は成功の元」だ。 ＿＿＿ ＿★＿ ＿＿＿ ＿＿＿ ある。

1　ごとに　　2　ことが　　3　上手になる　　4　失敗する

(18) これからの暮らしの ＿★＿ ＿＿＿ ＿＿＿ ＿＿＿ ため息ばかりである。

1　につけて　　2　ことを考える　　3　のは　　4　出てくる

(19) 大統領の到着 ＿＿＿＿ ＿＿＿＿ ＿＿★＿＿ ＿＿＿＿ ように命じられた。

1　を前にして　　2　を再確認する　　3　司令官から　　4　警備

(20) 気象観測員の ＿＿＿＿ ＿＿＿＿ ＿＿★＿＿ ＿＿＿＿ などを計る。

1　気温や風速　　2　ごとに　　3　彼女は　　4　1時間

① ～ばかりに ＊ 僅僅因為……

5-01

接續 ◆ナ形容詞「な形」＋ばかりに
◆イ形容詞「辭書形」＋ばかりに
◆動詞「辭書形」＋ばかりに
◆各詞類「た形」＋ばかりに

意義 表示僅僅就因為這個緣故，才造成了後項不好的結果。帶有說話者的「批評、後悔、遺憾」等心情。

例

❶ 何をやっても自分勝手(かって)なばかりに、失敗を重(かさ)ねてきた。
我不管做什麼事都會因為自己的任性固執，導致失敗告終。

❷ 望(のぞ)みが高いばかりに、なかなか嫁(よめ)に行けない。
因為自己的眼光太高，所以到現在一直沒能嫁出去。

❸ 彼女に好(す)かれたいばかりに、お世辞(せじ)を言うことがある。
有時候因為想搏得她的好感，刻意講了些好聽話。

❹ 生水(なまみず)を飲んだばかりに、お腹(なか)が痛くなった。
喝了生水，導致腹痛。

② ～だけに ＊ 1. 畢竟……所以……／不愧……所以 2. 正因為……更加 3. 正因為……反倒

接續 ◆名詞＋だけに
◆ナ形容詞「な形」＋だけに
◆イ形容詞「辭書形」＋だけに
◆動詞「辭書形」＋だけに
◆各詞類「た形」＋だけに

意義① 表示正因為有前項的事實，所以理所當然地產生了與此相符的後項。前項和後項是相匹配的關係。

例

❶ あの方はさすがに有名な学者だけに、何でも知っている。
他真不愧是著名學者，什麼都知道。

❷ 彼らは若いだけに、15キロ歩き続けても休まない。
他們果然年輕，連續走15公里也不用休息。

意義② 表示正因為存在著的前項事實，後項就更加顯得突出。前項和後項同樣是相匹配的關係。常跟副詞「なおさら／特に」一起使用。

例

❶ 教師であるだけに、なおさら自分の言行（げんこう）に注意を払（はら）わなければならない。

正因為是老師，所以就更應該注意自己的一言一行。

❷ 父親（ちちおや）が大臣（だいじん）という職（しょく）に務（つと）めているだけに、家族としての私たちはなおさら慎重（しんちょう）に行動（こうどう）する必要がある。

正因為父親在擔任政府大臣，做為家裡一份子的我們更加要謹慎行事。

意義③ 表示結果與預料相反。前項和後項是不相匹配的關係。常跟副詞「かえって」一起使用。

例

❶ 自分の家族だけに、かえってたいへん失礼なことを言ってしまうことがある。

正因為是自己的家人，有時候反而會說出很不禮貌的話。

❷ 若いだけにかえって無理をして働いたあげく、体を壊してしまった。

仗著年輕力壯硬撐著工作，反倒累壞自己。

3 ～だけ（のことは）あって／だけのことはある

＊（1）畢竟／真不愧……（2）值得／沒有白費

接續 (1) ◆ 名詞＋だけ（のことは）あって
◆ ナ形容詞「な形」＋だけ（のことは）あって
◆ イ形容詞「辭書形」＋だけ（のことは）あって
◆ 動詞「辭書形」＋だけ（のことは）あって
◆ 各詞類「た形」＋だけ（のことは）あって

意義 和「～だけに」的語法意思相同，表示前項的評價跟後項的結果相符合。常跟副詞「さすがに」一起使用。「～だけ（のことは）あって」用於句子的中頓。

例

❶ 彼はチームのキャプテンだけあって、みんなに信頼（しんらい）されている。

他真不愧是隊長，受到隊員們的信賴。

❷ この映画はさすが評判がよかっただけあっておもしろかった。 不愧是評價很高的電影，確實很好看。

❸ 彼は以前オーストラリアに住んでいただけあって、さすがこの国のことをよく知っている。 他以前不愧是在澳大利亞住過的，對這個國家的事情知道的真不少。

接續 (2)
- 名詞＋だけのことはある
- ナ形容詞「な形」＋だけのことはある
- イ形容詞「辭書形」＋だけのことはある
- 動詞「辭書形」＋だけのことはある
- 各詞類「た形」＋だけのことはある

意義 表示前項的結果跟後項的評價相符合。常跟副詞「さすがに」一起使用。「～だけのことはある」用於句子的結束。

例

❶ 山田さんの話し方は発音がきれいで聞きやすく、さすがに元アナウンサーだっただけのことはある。 山田的發音清晰易辨。不愧是當過主播的人。

❷ 徹夜しても平気なようだ。さすが若くて体が丈夫なだけのことはあるね。 即使熬夜也沒關係。果然是年輕力壯啊。

❸ うまい刺身だ。メニューを見た時は高いと思ったけど、それだけのことはあるね（＝高いだけのことはあるね。） 這生魚片真好吃。在看菜單的時候覺得很貴，不過很值得。

❹ A：王さんは日本語がずいぶん上手になりましたね。 A：小王的日語進步很多呢。

B：そうですね。日本へ留学していただけのことはありますわね。 B：是啊。畢竟是在日本留學過。

4 ～からこそ

＊ 1. 正是因為……
2. 正是因為……反倒……

5-02

接續 普通體＋からこそ

意義① 用「～からこそ～のだ」的形式，表示強調說話者主觀上認為「不是其他，這才是唯一的原因」。也用「～のは～からこそだ」的形式，用於先交代結果後交代原因的場合。

例

❶ いい友達だからこそ、お金を貸してあげたのだ。

正因為是好朋友，所以才把錢借給他。

❷ そんなにうるさがってはいけません。あなたのことを思っているからこそ、いろいろと注意するのですから。

你不要嫌我煩。正因為是為你著想，我才不厭其煩地提醒你。

❸ 田中監督（かんとく）が選手たちに厳しくするのは、一度は優勝（ゆうしょう）を経験させたいと願うからこそだ。

田中教練之所以對選手們嚴格要求，正是因為希望他們能有一次優勝的經驗。

意義② 表示「多數人或多數情況下是這樣的，但是，有的人或有的時候正因為有這個原因的存在而打破常規，反其道而行之」的主觀心情。

例

❶ 好きなことを職業（しょくぎょう）にする人が多いが、私は映画が好きだからこそ、職業にはしないことにした。

有很多人將自己喜歡的事情當職業去做，可是，我正是因為喜歡電影，才沒有把它當成我的職業。

❷ 愛が終わったから別れるというケースが多いですが、私は違います。夫（おっと）のことを深く愛しているからこそ、分かれようと固（かた）く決心（けっしん）したのです。こうしてこそ、いつまでも愛が続けられると思っているんです。

大多數情況下是由於兩人之間已經沒有愛了才分手。但我卻不是這樣。正因為深深地愛著我的丈夫，才堅決提出離婚的。我認為這樣，我們之間的愛才會永遠延續下去。

5 ～ことから ＊（表理由）因……

接續
- ◆ 名詞＋であることから
- ◆ ナ形容詞語幹＋であることから
- ◆ ナ形容詞「な形」＋ことから
- ◆ イ形容詞「辭書形」＋ことから
- ◆ 動詞「辭書形」＋ことから
- ◆ 各詞類「た形」＋ことから

意義 表示產生後項的依據、原因、理由。

例

❶ 生活があまりにも貧乏なことから、鈴木さんは妻に逃られてしまった。
由於生活太貧困，鈴木的老婆離開了他。

❷ 地価が高いことから、東京でマイホームを簡単に手に入れることはできっこない。
由於地價太貴，在東京買房不是一件簡單的事。

❸ 彼は何でもよく知っていることから、友だちに「博士」と呼ばれている。
因為他什麼都知道，所以朋友都叫他「博士」。

6 ～ところから ＊（表理由、根據）因為……

接續
- 名詞＋であるところから
- ナ形容詞語幹＋であるところから
- ナ形容詞「な形」＋ところから
- イ形容詞「辭書形」＋ところから
- 動詞「辭書形」＋ところから
- 各詞類「た形」＋ところから

意義 跟「～ことから」的語法意思基本相同，表示產生後項的依據、原因、理由。

例

❶ この川の水がとてもきれいなところから、「清川」と呼ばれている。
因為這條河水流清澈，所以取名為「清川」。

❷ 日本は、地震が多いところから、地震対策用品がよく売れている。
日本因為地震多，防震用品十分暢銷。

❸ 発見発明は常識を破るところから始まる。
新的發現和發明都從打破常規開始。

5-03

7 ～と来ているから ＊ 因為（如此）……所以……

接續 句子普通體＋と來ているから

意義 前接名詞和ナ形容詞時可以省略「だ」。口語體，用於舉出極端事例，因為有這樣的客觀事實，所以得出後面的必然結果。

例

❶ 年に一度のお祭りと来ているから、町中人でいっぱいだった。
因為是一年一度的祭典，整個鎮上擠滿了人潮。

❷ 値段も手ごろと来ているから、その新製品が人気を呼んでいる。
因為價錢合理，所以那個新產品很受歡迎。

❸ あの料理店は値段も手ごろだし、味もうまいと来ているから、利用する客が多い。
那家餐館由於價格適中，味道又好，所以顧客很多。

❹ 今日は気温が 35 度に達したと来ているから、道を歩く人が少ない。
因為今天的氣溫高達 35 度，所以路上的行人不多。

8 ～ことだから ＊ 1. 2. 因為……所以……

接續 名詞＋のことだから

意義① 因為是屬於特殊的事情、時期或場所，所以一般會造成如此結果。

例

❶ あそこへ行くのは初めてのことだから、まごまごしてすぐには目的地が見つからなかった。
因為是第一次去那裡，所以繞了老半天還是沒辦法馬上找到目的地。

❷ この不景気の時期のことだから、わが社も受注が減るのに困っているのよ。
由於經濟不景氣，我們公司也正為訂單的減少而發愁。

❸ シーズンセールのことだから、値下げする店が多い。
因為是季節性促銷，有不少商店都在降價打折銷售。

意義② 接在人物名詞後面，表示平時就是如此性格、作風的他（她），這次肯定也會這樣做。主要用於說話者的主觀判斷或推測，所以謂語多帶有表示推測的表達形式。

例

❶ A：彼女はまだ来ていませんね。時間どおりに来るかなあ。
A：她怎麼還沒來？會準時到嗎？

B：時間に正確な彼女のことだから、もうすぐ来ますよ。
B：她一向都很守時，很快就會趕到的。

❷ 有能（ゆうのう）なA君のことだから、きっといい仕事をするだろう。

因為A先生是個有才幹的人，肯定能找到好工作。

❸ A：田中さんなら、さっき携帯（けいたい）を探（さが）していたよ。

B：慌て者（あわてもの）の彼のことだから、今日また携帯（けいたい）をどこかに置き忘れたのだろう。

A：田中剛才還在找他的手機呢。

B：這個糊塗蟲，今天又忘了自己把手機放在哪裡了吧。

9 ～と思ったものだから ＊ 以為……所以……

接續 句子普通體＋と思ったものだから

意義 用於對自己的判斷做辯解的場合。

例

❶ 給料が少ないし、危険だと思ったものだから、その仕事をやめた。

那份工作不僅工資少又危險，所以就辭職了。

❷ 遅れるといけないと思ったものだから、途中でタクシーを拾（ひろ）った。

想說若是遲到了就糟了，於是就在路上招了計程車。

❸ A：どうしてそのことを彼に伝えなかったの？

B：彼は知っていると思ったものだから、伝えなかったのだ。

A：為什麼沒有告訴他？

B：我以為他已經知道了，所以就沒說。

10 ～につき／につきまして

5-04

＊（原因）所以……

接續 名詞＋につき／につきまして

意義 因為前項的特殊原因，才作出後項的決定。主要用於諸如通知、書信、電郵、張貼告示等場合。為使語言簡潔，有時只用名詞結束句子。「～につきまして」屬於敬語表達形式。

例

❶ 昼休（ひるやす）みにつき、事務所（じむしょ）は1時まで休みです。

因為是午休時間，辦公室1點之前不辦公。

❷ 本日（ほんじつ）は祭日（さいじつ）につき、一日閉館（へいかん）。

本日為例行假日，故閉館一日。

❸ 本館（ほんかん）は改装（かいそう）につきまして、一週間休館（きゅうかん）とさせていただきます。ご了承（りょうしょう）お願いいたします。

本館因裝修閉館一週，敬請諒解。

11 ～以上 ＊ 既然……，就……

接續
- 名詞＋である以（い）上（じょう）（は）
- ナ形容詞語幹＋である以上（は）
- ナ形容詞「な形」＋以上（は）
- イ形容詞「辭書形」＋以上（は）
- 動詞「辭書形」＋以上（は）
- 動詞「た形」＋以上（は）

意義 表示強調的理由。既然有前項的事實，後項則是在此基礎上採取的態度或行動。後項多為打算、決心、勸誘、禁止、建議、推測等意思。

例

❶ 親(おや)である以上、親としての責任(せきにん)を果(はた)すべきだ。未成年(みせいねん)の子供に学校を休ませた上に、工場で働かせるなんて、ひどいじゃないか。
既然是父母，就應該負起做父母的責任。讓尚未成年的孩子輟學到工廠工作，也太過分了吧。

❷ 処分(しょぶん)に対して不服(ふふく)である以上、ちゃんと自分の意見を言いなさい。黙ってばかりいては何にもならないだろう。
既然對處分不服，那就說出你自己的意見，沉默是無濟於事的。

❸ 留学する以上は、勉強だけでなく、その国の文化を学(まな)んだり交流をしたりしたいと思う。
既然要去留學，我認為不能光讀書，也應該學習當地的文化，並和那裡的人交流才對。

❹ いったん仕事を引き受けた以上は、途中でやめることはできない。
既然接受了這份工作，就不能半途而廢。

12 ～うえは ＊ 既然……，就……

接續
- 動詞「辭書形」＋うえは
- 動詞「た形」＋うえは

意義 跟「～以上（は）」的語法意思基本相同，表示強調的原因。

例

❶ 義母(ぎぼ)になるうえは、いいお母さんになってみせようと思っているよ。
既然當繼母了，我就要做一個好媽媽。

❷ 実行(じっこう)するうえは、十分な準備が必要だ。
既然要實行，那就應該做好充分的準備。

❸ 事態がこうなったうえは、もう彼一人に任せてはおけない。

既然事態已經發展到這個地步，再也不能繼續讓他一個人做下去了。

⑬ ～からには ＊ 既然……

5-05

接續

- 名詞＋であるからには
- ナ形容詞語幹＋であるからには
- ナ形容詞「な形」＋からには
- イ形容詞「辭書形」＋からには
- 動詞「辭書形」＋からには
- 動詞「た形」＋からには

意義 跟「～以上（は）」「～うえ（は）」的語法意思基本相同，表示強調的原因。

例

❶ 公務員であるからには、国民のために力を尽すべきである。

既然是國家公務員，就應該為國民盡心盡力。

❷ 彼が好きであるからには、もちろん結婚したいと思う。

因為我愛他，所以當然想跟他結婚。

❸ 気が進まないからには、やめてもいいよ。

既然沒心思做，放棄也可以。

❹ 何回も話し合ってみんなで決めたことだ。決めたからには成功するようにがんばろう。

這是經過大家多次商議後決定下來的事情。既然已經決定了，那就為了成功好好努力吧。

也有「～からは」的形式，但現代日語中已經很少使用。

■ こうなったからは、何が何でも明日の試合に勝つぞ。
／既然已經到了這個份上（事到如今），無論如何也要拿下明天的比賽。

⑭ ～を契機に（して）／を契機として／が契機になって／が契機となって／が契機で

＊ 以……為起因

接續 ◆（形式）名詞＋を契機に（して）／を契機として
◆（形式）名詞＋が契機になって／が契機となって
◆（形式）名詞＋が契機で

意義 跟「～をきっかけに」（⇨ N3）的意思相同，表示以前項為契機，後項發生了前所未有的重大轉折，或開始做至今為止從未做過的事情。書面語。

例

❶ 会社名が変わるのを契機に、社員の制服も新しくすることが決められた。
決定以公司更名為契機，順道把員工的制服也換成新的樣式。

❷ オリンピックが契機となり、スポーツが盛んになった。
藉著舉辦奧運的契機，體育活動得到了蓬勃發展。

❸ 喫茶店で隣合わせたことが契機で、今は共に暮らすようになった。
在咖啡館裡相鄰而坐的機運下相識，最後步上結婚禮堂。

15 ～を境に（して）／を境として

＊ 1. 2. 以……開始／起點／分界

接續 （形式）名詞＋を境に（して）／を境として

意義① 接在表示「日期、年齡、場所」等意思的名詞後面，表示分界點。

例

❶ 入梅は毎年 6 月 11 日ごろの時期に当たり、この日を境に梅雨の季節に入る。
入梅的時間在每年 6 月 11 日前後，從該日開始就進入了梅雨季節。

❷ A 氏は 50 歳を境にして無人島に渡って一人ぼっちで暮らし始めた。
A 先生在 50 歲那年去了無人島，開始了獨自一人的生活。

❸ S 市の人口は 2002 年を境に、はじめてマイナス成長に転じるようになった。
S 市的人口，以 2002 年為一個分水嶺，首次出現了負成長。

意義② 接在事物名詞後面，表示產生後項的某種契機。

例

❶ 結婚する前はよく外食をしたが、結婚を境に外食をやめた。
婚前我經常在外面吃飯，結婚後就不在外面吃飯了。

❷ 子供が小学校に入学したのを境にして母親はまた働き始めた。

孩子上小學後，母親又開始上班了。

❸ 生死をさまよう大病をしたのを境に、人生観が大きく変わった。

一場生死攸關的大病，讓我的人生觀有了很大的改變。

⑯ ～から来る ＊ 來自……／由……引起

◎5-06

接續 名詞＋から来る／から来た／から来ている

意義 「から」表示起點、出處和根據等。「から来る」表示「來自」。其中「来る」和「来た」後續名詞；「来ている」可用來結束句子。

例

❶ 学力の低下が生徒の怠惰からだけ来ているとは考えられない。

我不認為學生學力的下降是因為自身的懶惰而造成的。

❷ これは運動不足から来る病気だと医者が言いました。

醫生說這是由於運動不足而帶來的疾病。

❸ その結果は相互不信から来たのだと思います。

我認為那種結果是由於雙方互不信任而造成的。

⑰ ～(よ)うと ＊ 為了……

接續 動詞「う形」＋と

意義 是「～(よ)うと思って／考えて」的省略說法，表示為了實現某個目的而行動，跟表示目的意義的「ために」(⇨ N4) 的語法意思基本相同。

例

❶ 娘は大学院に進学しようと(＝進学するために)毎晩、遅くまで勉強している。

女兒為了考上研究所，女兒每天晚上都唸到很晚。

❷ 母親は息子を一流大学に入れようと(＝入れるために)、一生懸命勉強させた。

母親為了讓兒子擠進一流大學深造，拼命督促兒子用功。

❸ 彼は選挙に勝とうと(＝勝つために)、街頭に出て演説を始めた。

他為了在選舉中獲勝，開始走向街頭發表演講。

18 ～から～を守る／を～から守る

＊ 為了避免……而守護……

接續 ◆ 名詞＋から、名詞＋を守る
◆ 名詞＋を、名詞＋から守る

意義 表示為了避免來自某方面的災難而守護財產、生命等。

例

❶ 土地を耕し、種をまき、草をとり、蟲や病気から作物を守り、そしてやっと実のりの秋を迎える。
經過翻耕土地、播撒種子、除草、防治蟲害和病害等，終於迎來秋收。

❷ 人間は昔から水害から財産や家屋などを守るために、いろんな形の堤防を築いた。
從很早以前開始，人們為了守護財產、房屋等免遭水災，築起了各式的堤防。

❸ 児童を不審者から守る手段として、パトロールを実施することになっている。
作為保護兒童免遭來自不法分子的傷害，實施了巡邏計畫。

19 ～に備え（て）／に備えた

5-07

＊ 為……著想／預先準備

接續 名詞＋に備え（て）／に備えた

意義 表示做好某種準備，以防不測。即用於「防範於未然」的場合。

例

❶ 台風に備えて、十分な注意が必要です。
防颱準備需十分謹慎小心。

❷ 地震に備え、食糧を貯蔵しておかなければならない。
為了因應地震發生時，必須早點儲備好糧食。

❸ 冬に備えた食べ物として、野菜などを十分に漬けておいた。
為了有足夠的食物過冬，將蔬菜等製成大量的醃漬食品。

★ 練習問題 ★

（解答 ⇨ P.288）

問題 1 次の文の（　　）に入れるのに最もよいものを、1・2・3・4から一つ選びなさい。

(1) やさしい彼女のことだから、きっと将来いい（　　）と思う。

1　先生をしている　　2　先生をしておらず
3　先生になれる　　4　先生になれるまい

(2) 自分でやると言ってしまった上は、犠牲(ぎせい)を覚悟(かくご)で（　　）。

1　やる必要がない　　2　やらなければならない
3　やる必要があるのか　　4　やらなくたっていい

(3) 大雪（　　）財産(ざいさん)や被害地(ひがいち)の人の命(いのち)を守(まも)るために、政府(せいふ)は軍隊(ぐんたい)を出動(しゅつどう)すると命(めい)じた。

1　から　　2　よりも　　3　だけ　　4　までも

(4) タバコの火を消し忘れた（　　）、火事になってしまった。

1　ばかりに　　2　からには　　3　うえは　　4　につき

(5)（　　）プロが作った料理だけに、見た目も味もいい。

1　かりに　　2　いまにも　　3　とても　　4　さすがに

(6) 半年に一回のバーゲン（　　）、売り場は主婦の姿が目立(めだ)つ。

1　と思ったものだから　　2　と思っただけあって
3　と来ているから　　4　と来ているにつき

(7) 試験を（　　）からには、受かりたいものだ。

1　受ける　　2　受けぬ　　3　受かる　　4　受からぬ

(8) A教授(きょうじゅ)はテレビを通して、新型(しんがた)インフルエンザ（　　）注意点を国民の皆様に述(の)べました。

1　から来る　　2　から来ていた
3 に備えるための　　4　に備えたための

(9) 昔、生鮮食品の腐るのを防ごうと、(　　)。

1　どうすればいいか　　2　いいしかたがなかった
3　ずいぶん時間がかかった　　4　いろいろと工夫をした

(10) 重大な事柄だけに、慎重な態度で対処(　　)。

1　あるべきではない　　2　あるべきだ
3　すべきではない　　4　すべきだ

(11) 最近起こした交通事故(　　)、父は車を運転しなくなった。

1　である以上　　2　である上は　　3　を前に　　4　を境に

(12) 田中選手の泳ぎ方はスピードもあるし、かっこうもいい。さすがにオリンピックのチャンピオンだった(　　)のことはある。

1　からには　　2　だけ　　3　からこそ　　4　だけに

(13) これは運じゃない。必死に(　　)優勝したんだ。

1　がんばった以上で　　2　がんばるのを機に
3　がんばったからこそ　　4　がんばるばかりに

(14) 私は三度目の実験にも(　　)したのを契機に、今までの方法を見直し始めた。

1　成功　　2　失敗　　3　肯定　　4　否定

(15) ちょっとした注意を怠るところから(　　)ことがある。

1　けがにならない　　2　けがをしてしまう
3　けがなわけではない　　4　けがになりかねる

(16) 道路舗装中(　　)、徐行すること。

1　になろうと　　2　にしようと　　3　にそなえ　　4　につき

問題 2　次の文の ＿＿★＿＿ に入る最もよいものを、1・2・3・4から一つ選びなさい。

(17) 普段よく ＿＿＿＿ ＿＿＿＿ ＿＿★＿＿ ＿＿＿＿ と思う。

1　よくできた　　2　勉強した　　3　期末試験は　　4　だけあって

(18) 働きすぎた ＿★＿ ＿＿＿ ＿＿＿ ＿＿＿ と医者は私に言った。

1 のだ　2 ことから　3 こんな　4 病気になった

(19) 飲酒運転(いんしゅ) ＿＿＿ ＿＿＿ ＿★＿ ＿＿＿ という。

1 年々(ねんねん)　2 からくる　3 交通事故が　4 増えている

(20) A：えっ、ビール、買わなかった？

B：まだ冷蔵庫 ＿＿＿ ＿★＿ ＿＿＿ ＿＿＿ 、買いませんでした。

1 にある　2 もの　3 ですから　4 と思った

(21) 事態(じたい)が ＿＿＿ ＿★＿ ＿＿＿ ＿＿＿ しかない。

1 諦める　2 以上は　3 なった　4 こう

★参★ 條件（逆接・讓步・假定・確定）

6-01

1 ～とは言いながら（も）＊ 雖說……可是……

接續 句子普通體＋とは言いながら（も）

意義 表示轉折，跟「といっても」（⇨ N3）的語法意思類似。雖說前項是事實，但同時指出後項相反的結果。「とは言いながら」也可以作為接續詞使用。

例

❶ 試験はやさしいとは言いながらも、すべての問題ができるとは限らない。
雖說考試題目很簡單，但未必每個題目都會做。

❷ 休養（きゅうよう）に徹（てっ）するとは言いながらも頭から仕事のことが離れない。
雖說要開始休養身體了，但是腦海裡始終脫離不了工作的事。

❸ 事業（じぎょう）に見事（みごと）に失敗した。とは言いながら、人生の貴重（きちょう）な体験になった。
事業徹底失敗了。不過，也是人生中的一次寶貴體驗。

2 ～とは言うものの ＊ 雖說……可是……

接續 句子普通體＋とは言うものの

意義 跟「～とは言いながら（も）」的語法意思基本相同，表示轉折。雖說前項是事實，但同時指出後項相反的結果。「とは言うものの」也可以作為接續詞使用。

例

❶ もう五月とはいうものの、まだ寒くてセーターを脱（ぬ）げない。
雖說已經是五月份了，可還是冷得無法不穿毛衣。

❷ 仕事は単純（たんじゅん）とはいうものの、そう簡単にはいかないかもしれないよ。
雖說工作很單純，但是做起來也許沒有那麼簡單。

❸ そんな値段は確かに安い。とは言うものの、あんまり質が悪くては買う人がいないだろう。
那樣的價錢確實很便宜。但是，如果品質太差的話，也沒什麼人會買的吧。

3 ～とは思うものの／とは思ったものの

＊ 雖然想……但是……

接續 句子普通體＋とは思うものの／とは思ったものの

意義 表示轉折。雖然心裡是這樣想或這樣認為，但結果卻相反。

例

❶ その仕事を引き受けたいとは思うものの、やりかたが分からないから、やはり心配だ。

我雖然想接下那份工作，但是因為不懂怎麼做，所以心中有些擔心。

❷ 今までタバコをやめようとは思ったものの、一度も実行(じっこう)したことがない。

雖然我一直以來都想要戒菸，可是一次也沒有實行過。

❸ 東京にいるうちに、旧友(きゅうゆう)を訪ねようとは思ったものの、毎日仕事に追(お)われて、ついそのままにしてしまった。

雖然我想利用在東京的時間拜訪老朋友，但是因為每天忙於工作，結果沒能實現。

6-02

4 ～からいいが ＊ 因為……倒也……

接續 句子普通體＋からいいが（けど）

意義 表示「因為是這樣的情況，所以問題倒不是很大」的意思，並暗示「如果不是這樣的情況，那就麻煩了」。

例

❶ えっ？明日も雨が降るの？まあ、お米を収穫(しゅうかく)する時期ではないからいいけど。

什麼？明天會下雨？不過還沒到收割稻米的時間，倒也沒什麼關係。

❷ えっ？遊びたいんだって？まあ、今日は宿題が少ないからいいけれど。

什麼？你說你想玩？反正今天的作業也不多應該無所謂。

❸ タバコを買ってくるのを忘れた？まあ、まだひと箱(はこ)あるからいいけど。

忘了買香菸？唉，反正還有一包就算了。

5 ～からいいようなものの／からよかったものの

＊ 幸好……否則……

接續 句子普通體＋からいいようなものの／からよかったものの

意義 表示因為是在前項的情況下，才倖免造成更大災難的意思。

例

❶ 事故が起きた日は日曜日だったからよかったものの、ウィークデーだったら、死傷者がもっと多く出ていたかもしれないよ。

幸虧事故發生在星期天，如果是在平日的話，恐怕死傷者會更多。

❷ 家族が少ないからいいようなものの、私のような大家族では食事代だけもばかにならないものだよ。

好在你家人口少，要是像我們家這樣的大家庭，光是花在伙食上的費用就不是一筆小數目。

❸ あなたが、たまたま確認してくれたからよかったものの、もう少しで原稿の締め切りに間に合わなくなるところだった。

多虧你幫我確認了一下，否則差一點就耽誤了交稿的時間。

6 ～と言っては ＊ 要說……

接續 ◆ 名詞＋と言っては
◆ 句子普通體＋と言っては

意義 用於說話者轉折性地否定該評價，覺得要麼過高要麼過低。可以是針對別人原有的評價，也可以是自己假設的評價。

例

❶ 確かに日本中は不景気だ。だからといって、日本は将来がない国だと言っては、あんまり悲観的だ。

確實，整個日本都陷入了經濟蕭條。不過因此說日本沒有未來，那也太過於悲觀。

❷ 彼の発言は最低だと言っては、お気の毒だ。それにしても、ちょっと長すぎるなあ。

要說他的發言最差的話有點不公平。不過也確實太冗長了。

❸ 議論しても意味がないと言っては、ちょっと言い過ぎだろう。いい結論が出ないかもしれないが、みんなで議論する必要があるのだ。

「就算討論也沒有意義」這種話說得有點過份。就算沒有好的結論，但大家一起討論是有必要的。

7 ～と言っても ＊ 雖然統稱為……

6-03

接續 （ひとくちに）名詞＋と言っても

意義 表示雖然可以作簡單的歸納，但是實際上比前面的歸納要複雜得多，情況有各種各樣。多用「～さまざまだ／いろいろだ／それぞれだ」等作謂語。

例

❶ 同じ英語圏の国といっても、そこで使われている英語はさまざまだ。

雖說都是英語圈的國家，但是各國使用的英語腔調也是五花八門。

❷ ひとくちにカレーライスといっても、それぞれの店によって材料はさまざまだ。

雖然都叫咖哩飯，但是每家店用的食材也各不相同。

❸ 伝統芸術と言っても、歌舞伎、能など、いろいろと分けられる。

雖然都可以稱為傳統藝術，但是內容有分歌舞伎、能劇等各種類別。

8 ～かと思うと／かと思えば／かと思ったら

＊（1）原以為……卻……　（2）還以為……哪……
（3）原以為……並非如此……

接續 （1）◆ 名詞＋かと思うと／かと思えば／かと思ったら
◆ 動詞「辭書形」＋かと思うと／かと思えば／かと思ったら

意義 表示現狀與說話者預想的相反。有時候也可以省略助詞「か」。

例

❶ 怖い人かと思っていたら、案外いい人だった。

我原以為他是個可怕的人，沒想到是個好人。

❷ コンピューターを使って仕事をしているのかと思ったら、遊んでいる。

我還以為他用電腦是在工作，原來是在玩遊戲。

❸ あの子はやっと勉強を始めた（か）と思ったら、もう居眠りをしている。

原以為那孩子終於開始唸書了，結果他已經坐著睡著了。

接續 (2) 疑問詞～かと思ったら～（過去時作謂語）

意義 前項為說話者感到詫異的情況，後項為意外發現的事實。帶有驚訝、好奇等語氣。

例

❶ 門の所で手帳を拾った。だれの落し物かと思ったら、自分のものだった。

在大門口處撿到了一本手冊。還以為是誰丟掉的呢，原來是我自己的。

❷ さっきまでテレビを見ていた娘が何をやっているのかと思ったら、もう寝てしまった。

我還想說剛才還在看電視的女兒在幹嘛呢，原來已經睡著了。

❸ 息子はさっきまで宿題をしていたところなのに、何をやっているのかと思ったら、自分の部屋でパソコンに向かってゲームをやっている。

兒子他剛才還在做作業，想說去哪兒了呢，原來跑去自己的房間玩電腦遊戲。

接續 (3) 句子普通體＋（か）と思ったらそうでもない

意義 表示原以為無論什麼都像預料中的那麼理想，但其實並不是這樣的。也說「～と思ったらそうではない」。相當於「原以為……但也並非如此」的意思。

例

❶ 私は最近新しいアパートに引っ越したが、駅の近くだから、便利だろうと思ったらそうでもない。

我最近搬新家。原以為離車站近會很方便，但並不是那麼回事。

❷ 今度は小さい料理店に入った。安いだろうかと思ったらそうでもない。値段はほかの料理店並みだった。

這次我選擇了一家小餐館。原以為價格會便宜，但其實並非如此，價錢跟其他餐館差不多。

❸ 有名校の出身の人だから、品位があるかと思っていたら、そうでもなかった。とてもつまらない男だったのよ。

原以為他是知名學校畢業的人，應該會很有品德，但並非如此。其實是一個很無聊的男人。

9 ～と思ったら ＊ 我還以為……

接續 句子普通體＋と思ったら／と思っていたら～（過去時作謂語）

意義 表示對某種現實情況不明白或不可思議的心情。謂語為表示最終搞清楚了的原因、理由。這時很難用「～と思うと／と思えば」的表達形式。

例

❶ ベルが鳴った。待っていた配達さんだと思ったら、隣の奥さんだった。
門鈴響了。我以為是等待已久的快遞員來了呢，原來是隔壁太太。

❷ 哲学(てつがく)の講義(こうぎ)だから、退屈(たいくつ)だと思っていたら、とてもおもしろかったのよ。
因為是哲學課，原以為會很無聊，但（聽了之後覺得）很有趣。

❸ カギがないと思ったら、自分の手に握(にぎ)っているというような経験がありませんか。
有過「正納悶找不到鑰匙，結果原來在自己手上。」這樣的經驗嗎？

10 ～にもかかわらず ＊ 雖然……但是……／儘管……卻…… 6-04

接續
- 名詞＋にもかかわらず
- ナ形容詞語幹＋（である）にもかかわらず
- イ形容詞「辭書形」＋にもかかわらず
- 動詞「辭書形」＋にもかかわらず
- 各詞類「た形」＋にもかかわらず

意義 相當於「～けれども／のに」的意思，表示轉折。前項和後項兩個事物之間存在著違反常態的關係。作為接續詞，也可以用「（それ）にもかかわらず」的表達形式。多用於書面語或新聞報導中。

例

❶ 残っている水がわずかにもかかわらず、彼女はそれを愛犬(あいけん)に飲ませてやった。
儘管剩下的水已經不多了，她還是把那點水給愛犬喝了。

❷ その仕事は趣味と実益(じつえき)を兼(か)ねるようなので、採用時(さいようじ)の審査(しんさ)が厳しいにもかかわらず応募(おうぼ)する人が多い。
因為那項工作看上去既有趣又可以賺到錢，所以儘管錄取的條件苛刻，應徵的人仍然很多。

❸ 野球大会の当日(とうじつ)は、激(はげ)しい雨が降っていた。それにもかかわらず大会は実施(じっし)された。
舉辦棒球比賽的當天下起了大雨。儘管如此，比賽還是照常進行了。

11 ～ところを ＊ 在……之時／在……之中

接續
- 名詞「の形」＋ところを
- ナ形容詞「な形」＋ところを
- イ形容詞「辭書形」＋ところを
- 動詞「辭書形」＋ところを
- 動詞「て形」＋いるところを
- 動詞「た形」＋ところを

意義 表示「在對方正處於某種狀況的時候卻給對方添麻煩」的意思。後續致歉、致謝或委託、請求等表達形式。其中「そこのところを」「そこんところを」為慣用表達形式，表示「在這種情況下」的意思，後續跟委託有關的句子。口語中可以省略助詞「を」。

例

❶ お休み中のところ（を）ご迷惑だと思いますが、乗車券を拝見させていただきます。
不好意思打擾您休息，請您出示一下車票。

❷ ご多忙なところを恐縮に存じます。このアンケートをぜひお願いします。
雖然知道您現在很忙，但還是想請您填一下這張問卷。

❸ お忙しいところをわざわざおいでいただき、恐縮でございます。
在您百忙之中，還讓您專程趕過來，實在是過意不去。

❹ 先生は、疲れているところを私の書いたものを詳しく見てくださいました。
儘管老師已經很累了，但還是幫我詳細地看了稿子。

説明

「～ところを」還有表示場面、狀況等用法，請參考 P.68。

12 ～だろうに ＊ 1. 本以為……可是…… 2. ……就好了，可是……

接續 句子普通體＋だろうに／であろうに／でしょうに

意義① 跟「のに」的語法意義類似，表示轉折。根據內容可產生「遺憾、惋惜、意外、驚訝」等心情。「～であろうに」為書面語，「でしょうに」為禮貌型。

例

❶ お前はプロだろうに、そんなアマチュア選手に負けたなんて、恥ずかしく思わないか。
虧你還是一名專業運動員，竟然輸給了業餘選手，你不覺得丟臉嗎？

❷ 仕事が量的に多くて大変だったであろうに、よく仕上げた。
儘管工作量又多又難，但他還是完成得很出色。

❸ 何の得もないだろうに、なんでそんな事をやったんだ。
明明沒有任何好處，你幹嘛要做那件事情呢？

❹ ちょっと考えれば、さっきの話が冗談だってことくらい分かるだろうに、単純な彼は簡単に信じてしまった。
只要稍加思考，就會知道剛才的話只是玩笑而已，可是單純的他卻輕易的相信了。

意義② 置於句尾，起語氣助詞的作用。

例

❶ 何？売り切れでしたって？早めに買いに行っていれば、(今ごろ)すでに手に入っていたでしょうに。
什麼？賣完了？你要是早點去買的話不就買到了嗎？

❷ もし、僕らの言うとおりにしていたら、あんな目に遭わずに済んだだろうに。
你要是按照我們說的去做，現在就不會變得這麼糟了。

❸ 知らせてくれたら、すぐ手伝いに行っただろうに。なぜ何も言わなかったのか。
你要是跟我說，我就可以去幫你了。為什麼都不說呢？

13 ～まいに ＊ 明明就沒……／要是不……就好了

6-05

接續
◆ 第一類動詞「辭書形」＋まいに
◆ 第二類動詞「連用形」＋まいに
◆ 第三類動詞（する）⇨しまいに（するまいに、すまいに）
（来る）⇨こまいに（くるまいに）
◆ 助動詞「ます」＋まいに

意義 相當於「～ないだろうに／ないのに」的意思，即表示對過去已經發生的事情深感遺憾、惋惜或深表同情的心情。

例

❶ 夕べ早く寝ていれば、今朝は寝すぎてしまうまいに。
要是昨晚早點睡的話，今天早上就不會睡過頭了。

❷ はじめのころにあの男の本性（ほんしょう）を知っていたら、付き合うまいに。

我要是一開始知道他的本性，就不會跟他交往了。

❸ 彼は、自分では何もしまいに、いつも人のやり方についてどうのこうのと言う。

他自己什麼也不做，卻總是對別人的做法指指點點。

14 ～さえ～ば ＊ 1.～7. 只要……就……

接續
- ◆ 名詞＋さえ～各詞類「ば形」
- ◆ 名詞＋格助詞＋さえ～各詞類「ば形」
- ◆ 名詞＋でさえあれば／でさえなければ
- ◆ ナ形容詞語幹＋でさえあれば／でさえなければ
- ◆ イ形容詞「く形」＋さえあれば／さえなければ
- ◆ 動詞「連用形」＋さえすれば／さえしなければ
- ◆ 動詞「て形」＋さえ～補助動詞「ば形」

意義① 表示只要前項成立，肯定會做後項或出現後項的情況。

例

❶ 天気さえ悪くなければ、明日はきっと楽しいピクニックになるだろう。

只要天氣不要變差，明天的郊遊一定會很快樂。

❷ 電話番号さえ分かればいいので、住所は書かなくてもいいですよ。

只要知道電話號碼就可以了，不寫住址也沒關係。

意義② 名詞＋格助詞＋さえ～各詞類「ば形」

例

❶ 古い建物ですが、水道（すいどう）の設備（せつび）にさえ改善（かいぜん）を加（くわ）えれば、まだ十分に人が住めそうです。

雖然房子老舊，但是只要改善一下水管配線，應該就可以住人了。

❷ 田中さんとさえ相談すれば、きっといいアイデアがもらえるよ。

只要和田中商量一下，一定能得到很好的建議。

意義③ 名詞＋でさえあれば／でさえなければ

例

❶ 代金（だいきん）は現金でさえあれば日本円でもドルでもかまわない。

付款只要是現金，日元美元都可以。

❷ 危ない所でさえなければ、好きなように選びなさい。

只要不是危險的地方，隨便你喜歡去哪就去哪。

意義④ ナ形容詞語幹＋でさえあれば／でさえなければ

例

❶ 日本語が上手でさえあれば（＝日本語さえ上手であれば）国籍を問わず採用する。

只要日語流利，不論是什麼國籍聘用。

❷ 言動が乱暴でさえなければ（＝言動さえ乱暴でなければ）、相手は怒らないだろう。

只要你言行舉止別那麼粗暴，對方應該不會生氣。

意義⑤ イ形容詞「く形」＋さえあれば／さえなければ

例

❶ 体が悪くさえなければ（＝体さえ悪くなければ）、働き続けるつもりだ。

只要身體不倒下，我就會繼續工作。

❷ 相手が優しくさえあれば（＝人さえ優しければ）、結婚の対象として考えます。

只要對方個性溫柔體貼，我就會將他列入結婚對象之一來考慮。

意義⑥ 動詞「連用形」＋さえすれば／さえしなければ

例

❶ 雨が止みさえすれば（＝雨さえ止めば）、出かけられるんですけど。

只要雨一停，我們就能出門了。

❷ 風が吹きさえしなければ（＝ 風さえ吹かなければ）、花粉があまり飛ばない。

只要不起風，花粉就不會四處飛揚。

意義⑦ 動詞「て形」＋さえ～補助動詞「ば形」

例

❶ あなたがあたしのそばにいてさえくれれば、寂しくないわ。

只要你在我身邊，我就不會感到寂寞。

❷ 事故の時、犬が死んでさえいなければ、動物病院へ運んでいっただろうに…。

事故當下，只要狗還在喘息，就會將牠送到動物醫院去……

參考

也有「～さえ～たら／さえ～なら」的表達形式，意思跟「～さえ～ば」基本相同。

■ **天気さえよいなら、つまり、雨さえ降らなかったら出かけます。**
／只要天氣好，也就是說只要不下雨我就會出門。

■ **新聞に名前さえ出なかったら問題は起こらないだろう。**
／只要報紙上不刊登姓名就沒事吧。

⑮ ～かぎり（は）＊　只要……就……／除非……否則就會……

接續
- 名詞＋であるかぎり（は）
- ナ形容詞語幹＋であるかぎり（は）
- ナ形容詞「な形」＋かぎり（は）
- イ形容詞「辭書形」＋かぎり（は）
- 動詞「辭書形」＋かぎり（は）
- 動詞「て形」＋いるかぎり（は）

意義 只要前項的狀態不變，就會產生或應該去做後項。含有如果前項的條件發生變化，那麼後項就不復存在的意思。

例

❶ 会社員であるかぎり（は）、会社のイメージを守（まも）るべきだ。
只要是公司的職員，就應該維護公司的形象。

❷ 体が丈夫な／丈夫であるかぎり（は）、積（せっ）極的（きょくてき）に社会活動をしたいものだ。
只要身體健康，我打算積極地投入社會服務。

❸ 値段が手ころで味がいいかぎり、買う人がいる。
只要價格合理，味道好，就會有人買。

❹ 生活が安定（あんてい）しているかぎり、この国に住み続けるつもりだ。
只要生活安定，我就打算在這個國家住下去。

說明

「さえ」和「かぎり」除了接續上完全不同外，基本意思類似。但是，「～さえ～ば」多用於表示「只要滿足了前項條件，肯定會帶來好的結果」，所以一般不用在消極的方面。而「～かぎり（は）」則不受此限制。

■ **お金がある限り／お金さえあれば、自分の好きな物が何でも買える。**
／只要有錢，就可以買到任何自己喜歡的物品。

■ **よく練習するかぎり／練習さえすれば、上達（じょうたつ）するに違いない。**
／只要好好練習，肯定會熟能生巧。

16 ～てみろ ＊ 要是……／如果……

6-06

接續 動詞「て形」＋みろ

意義 相當於「～たら」(⇨ N4) 的語法意思，表示假定條件。

例

❶ 今度また約束の時間に遅れてみろ（＝遅れたら）、彼女に振られてしまうぞ。
如果這次約會再遲到的話，肯定會被她甩了。

❷ あいつに口答えなんかしてみろ（＝したら）、何倍にもなって返ってくるぞ。
你要是跟他頂嘴一句的話，他會還你好幾句。

❸ 1億円の宝くじにでも当たってみろ（＝当たったら）、何でも買ってやるぞ。
如果中了1億日元的彩券，我什麼都買給你。

17 ～ねば～ない ＊ 如果不……就……

接續
- 動詞「未然形」＋ねば～ない
- する⇨せねば～ない

意義 文語用法，跟「～なければ～ない」的意思相同，表示「如果不做前項的話，如果不實現前項的話」。後項多為否定或表示消極意義的句子。

例

❶ よくがんばらねば、試験に落ちてしまうのももっともだ。
如果不努力的話，沒考上也是理所當然的事。

❷ 私たちの日常生活においては、新しい知識を学ばねば、快適な生活を営むことができなくなるケースがしばしばある。
在我們的日常生活中，如果不定期更新資訊很難適應今日變遷快速的生活。這種情況屢見不鮮。

❸ どんなに勤勉に働いたところで、上司に認められねば、無に等しい。
再怎麼拼命工作，如果得不到上司的認可，跟沒做是一樣的。

18 ～ないことには ＊ 如果不……，就……

接續 各詞類「ない形」＋ことには～ない

意義 相當於「～なければ～ない」「～ないと～ない」的語法意思，即如果不具備前項條件的話，後面的事情將無法實現。後項用否定或表示消極意義的謂語。

例

❶ 高学歴でないことには、いい仕事が見つからない恐れがある。
如果沒有高學歷，恐怕找不到好工作。

❷ その仕事をやるには、体が丈夫でないことには、とても続かないだろう。
要做那份工作，如果沒有強壯的身體支撐是做不久的吧。

❸ 一度行ってみないことには、どんなところかわからないだろう。
如果不親自去看一次，就不會知道那到底是個什麼樣的地方吧。

6-07

19 ～ながらでないと／ながらでなければ／ながらでなかったら

＊ 不一邊……就不行（無法）……

接續
◆ 動詞「連用形」＋ながらでないと～ない
◆ 動詞「連用形」＋ながらでなければ～ない
◆ 動詞「連用形」＋ながらでなかったら～ない

意義 表示不一邊做前面的事情的話，後面的事情就無法進行下去。

例

❶ 辞書を引きながらでなければ、日本語の新聞は読めない。
我不一邊查辭典的話，就無法看懂日語報紙。

❷ うちの赤ちゃんはおかあさんの子守唄（こもりうた）を聞きながらでなかったら眠れないようだ。
我家的寶寶不一邊聽媽媽的搖籃曲就會睡不著覺。

❸ 新しい歌なので、歌詞（かし）を見ながらでないと歌えない。
新的歌曲不一邊看著歌詞就不會唱。

20 ～ぬきで（は）／ぬきに（は）

＊ 沒有……就不可能……

接續 ◆ 名詞＋抜きで（は）～できない
◆ 名詞＋抜きに（は）～できない

意義 如果把本來被認為不可缺的部分拋開，或不考慮進去的話，那後項將無從談起或辦不到。謂語多為「語れない／考えられない／不可能だ／できない」等詞語。

例

❶ 二酸化炭素を多く発生させる国の協力抜きには、温暖化を防ぐことはできないだろう。

如果沒有得到那些大量排放二氧化碳的國家一起合作，就無法防止全球暖化。

❷ 助詞は日本語で欠かすことができない存在だ。そこで助詞抜きでは、日本語の特徴を説明することが不可能だ。

助詞在日語裡是不可或缺的。所以，如果撇開助詞來談日語的特徵，那是不可能的。

21 ～をぬきにして（は）

＊ 沒有……不可能……

接續 名詞＋を抜きにして（は）、～できない

意義 跟「～ぬきで（は）／ぬきに（は）～ できない」的意思相同。

例

❶ イチローさんはわがチームの中心人物だ。だからわがチームの優勝はイチローさんを抜きにしては語れない。

一郎是我們隊上的中堅隊員。如果沒有了一郎，我們隊不可能得冠軍。

❷ A 銀行からの資金援助の有無はわが社の生存にかかわっている。そのため、A 銀行の資金援助を抜きにしては、わが社の発展は考えられない。

能否從 A 銀行得到融資，攸關到我們公司的存亡。因此，若沒了 A 銀行的資金援助，我們公司的發展將無法想像。

「ぬきで／ぬきに」、「～をぬきにして」還有其他意思。詳細見 P.167、P.168。

22 ～としたって ＊ 即使……也……

6-08

接續
- ◆ 名詞＋（だ）としたって
- ◆ ナ形容詞語幹＋（だ）としたって
- ◆ イ形容詞「辞書形」＋としたって
- ◆ 動詞「辞書形」＋としたって
- ◆ 各詞類「た形」＋としたって

意義 是比「～としても」（⇨ N3）更口語化的表達形式。表示「即使假設承認這裡所說的是事實」的意思，後面所說的與預測的有所不同甚至相反。常跟副詞「いくら」、「どんなに」、「たとえ」等一起搭配使用。

例

❶ いくら少人数（しょうにんずう）としたってパーティーをするには、この部屋は狭すぎる。
人數再怎麼少，要開派對的話，這房間就顯得太小了。

❷ いくら丁寧に教えたとしたって、本人が勉強する気がなければどうにもならない。
再怎麼認真地教，如果本人沒心思念書的話也無濟於事。

❸ A：そんなにその仕事が嫌いなら、途中でやめてもかまわないだろう。
A：如果那麼不喜歡做那份工作的話，在中途放棄也沒關係吧。

B：いいえ。どんなにその仕事がきらいとしたって、途中でやめるわけにはいかない。これは人の信用にかかわっている問題なんだから。
B：不管那份工作再怎麼討厭，也不應該半途而廢，因為這關係到一個人信用的問題。

23 ～にしても ＊ (1) 無論……都…… (2) 即使……有……

接續 (1) ◆ 疑問詞＋にしても
◆ 疑問詞＋各詞類普通體＋にしても

意義 表示排除一切條件，強調所有的情況下都一樣。

例

❶ 誰にしても、「死」を避(さ)けられないものだ。　無論誰都躲不開死亡。

❷ 参加か不参加か、いずれにしても返事をしてほしい。　無論參加與否，都請給個回覆。

❸ 今は何をやるにしてもお金がかかる世の中である。　現在這社會無論做什麼都得花錢。

接續 (2) ◆ 名詞＋（である）にしても
◆ ナ形容詞語幹＋（である）にしても
◆ イ形容詞「辭書形」＋にしても
◆ 動詞「辭書形」＋にしても
◆ 各詞類「た形」＋にしても

意義 表示「即使假設這裡所說的是事實」的意思，後面所說的與預測的有所不同甚至相反。

例

❶ A：今では長男(ちょうなん)が家を継(つ)ぐということは昔ほど一般的ではないだろう。　A：當今社會，由長子繼承家業的現象，已經不像從前那麼普遍了吧。

B：昔ほどではないにしても、今でも長男が家を継(つ)ぐという傾向(けいこう)が残っている。　B：即使和從前有所不同（即使在程度上已經沒有從前那麼嚴重），但是由長子繼承家業這種傾向現在依然存在。

❷ A：相手に過(あやま)ちがあるんだから、責(せ)められてもやむをえないだろう。　A：因為是對方的錯，所以遭到指責那也是沒有辦法的事情吧。

B：いくら相手に過(あやま)ちがあるにしても、そんなに責(せ)めるべきではない。　B：對方再怎麼有錯，也不應該指責到那種程度。

説明

「～にしても」還有表示視點、評價等意思。請參考 P.155。

24 ～にしたって

＊ (1) 無論……都……
(2) 就算……也……

接續 (1) ◆ 疑問詞＋にしたって
◆ 疑問詞＋普通體＋にしたって

意義 是比「～にしても」更口語化的表達形式。表示排除一切條件，強調在所有的情況下都一樣。

例

❶ 誰にしたって、自分の子をかわいがるでしょう。
無論是誰，都會疼愛自己的孩子吧。

❷ どちらにしたって、戦争(せんそう)に勝(か)てたとは言えない。
無論哪方，都很難說是誰贏得了這場戰爭。

❸ なんにしたって、現場(げんば)に行って見たほうがいい。
總之，應該到現場去看一下比較好。

接續 (2) ◆ 名詞＋（である）にしたって
◆ ナ形容詞語幹＋（である）にしたって
◆ イ形容詞「辭書形」＋にしたって
◆ 動詞「辭書形」＋にしたって
◆ 各詞類「た形」＋にしたって

意義 跟「〜にしても／としても」的意思類似，表示「即使假設這裡所說的是事實」的意思，後面所說的與預測的有所不同甚至相反。

例

❶ 今回の事件で山田氏(やまだし)の政治的影響力(せいじてきえいきょうりょく)が完全(かんぜん)に失(うしな)われることはないにしたって、弱(よわ)まることは間違いないだろう。
受到這次事件的牽連，山田的政治影響力即便不會完全喪失，也肯定會被削弱。

❷ A：あの人は大学院を卒業したわりに、知らないことが多いね。
B：大学院を卒業したにしたって、自分の専門でなければ分からない人が多いですよ。
A：他雖然是研究所畢業，可是掌握的知識也太少了。
B：即使是研究所畢業，非自己熟悉的專業，不懂的人也很多。

說明

「〜にしたって」還有表示視點、評價等意思。請參考 P.155。

25 〜にしろ／にせよ

＊ (1) 無論……都……
(2) 就算……也……

6-09

接續 (1) ◆ 疑問詞＋にしろ／にせよ
◆ 疑問詞＋〜にしろ／にせよ

意義 是「〜にしても」的書面語表達形式，意思相同。作為強調形式，也可用「〜にもせよ」。

例

❶ 誰がやったにせよ、社長として責任(せきにん)を取らなければならない。
無論是誰做的，作為社長都要負責。

❷ いずれにせよ、学生としては勉強を第一に考えるべきである。
總之，作為學生就應該要把學習放在第一位。

❸ 何をするにしろ、よく考えてからやってください。
無論做什麼都應該深思熟慮之後再行動。

接續 (2) ◆ 名詞＋（である）にしろ／にせよ
◆ ナ形容詞語幹＋（である）にしろ／にせよ
◆ イ形容詞「辭書形」＋にしろ／にせよ
◆ 動詞「辭書形」＋にしろ／にせよ
◆ 各詞類「た形」＋にしろ／にせよ

意義 是「～にしても」的書面語表達形式，意思相同。作為強調形式，也可用「～にもせよ」。

例

❶ たとえ出来心(できごころ)であった／だったにせよ、万引(まんび)きしたことは許(ゆる)されない。
就算是你鬼迷心竅一時衝動，也不能原諒你順手牽羊的行為。

❷ 祖父(そふ)がいかに元気である／元気にもせよ、寒中水泳(かんちゅうすいえい)をさせてあげるのは無茶(むちゃ)だ。
爺爺身體再怎麼硬朗，也不能讓他在寒冬中游泳，簡直胡鬧。

❸ どんなに医療技術が進んでいる／進んだにしろ、不治(ふち)の病(やまい)はまだ存在(そんざい)している。
不管醫學再怎樣進步，也還是會有治不好的疾病。

説明

「～にしろ／にせよ」還有表示視點、評價等意思。請參考 P.156。

26 ～ても ＊ 不管……／哪怕……

接續 動詞「て形」＋でも

意義 表示即使採取強硬手段或非常手段，也要堅決實現自己的願望。表達說話者的一種「不惜採取極端手段或代價」的堅強決心。

例

❶ 今日の会合(かいごう)には、どんな手段を使ってでも時間通(どお)りに到着(とうちゃく)しなければならない。

不管用什麼方式，也要按時趕到今天的會議現場。

❷ 大企業(だいきぎょう)の社長という地位(ちい)を捨ててでも、私にはやりたいことがある。

即使不當大企業的社長，我也有自己想做的事。

❸ お金がない。しかし、どうしても留学したい。家を売ってでも行きたいと思っている。

雖然沒有錢，但是無論如何也想去留學。哪怕是變賣房子也想去。

★ 練習問題 ★

（解答 ⇨ P.290）

問題 1　次の文の（　　　）に入れるのに最もよいものを、1・2・3・4 から一つ選びなさい。

(1) あの店のバーゲンがどんなに安かったにもせよ、（　　）。
　1　思い切って百万円も買い物をした
　2　百万円も買うなんて信じられないね
　3　それよりもっと安い店があると思う
　4　いろいろ比較してはならないよ

(2) A：この製品はうまくいったら、一億ぐらいは儲かるだろう。
　B：（　　）うまくいったにしたって、そんな儲けはないよ。おめでたい夢だよね。
　1　なんと　　2　なんて　　3　いくらか　　4　どんなに

(3) いい辞書を手に（　　）、翻訳はうまくいかない。知らない専門用語がいっぱいあるから。
　1　入らないことには　　2　入れないことには
　3　入りながらでないと　　4　入れながらでないと

(4) 君が謝らないかぎり、（　　）。謝りなさい。
　1　許してあげよう　　2　許してもらいたい
　3　許してもかまわない　　4　許してやらない

(5) お話中の（　　）お邪魔しまして申し訳ありません。
　1　ところが　　2　ところは　　3　ところも　　4　ところ

(6) （　　）にアジアといっても、広くてさまざまな文化があるのです。
　1　ひとくち　　2　ひとこと　　3　ひとつ　　4　ふたつ

(7) 3級試験は簡単だとは言うものの、よく勉強（　　）、高い点数は取れないよ。
　1　していれば　　2　したところが　　3　しようと　　4　しなければ

(8) さっきまで居間にいたのに、どこへ（　　）、寝室で昼寝をしていたのか。
　1　行ったのかと思ったら　　2　行ったとしたって
　3　行くようだったら　　4　行くにもかかわらず

(9) 仕事が非常に忙しい (　　)、彼は毎日時間どおりに彼女に電話をする。
　1　からいいが　　2　ところを　　3　ことには　　4　にもかかわらず

(10) たとえ私が (　　) としたって、午後は用事があるから、いつ行けるか今は決めがたいです。
　1　行く　　2　行った　　3　行っている　　4　行っていた

(11) 美人のクミさんの娘だから、きっときれいだろうかと思ったら (　　)。
　1　そうでもある　　2　そうでもない
　13　そうかも知れない　　4　そうかも分からない

(12) 今のできは悪いとは思う (　　)、とにかく試験を受けてみたい。
　1　ながら　　2　ものの　　3　だろうに　　4　まいに

(13) 雨が (　　) かと思うと、さっきからまた降り出した。
　1　降る　　2　降った　　3　上がる　　4　上がった

(14) 宿題を遅く (　　)、すぐあの厳しい先生にひどく叱られるぞ。
　1　出してみろ　　2　出してでも　　3　出すにしろ　　4　出すとしても

(15) 一人暮らしは寂しい。(　　) 自由で楽だからいいけど。
　1　ところが　　2　だから　　3　つまり　　4　なぜなら

(16) うちでぐずぐず (　　)、今ごろは宴会場（えんかいじょう）に着き、おいしい料理を食べていただろうに。
　1　していたら　　2　していないことには
　3　していなかったら　　4　せねばならなかったから

(17) (　　)、がんばろうと思います。
　1　元気さえ　　2　元気にしても　　3　元気なかぎり　　4　元気にせよ

(18) 必要があれば、会社をやめてでも裁判（さいばん）で (　　)。
　1　争（あらそ）っているところだ　　2　争うまいに
　3　争うつもりだ　　4　争っていった

(19) 人間は何か飲む物さえ (　　)、何も食べなくても 1 週間ぐらいは生きられるそうだ。

1　飲むと　　　2　飲めば　　　3　飲んでも　　　4　飲もうと

(20) うちの子を勉強家だと(　　)ほめすぎるよ。まあ、怠け者(なまけもの)でもないけど。

1　言っても　　　2　言うから　　　3　言うのに　　　4　言っては

(21) アメリカは中日関係に大きな影響(えいきょう)を与(あた)えた国だ。だから、アメリカ抜きでは中日関係は(　　)。

1　語(かた)れない　　　2　語れないか　　　3　語れるのに　　　4　語れる

(22) 人生における具体的(ぐたいてき)な目標(もくひょう)を設計(せっけい)(　　)ねば、先々(さきざき)が見られないだろう。

1　し　　　2　せ　　　3　す　　　4　する

問題2　次の文の ＿＿★＿＿ に入る最もよいものを、1・2・3・4から一つ選びなさい。

(23) 毎日よく ＿＿＿ ＿＿＿ ＿＿＿ ＿★＿ あまり上がっていないようだ。

1　とは　　　2　言いながら　　　3　その成果(せいか)は　　　4　勉強している

(24) 友だち ＿★＿ ＿＿＿ ＿＿＿ ＿＿＿ ものの、あぶなく大事なことを忘れてしまうところだった。

1　から　　　2　注意された　　　3　よかった　　　4　に

(25) 最近、＿★＿ ＿＿＿ ＿＿＿ ＿＿＿ アフリカへ行っているらしい。

1　出張で　　　2　と思っていたら　3　顔を見ない　　　4　クミさんの

(26) はじめから ＿★＿ ＿＿＿ ＿＿＿ ＿＿＿ まいに。

1　本当のこと　　　2　を言っていれば　3　見捨てられる　　　4　みんなに

(27) 音楽を聞いたり ＿＿＿ ＿＿＿ ＿＿＿ ＿★＿ 人がいるそうだ。

1　でないと　　　2　ができない　　　3　仕事や勉強　　　4　しながら

(28) 主役(しゅやく) ＿＿＿ ＿★＿ ＿＿＿ ＿＿＿ ない。

1　完成は　　　2　にしては　　　3　ドラマの　　　4　をぬき

7-01

1 ～次第で(は)／次第によって／次第だ

＊ 根據……／取決於……

接續 ◆ 名詞＋次第で／次第では／次第によって／次第だ

意義 表示後項會產生怎樣的結果，全憑前項條件如何。後項會不會發生什麼變化，要取決於前項的具體情況。

例

❶ 先生のご都合次第では、来週の講演は延期になります。
考量老師方便的時間，講演將延期至下週。

❷ 相手の言い方次第で、こちらの態度も変わってくる。
先看對方怎麼說，我們再隨之對應。

❸ 明日何をするかはその時の気分次第だ。まだ決めていない。
看明天的心情如何，在決定要做什麼。

2 ～に基づく

＊ 根據……／按照……

接續 名詞＋に基づき／に基づいて／に基づく／に基づいた

意義 跟表示「依據、根據、素材」的「～によって」意思類似，表示行動的依據。書面語。

例

❶ 調査結果に基づいて、論文を書く。
根據調查的結果撰寫論文。

❷ この作品は、実際に起こった事件の記録に基づいて書かれており、その内容が非常に感動的だったので、多くの人たちに強い印象を与えた。
這個作品是根據真實事件寫出來的，它的內容、情節非常令人感動，給很多人留下了深刻的印象。

❸ 適切な判断に基づいた／に基づいての応急処置が、溺れかけたその子供の命を救った。

基於正確的判斷且採取緊急措施，挽救了差一點落水身亡的孩子。

3 ～をもとにする ＊ 按照……／依據……

接續 名詞＋をもとに（して）／をもとにした

意義 跟「～に基づく」的意思類似，表示以前項為基礎去做後項的事情。

例

❶ 日本語のクラスは、テストの点数と今までの学習時間をもとに決定される。

日語班的分班將按照考試的分數以及截至目前為止的學習時數來決定。

❷ 彼は、旅行中に起きた奇妙な出来事をもとにして、小説を書いた。

他將自己在旅途中遇到的奇人奇事做為創作素材，寫了一部小說。

❸ 憲法第九条をもとにした憲法記念日が５月３日に実施された。

依據憲法第九條制定的憲法紀念日於５月３日開始實施。

4 ～のもとに／のもとで ＊ 在……之下

7-02

接續 名詞「の形」＋もとで／もとに

意義 接在表示具有一定條件、狀況意義的名詞後面，表示在此之下進行某種活動。其中，直接接在人的職業名詞後面時表示在誰的門下從事某事的意思。

例

❶ 「開発」の名のもとに大規模な森林破壊が進んでいる。

以「開發」的名義下，對森林進行大規模的破壞。

❷ この本は先生のご監修やご指導のもとで書き上げました。

這本書是在老師的監修和指導下寫完的。

❸ 有名な水泳コーチのもとで、しっかり基礎を學んだ。

在知名的游泳教練指導下打下了紮實的游泳基礎。

表示「在……影響下」（指導、培養、監督等）時多用「～のもとで」。表示「在……名義下」、「在……條件下」、「在……狀況下」（名目、理解、同意、協議等）時多用「～のもとに」。但試題一般不會涉及此類異同。

5 ～を頼りに（して）／を頼りとして

＊ 依靠……／借助……

接續 名詞＋頼(たよ)りに（して）／を頼りとして

意義 表示在困難時依靠他人或其他事物。

例

❶ あなたあっての私です。あなたがいなければ、これから私は何を頼りに（して）生きていけばいいのですか。
有你才有我的存在。如果沒有你，我就什麼依靠都沒有了，這樣我怎麼活得下去？

❷ バイトによる収入を頼りとして暮らしている外国人留学生が多いようだ。
有不少外國留學生靠打工生活。

❸ 君の力を頼りにしてこそ、この仕事がうまくやり遂(と)げられるのです。
正因為你的幫忙，這項工作才能順利完成。

「～を頼りにする」還可以用於借助某工具做後項。

■ 杖(つえ)を頼りにやっと山頂(さんちょう)に辿(たど)り着いた。
／靠著拐杖才好不容易登上了山頂。

6 ～にしたがい／にしたがって

＊ 1. 2. 順著……／沿著……

接續 名詞＋にしたがい／にしたがって

意義① 接在表示「線路、標記」等意思的名詞後面，表示「順著、沿著」的意思。

例

❶ 川の流れにしたがって歩いていくと、森(もり)に着く。
沿著河流一直走，就可以進入森林。

❷ 彼女は海岸(かいがん)にしたがって、ゆっくり車を走らせながら、周(まわ)りの風景(ふうけい)を眺(なが)めている。
她沿著海岸悠閒地一邊兜風，一邊欣賞著周圍的景色。

❸ 駅から電車の線路(せんろ)にしたがって、ずっと歩いていくと、古くて立派な寺(てら)が見える。
從車站沿著鐵軌一直走，就可以看到一座規模宏大的古寺。

意義② 接在表示「指示(しじ)・決定(けってい)・意見(いけん)・契約(けいやく)・規則(きそく)・習慣(しゅうかん)」等意義的名詞後面，表示按此行動的意思。多用於書面語。

例

❶ 医者の指示(しじ)に従って、手術(しゅじゅつ)を受けることにした。
聽取醫生的意見，決定動手術。

❷ 会議での決定(けってい)に従い、来月から新製品の生産を開始(かいし)することになった。
根據會議的決定，從下個月開始生產新產品。

❸ 友人の忠告(ちゅうこく)に従ってよかった。
幸虧聽了朋友的勸告。

説明

「～にしたがって」還有其他意思，請參考 P.138。

7-03

7 ～に沿う ＊ 1. 順著／沿著…… 2. 根據……／按照……

接續 名詞＋に沿(そ)い／に沿って／に沿う／に沿った

意義① 跟「～に従う」相同，接在表示「線路、標記」等意思的名詞後面，表示「順著、沿著」。

例

❶ 通りに沿って食べ物を売る店が並んでいる。
販賣食物的商店沿街林立。

❷ ここから 200 メートルに沿って桜の並木(なみき)が続いている。
從這裡開始，沿路 200 公尺都是成排的櫻花樹。

❸ 塀(へい)に沿って黄色(きいろ)や白のバラの花が植(う)えてある。
沿著圍牆種植著許多黃色或白色的薔薇。

意義② 接在表示「方針(ほうしん)・指示(しじ)・意向(いこう)・期待(きたい)・希望(きぼう)・手順(てじゅん)・基準(きじゅん)・內容(ないよう)」等意義的名詞後面，表示按此行動的意思。多用於書面語。

例

❶ 決定された戦略に沿って、今回の試合が開始された。　按照事先制定出的戰術方案開始了這次的比賽。

❷ チームの監督とメンバーたちのご期待に沿うよう頑張ります。　為了不辜負教練和隊員們的期待而努力。

❸ 消費者の好みに沿った製品を作ることが大きな鍵となります。　關鍵是要生產出能滿足消費者口味的產品。

參考

接在表示道路、海岸等線狀名詞，也可以用「名詞＋沿い」的表達形式，意思一樣。「沿い」屬於接尾詞用法。

■二人は川沿いに（＝川に沿って）散歩しながら、楽しく話し合いました。
／兩個人沿著河岸一邊散步一邊高興地談話。

■線路沿いの（＝線路に沿った）住宅が目に入った。
／映入眼簾的是沿著軌道建造的房子。

8 ～に応じる ＊ 根據……／按照……

接續 名詞＋に応じ（て）／に応じては／応じても／に応じた

意義 跟「～によって」（⇨ N3）的意思 似。根據不同條件、情況、要求、希望等去做與此相適應的事情。

例

❶ このレストランは、客の予算に応じて、いくつかのコースを用意してくれる。　這家餐廳根據客人的預算，準備了幾套菜單。

❷ みなさんのご希望に応じて商品を生産していくつもりです。　我們將根據大家的要求來生產產品。

❸ 年齢に応じた適当な運動をしたほうがいい。　應該根據年齡做與之相符程度的運動比較好。

9 ～に応える ＊ 不負……期望／滿足／回應

接續 名詞＋に応え（て）／に応える

意義 順應各種要求、期待、愛好等，做出相應的回應。後項的行為都是為了實現前項而做的。

例

❶ 消費者の要求に応えて、よい製品を作っていかなければならない。
為了滿足消費者的需求，我們必須生產優良的產品。

❷ 彼は農民の信頼に応えようと、昼も夜もなく働いた。
他為了報答農民對他的信賴，夜以繼日地工作。

❸ シュートを決めた選手は、右手を挙げてファンの声援に応えました。
進球得分的球員舉起右手，向支持他的球迷致謝。

10 ～にしても～にしても

7-04

＊ 無論……還是……／……也好……也好

接續
- 名詞＋にしても、～にしても
- ナ形容詞語幹＋にしても、～にしても
- イ形容詞「辭書形」＋にしても、～にしても
- 動詞「辭書形」＋にしても、～にしても
- 各詞類「た形」＋にしても、～にしても

意義 舉出兩個對立的例子，表示無論是哪個都一樣。注意謂語不能是已經完成的事情。

例

❶ 学生にしても、教師にしても、こう暑くては授業に集中できない。
無論是學生還是教師，在這樣酷熱的天氣，都很難集中精神上課。

❷ 生活が豊か（である）にしても、貧乏（である）にしても夫婦になった以上、苦楽を共にするつもりだ。
今後的生活，無論是富有還是貧困，既然已經成為夫妻，就要做好同甘共苦的心理準備。

❸ 高いにしても安いにしても、値段に関係なく買う。
無論價錢貴也好便宜也好都沒有關係，我買定了。

❹ 引き受けるにしても、引き受けないにしても、なるべく早く決めたほうがいい。
答應也好，拒絕也罷，最好儘早決定。

11 ～にしろ～にしろ／にせよ～にせよ

＊ 無論……還是……／……也好……也好

接續
- 名詞＋にしろ／にせよ、～にしろ／にせよ
- ナ形容詞語幹＋にしろ／にせよ、～にしろ／にせよ
- イ形容詞「辭書形」＋にしろ／にせよ、～にしろ／にせよ
- 動詞「辭書形」＋にしろ／にせよ、～にしろ／にせよ
- 各詞類「た形」＋にしろ／にせよ、～にしろ／にせよ

意義 是「～にしても～にしても」的書面語表達形式，意思相同。

例

❶ 学生時代は男子学生にしろ、女子学生にしろ、若さを大(おお)いに楽しむことだ。
無論是男生還是女生，在學生時期都應該盡量地揮灑青春。

❷ 日本語が下手にしろ、上手にしろ、研究(けんきゅう)計画書(けいかくしょ)を来週までに出さなくてはならない。
無論你的日語好不好，都必須在下周之前把研究計畫交出來。

❸ 深いにしろ、浅いにしろ、夕方(ゆうがた)までになんとかしてこの川を渡らなければならない。
不管河水深也好淺也好，傍晚之前必須渡過這條河。

❹ 出席(しゅっせき)するにしろ欠席(けっせき)するにしろ、招待状(しょうたいじょう)の返事は早く出したほうがいい。
出席也好，缺席也罷，最好快點回覆邀請函。

12 ～に加え(て) ＊ 加上……／而且……

接續 名詞＋に加(くわ)え／に加えて

意義 用「Aに加え(て)、Bが」的形式，表示在A事物的基礎上又添加了B事物。

例

❶ 今年は作物(さくもつ)の生育(せいいく)がよくないそうだ。夏の低温(ていおん)に加えて、雨が少なかったのが原因だと考えられている。
據說今年的農作物生長不好。原因是夏季氣溫過低，加上雨水又不充足。

❷ 彼の論文は字が雑なことに加え、文法のミスも多い。おまけに字数がずいぶん足りないことに加え、ページまで抜けている。

他寫的論文，不僅字跡潦草，而且語法錯誤百出。更誇張的是，字數嚴重不足還缺頁。

13 ～に加わり／に加わって

⊙ 7-05

＊ 加上……／而且……

接續 ◆ ～が～名詞＋に加わり／に加わって
◆ ～名詞に～が加わり／に加わって

意義 用「AにBが加わる」的形式，表示在A事物的基礎上又添加了B事物。

例

❶ 続いている不景気に物価の上昇が加わって苦しい。

在經濟持續不景氣之下，物價上漲讓日子過得更苦。

❷ おいしい料理にホストの温かいもてなしぶりが加わり、パーティーは申し分なかった。

料理美味，再加上主人的熱情招待，派對辦得無可挑剔。

❸ 日々の宿題に、毎週二回出さなければならないレポートが加わって、大変ですよ。

除了固定每天寫作業之外，每週還要交兩次報告，真是累死人了。

14 ～が手伝って／も手伝って

＊ 再加上……／由於……

接續 ◆ 名詞＋が手伝って／が手伝う
◆ 名詞＋も手伝って／も手伝う

意義 表示原因的累加，結果多為消極的。「～も手伝う」用於對比並暗示其他。

例

❶ それは若さが手伝っての行いとしか言いようがない。

我只能說那是由於年輕不懂事才犯下的錯。

❷ 金融危機の影響も手伝って、その大手銀行はとうとう潰れてしまった。
由於受到金融危機的影響，那家大銀行最終倒閉了。

❸ 自然災害も手伝って、この国の国民の生活は非常に厳しい。
由於天然災害的雪上加霜，讓這（個）國家的人民生活更加困窘。

15 ～と来ている ＊ 而且……

接續 句子普通體＋と来ている

意義 前接名詞和ナ形容詞時可以省略「だ」。口語體，相當於「～し、それに～」的語法意義，用於累加兩個事物。

例

❶ あの人は頭がいいし、体が丈夫だと来ています。
那個人不但聰明，而且身體健壯。

❷ 芸術家は、手先が器用なことですし、物事に対する感覚が豊かなのだと来ています。
藝術家不僅心靈手巧，而且對事物的感受也很豐富多彩。

❸ 各科目では数学だけではなくて、物理も化学も成績がよくないと来ている。
在各個學科中，不僅是數學，連物理、化學的成績也不好。

❹ 田中さんは勉強もできるし、それにスポーツもできると来ています。
田中他不僅僅會念書，而且運動也很在行。

7-06

16 ～も～なら～も ＊ A也（不）…，B也（不）…。（A、B皆不好）

接續 AもAなら、BもBだ

意義 接在人物、團体、組織等名詞後面，表示「A有A存在的問題，B也有B存在的問題」，兩者都應該遭到批評。

例

❶ あそこの家の父親は、毎日朝から酒を飲んで暴れている。息子は、仕事もせず賭け事に夢中になっている。まったく、父も父なら子も子だ。
那家人的父親一天到晚喝酒，而且還會發酒瘋。他的兒子也不上班，一天到晚沉溺於賭博。真是有其父必有其子。

❷ 社長も社長なら、社員も社員だ。偽物(にせもの)のブランド品(ひん)を作って客を騙(だま)すとはひどすぎる。

那家公司社長連同員工合夥偽造名牌仿冒品欺騙顧客，真是喪盡天良。

❸ その夫婦はよくけんかする。夫も夫なら妻も妻で、相手にケチばかりつける。

那時夫妻經常吵架。夫妻倆都一個樣，只會互相挑對方的毛病。

⑰ ～かと思えば ＊ 既有……，又有……

接續 ◆ 名詞＋があるかと思うと／かと思えば～もある
◆ 名詞＋がいるかと思うと／かと思えば～もいる

意義 表示對立或對比的兩種事情或人物並存。

例

❶ 上海には中国風(ふう)の建物があるかと思えば、西洋風の建物もある。

上海有中式建築，也有西式建築。

❷ 彼は財布からお金を出して見せた。アメリカドルがあるかと思えば、ユーロもある。

他從錢包裡拿出錢給大家看。有美元，也有歐元。

❸ この學校には、アメリカ人の先生がいるかと思えば、日本人の先生もいる。

這所學校裡有美籍教師，也有日籍教師。

⑱ ～のみか／のみでなく／のみならず

＊ 不僅……，而且……也……

接續 ◆ 名詞＋（である）のみか／のみでなく／のみならず
◆ ナ形容詞語幹＋（である）のみか／のみでなく／のみならず
◆ イ形容詞「辭書形」＋のみか／のみでなく／のみならず
◆ 動詞「辭書形」＋のみか／のみでなく／のみならず
◆ 各詞類「た形」＋のみか／のみでなく／のみならず

意義 表示不僅是前項，後項也一樣。常跟副詞「ただ」、「単(たん)に」一起使用。多用於書面語。

例

❶ 最近、出生率の低下がいろいろ問題になっているが、この問題は日本のみならず、ほかの国にもあるようだ。

最近，嬰兒的出生率降低帶來了諸多問題。這些問題似乎不僅限於日本，其他國家也一樣。

❷ 芸能界はただ気苦労が多いのみでなく、食うか食われるかの社會とも言える。

演藝圈不僅是個非常辛苦的地方，而且可以說是一個弱肉強食的社會。

❸ 単に自國の環境問題に関心を持つのみか、世界の環境問題にも目を向けて対策を考えるべきである。

我們不僅要關心自己國家的環保問題，還有義務關注全球的環境問題並進一步考量因應對策。

19 ～はもとより ＊ 當然……／……不用說

7-07

接續 名詞（＋助詞）＋はもとより

意義 跟「～はもちろん」（⇨ N3）的意思相同，表示前者是理所當然的、不言而喻的，後者也同樣如此。

例

❶ 最近仕事が多くて、土曜はもとより、日曜も休まずに働いている。

最近工作很多，星期六就不用說了，連星期天也得上班。

❷ 私はスポーツが全然だめだ。サッカーはもとより、ピンポンもできないんです。

我對體育一竅不通。別說是踢足球，就連乒乓球也不會打。

❸ 漫画の種類が増えている。子供のためのものはもとより、大人が読むための歴史や経済の漫画もよく見かける。

漫畫的種類越來越豐富，少年兒童取向的漫畫就不用說了，也出現了針對大人取向的歷史、經濟等相關題材的漫畫。

20 ～どころではない ＊ 根本不是……時候

接續 ◆ 名詞＋どころ（の話）ではない
◆ 動詞「辭書形」＋どころ（の話）ではない

意義 表示因為受前項的影響，目前不能進行某項事情或不是進行某項事情的最佳時機。

例

❶ A：今週の日曜日に、いつものようにゴルフに行きましょうか。

A：這個星期天我們跟往常一樣去打高爾夫球嗎。

B：夕べ会社に事故が起こったもので、ゴルフどころではない／どころの話ではない。

B：昨晚公司發生了一些狀況，現在不是去打高爾夫球的時機。

❷ A：この仕事、ずいぶん儲かるでしょう。

A：這個工作肯定能賺到不少錢吧。

B：いや、経費がかかりすぎて、儲かるどころじゃありません。

B：不。因為要花的費用太多，所以根本談不上賺錢。

❸ 私は仕事でしばしば出張するので、あちこち旅行できていいとみんなに言われるが、いつも忙しくて見物するどころではない。

我經常因為工作的緣故到外地出差，常有人覺得我可以到處旅遊真好。但其實我每次都忙於工作根本沒有時間出去參觀遊玩。

★ 練習問題 ★

(解答 ⇨ P.292)

問題 1 次の文の（　　　）に入れるのに最もよいものを、1・2・3・4から一つ選びなさい。

(1) 今後の努力次第では、目標(もくひょう)の大学の試験に合格するのは（　　）。

1　夢どころではない　　　2　夢にしかならない
3　夢ではない　　　4　夢というほかない

(2) あの人の生活ぶりは自分の収入（　　）生活ではなく、すごく贅沢(ぜいたく)だ。

1　に応じて　　　2　に応じ　　　3　に応じても　　　4　に応じた

(3) 彼が業界(ぎょうかい)からもらった金品(きんぴん)の中には高級外車(こうきゅうがいしゃ)もあるかと（　　）、ゴルフ場(じょう)の会(かい)員券(いんけん)もある。

1　来ていれば　　　2　加えれば　　　3　言えば　　　4　思えば

(4) 新人歌手でデビューしてから毎日記者会見に忙しい。もう休む（　　）。

1　のみではない　　　2　に基づいていない
3　のを頼りにしない　　　4　どころではない

(5) 戦争体験者の話してくれたこと（　　）、このテレビドラマを創作(そうさく)した。

1　次第では　　　2　に基づいて　　　3　のもとに　　　4　にしても

(6) 12月に生まれてくる子が男（　　）女（　　）、丈夫な子供ならそれでいい。

1　にしても／にしても　　　2　かと思えば／かと思えば
3　どころでなく／どころでなく　　　4　のみでなく／のみでなく

(7) 日本の梅雨(つゆ)は、暑さ（　　）長雨(ながあめ)が加わって、べたべたした不快感に悩まされます。

1　に　　　2　も　　　3　で　　　4　まで

(8) 大気汚染(たいきおせん)問題が深刻(しんこく)になってきて、政府はもとより企業もこれを無視(むし)（　　）。協力(きょうりょく)してこそ、防止(ぼうし)に有効(ゆうこう)なのである。

1　するわけにはいかなくなった
2　するわけではなくなった
3　しないではいられなくなった
4　しないでもなくなった

(9) 需要（　　）工事計画を立て、そして予算（　　）資金を調達する。

1　によった／によった　　　2　に沿った／に沿った
3　をもとにした／をもとにした　　　4　を境にした／を境にした

(10) 先生のご指導（　　）論文を書き上げました。

1　にしたって　　2　のもとに　　3　に加えて　　4　の限りで

(11) 結婚してから、兄と姉はけんかしない日がないぐらいだ。兄も兄なら、姉も姉で、（　　）。

1　二人ともいい人だよ　　　2　二人ともひどいね
3　姉より兄のほうがいい　　　4　兄より姉のほうがいい

(12) 大統領の命令（　　）、軍が出動することになった。

1　のもとで　　2　を頼りに　　3　に従って　　4　のうえに

(13) 犠牲者が増えたのは食糧不足のところへ寒さも（　　）と見られている。

1　応えている　　2　応じている　　3　手伝っている　　4　もとよりだ

(14) 交通事故は事故にあった被害者（　　）、その家族をも不幸にするものです。

1　のみならず　　2　も手伝って　　3　にしたがい　　4　にもせよ

(15) 直接感染にしろ、間接感染にしろ、そとに出なければ（　　）。

1　大変になるでしょ　　　2　直接感染されないでしょう
3　大丈夫でしょう　　　4　間接感染さらないでしょう

問題 2　次の文の ＿★＿ に入る最もよいものを、1・2・3・4から一つ選びなさい。

(16) 実験データ ＿＿＿ ＿＿＿ ＿★＿ ＿＿＿ だんだん増えていることがわかる。

1　グラフから　　2　した　　3　をもとに　　4　数値が

(17) 私は出版社 ＿＿＿ ＿＿＿ ＿＿＿ ＿★＿ 暮らしている。

1　を頼りに　　　2　もらった
3　原稿の報酬　　　4　から

(18) レジャーの過ごし方　＿＿＿＿　＿＿＿＿　＿★＿　＿＿＿＿　回答を送りました。

1　にこたえて　　2　についての　　3　新聞社の　　4　アンケート

(19) フリーターは　＿★＿　＿＿＿＿　＿＿＿＿　＿＿＿＿　不安定だ。

1　身分が　　2　安い　　3　にくわえて　　4　給料

(20) 空気がなければ人間　＿＿＿＿　＿★＿　＿＿＿＿　＿＿＿＿　のだ。

1　生物も　　2　のみか　　3　すべての　　4　生きていけない

★伍★ 傾向．樣子．狀態．附帶．進行

❶ ～でいる ＊ 一直……

8-01

接續 ◆ 名詞「で形」＋いる
◆ ナ形容詞「で形」＋いる

意義 接在表示狀態意義的名詞或ナ形容詞後面，表示一直保持著至今為止沒有改變的某種狀態。能接續的詞語有限。作為謙讓語表達形式，可以用「～ である」的形式。

例

❶ こう「オタク」でいるのはよくないよ。外に出て人と付き合ったらどう？
你一直這樣「宅」在家裡不好，要不要出去和人接觸呢？

❷ 両親から何の連絡もないけど、たぶん元気でいるだろう。
雖然爸媽沒有和我們連絡，但是我想他們應該過得很好吧。

❸ 肉料理が大好きなこの国に来てからも、今までと同じように菜食主義者(さいしょくしゅぎしゃ)でおるのは難しいです。
來到這個特別喜歡吃肉的國家後，很難再繼續當個素食主義者。

❷ ～ずにある／ないである

＊ 還沒……／沒有……

接續 ◆ 動詞「未然形」＋ずにある／ないである
◆ する⇨せずにある

意義 用來表示某事物、現象等處於還沒出現或還沒完成的狀態，語氣消極。常跟副詞「そのまま」一起使用。不能用於人的狀態。

例

❶ 手紙は書いたが、そのままで出さないである。
信是寫好了，但一直沒有寄出去。

❷ いただいた果物はそのままで食べずにある。
您送的水果還放著沒有吃。

❸ 故障(こしょう)した車はそのまま動かさずにある。
那車故障了，停在那還不能動。

③ ～ずにいる／ないでいる

＊ 還沒有……

接續 ◆ 動詞「未然形」＋ずにいる／ないでいる
◆ する⇨せずにいる

意義 表示某人（或動物）一直處於不做某行為的狀態，語氣消極。不能用於物品、事物的狀態。作為謙讓語，還可以用「～ずにおる／ないでおる」的形式。

例

❶ 言いづらいから、離婚のことをまだ夫に話さないでいる。
因為不好開口，所以離婚的事情還一直沒有跟丈夫提起。

❷ のどが痛いので、しばらくタバコを吸わずにいる。
因為喉嚨痛，暫時不抽菸了。

❸ 怪我(けが)をした足が治(なお)っていないので、父はまだ歩くことができないでおります。
因為受傷的腳還沒有痊癒，所以我爸爸暫時還不能行走。

④ ～ふりをする ＊ 假裝……

⊙ 8-02

接續 ◆ 名詞「の形」＋ふりをする
◆ ナ形容詞「な形」＋ふりをする
◆ イ形容詞「辭書形」＋ふりをする
◆ 動詞「辭書形」＋ふりをする
◆ 各詞類「た形」＋ふりをする

意義 表示通過假裝、偽裝、佯裝等手段迷惑人。

例

❶ 留守のふりをして、電話に出なかった。
假裝不在家，故意不接電話。

❷ 悪い人はいつも親切なふりをする／優しいふりをするのだから、気をつけてね。
要小心壞人總是擺出一副親切的樣子。

❸ 眠っているふりをしながら、人の話を聞いている。
佯裝睡著在偷聽別人講話。

❹ あの人は知っているのに、知らないふりをしています。
那個人明明知道實情，卻假裝不知道。

5 ～向きがある ＊ 有…傾向／動向

接續 ◆ 名詞「の形」＋向きがある
◆ 動詞「辭書形」＋向きがある

意義 表示也有那麼認為的人。或表示也有那種傾向、動向。書面語。

例

❶ 若者には、とかく極端(きょくたん)に走る向きがあるのではないだろうか。 年輕人是不是比較容易走向極端呢？

❷ はじめのころから、イラク派兵(はへい)に対して、反対する向きもあった。 從一開始，就有人反對向伊拉克派兵。

❸ 生活はそんなに豊かではないが、彼女はいつでも楽観視(らっかんし)する向きがある。 雖然生活沒有那麼富裕，但她總是樂觀面對。

6 ～つつある ＊ 正在……

接續 動詞「連用形」＋つつある

意義 表示某種事態朝著某方向漸進式地發展。主要用於書面語。

❶ 従来(じゅうらい)の経営システムは崩壊(ほうかい)しつつある。 一直以來的經營模式正在逐漸崩壞。

❷ 新しい日本の文化が現在(げんざい)作られつつあるし、これからも作られていくだろう。 現在不斷誕生新日本文化，今後也將會持續下去吧。

❸ 母が病気で倒れたのは、父の病気がやっと回復(かいふく)しつつあった時のことでした。 正當父親的病情終於逐漸好轉的時候，母親卻病倒了。

7 ～一方だ ＊ 一味地……／越來越……

8-03

接續 動詞「辭書形」＋一方(いっぽう)だ

意義 表示某種事態朝著某方向不斷地發展。可以是好的結果，也可以是壞的結果。

例

❶ 日本に来る外国人の数は増える一方のようだ。
來日本的外國人數好像愈來愈多。

❷ 地震の被害についての情報が混亂し、住民の不安は広がる一方だ。
因為地震的受災情況還不明朗，居民們愈來愈感到不安。

❸ 景気が悪くて、ここ数年、会社の利益はますます減る一方だ。
由於經濟不景氣，近幾年以來，公司的利潤一路下滑。

8 ～中を ＊ 在……之中

接續
◆ 名詞「の形」＋中を
◆ イ形容詞「辭書形」＋中を
◆ 動詞「辭書形」＋中を

意義 後續移動性動詞，表示在惡劣的天氣裡或某種氛圍裡移動。不過能使用的形容詞和動詞很有限。

例

❶ 急に停電したので、手探りで暗闇の中を辿って蠟燭を見つけ出した。
因為突然停電了，所以只好摸黑把蠟燭找出來。

❷ こんな天気が悪い中を歩いていらっしゃったんですか。電話をくだされば車でお迎えに参りましたのに。
這麼惡劣的天氣您還走路過來。其實您只要來通電話我就會開車去接您的。

❸ その子どもは、お医者さんや看護婦さんの祝福の中を退院していった。
那孩子在醫生和護士的祝福下出院了。

9 ～に向かう ＊ 1. 朝著……／面對…… 2. 針對…… 3. 朝著……

接續 名詞＋に向かい／に向かって／に向かう

意義① 接在表示方向、方位、位置、目的地等意思的名詞後面，表示人或交通工具等朝著某個方向、目的地行進。或表示人物的正面朝著某個物體。

例

❶ 私が乗っている飛行機はただ今東京に向かって飛んでいる。
我搭乘的飛機現在正朝著東京飛去。

❷ 主人はうちに帰ると、すぐ机に向かって本を書き始めた。　丈夫一回到家就馬上坐到桌子前開始寫書。

意義② 接在表示人物、團體的名詞後面，表示針對某人、某團體採取什麼態度或什麼行為，和「～に対して」(⇨ N3) 的意思基本相同。

例

❶ 親に向かって乱暴（らんぼう）なことを言うな。　對父母親不應該說那樣無禮的話。

❷ その選手は小柄（こがら）だが、相手に向かっていくファイトがあるよい選手だ。　雖然那名選手個頭不大，卻是一位勇於向對手挑戰的人。

意義③ 接在有未來發展趨勢意思的名詞後面，表示情況朝著某個趨勢、目標發展。

例

❶ 地球（ちきゅう）の環境（かんきょう）は悪化（あっか）に向かって進（すす）んでいる。　地球的環境正日趨惡化。

❷ 目的に向かってまっすぐに進んでいるときが幸（しあわ）せなときだ。　朝著目標筆直地前進時是最幸福的時刻。

⑩ ～に向ける

＊ 1. 朝著……／面對……　2. 針對……　3. 朝著……

◎ 8-04

接續 名詞＋に向（む）け／に向けて／に向ける

意義① 自動詞，表示「朝向、趨向、面對」等意思。
接在表示方向、方位、位置、目的地等意思的名詞後面，跟「～に向かう」的意思相同，表示人或交通工具等朝著某個方向、目的地行進。或表示人物的正面朝著某個物体。

例

❶ 彼は単身（たんしん）で赴任先（ふにんさき）の上海に向けて東京の本社を出た。　他離開了東京的總公司，隻身一人到上海赴任。

❷ 車は日が昇（のぼ）る方向に向けて走っていった。　車子朝著太陽升起的方向駛去。

意義② 接在表示人物、團体意思的名詞後面，表示針對某人、某團體採取什麼態度或什麼行為。跟「～に向かって」的意思類似。

例

❶ その時、イラク戦争をめぐって、フランスやドイツなどがアメリカに向けて、強い態度を示した。
當時，在圍繞著伊拉克戰爭的話題上，法國和德國對美國展示了強硬的態度。

❷ 市民代表は当局に向けて、医薬業界の腐敗のひどさを訴えた。
市民代表向執政當局告發醫藥界存在著嚴重的腐敗問題。

意義③ 接在有未來發展趨勢意義的名詞後面，表示情況朝著某個趨勢、目標發展。跟「～に向かって」的意思類似。

例

❶ 来月の演奏会に向けて、毎日バイオリンの練習を続けている。
為了下個月的演奏會，我每天都在練習拉小提琴。

❷ オリンピックの成功に向け、競技場や道路の整備が行われている。
為了成功舉辦奧運，正在進行體育場館和道路的建設。

⑪ ～に向く　＊ 1. 適合……　2. 朝著……

接續 名詞＋に向き／に向いて／に向く

意義① 相當於「～に適する」的意思，表示適合某個特定對象。

例

❶ あの人は愛想がいいから、サービス業に向いている。
那個人待人親切，適合從事服務業。

❷ この絵は本の表紙には向かないから、ほかの絵にしてみよう。
這張圖不適合作書籍的封面，再挑一張吧。

意義② 跟「～に向かう」的意思類似，表示事態朝著某個趨勢進展。

例

❶ 病気が快方に向いているから、少しほっとした。
病情逐漸痊癒，稍微鬆了一口氣。

❷ 全体の流れが少しはいい方向に向いてきたと思う。
我認為整體趨勢至少在往好的方向發展。

⑫ ～に伴う ＊ 伴隨……／隨著……

接續 ◆ 名詞＋に伴い／に伴って／に伴う
◆ 動詞「辭書形」＋に伴い／に伴って／に伴う

意義 接在表示變化意義的詞語後面，表示後項與前項發生同步變化。書面語，多用於表現大場面、大規模、大變化等場合。

例

❶ 現代の医学は進歩している。それに伴って、平均寿命が延びている。
現代醫學不斷地進步。因此，人們的平均壽命也得以延長。

❷ 台風の接近に伴い、夜になって雨と風が次第に強くなってきました。
伴隨著颱風的接近，到了晚上，雨下得越來越大，風力也在逐漸增強。

❸ 都市の人口増加に伴う住宅問題は深刻化している。
伴隨城市人口的不斷增加而出現的住宅問題越來越嚴重了。

⑬ ～にしたがい／にしたがって

◎ 8-05

＊ 伴隨……／隨著……

接續 ◆ 名詞＋にしたがい／にしたがって
◆ 動詞「辭書形」＋にしたがい／にしたがって

意義 接在表示「變化、發展」等意思的詞語後面，表示後項隨著前項而變化。

例

❶ 時代の変化にしたがって、人々の考えも変わっていく。
隨著時代的變動，人們的思維方式也會隨之改變。

❷ 年をとるにしたがって、足が弱くなる。
隨著年齡的增長，腳力也會越來越差。

❸ 国の経済が発展するにしたがって、人々の暮らしもよくなってきた。
隨著國內經濟的不斷發展，人們的生活也有好轉。

説明

「～にしたがって」還有表示根據、依據等意思，請參考 P119。

14 ～ば～だけ ＊ 越……越……

接續 ◆ 名詞「ば形」、名詞＋だけ
◆ ナ形容詞「ば形」、ナ形容詞「な形」＋だけ
◆ イ形容詞「ば形」、イ形容詞「辭書形」＋だけ
◆ 動詞「ば形」、動詞「辭書形」＋だけ

意義 表示隨著前項的程度增加，後項的程度也隨之增加。

例

❶ 有能(ゆうのう)なコックさんなら有能なコックさんだけ料理の材料をよく吟味(ぎんみ)するそうだ。
據說越是厲害的廚師越講究食材的選用。

❷ 日常使う器具(きぐ)の操作は簡単なら簡単なだけ身につきやすい。
對於每天使用的工具，其操作越簡單越好。

❸ 新しい環境(かんきょう)に慣れることは若ければ若いだけ速い。
越年輕越容易適應新環境。

❹ 方法がよくなければ、練習すれば練習するだけ下手になることもある。
如果方法不對，有時候越練習越差。

15 ～をかねる ＊ 一邊……，一邊……

接續 名詞＋を兼(かね)て／を兼る／を兼た

意義 表示做前項事情的同時兼做後項的事情。也就是兩者兼顧的意思。

例

❶ 車を買ったので、ドライブを兼ねて故郷(ふるさと)の両親の家に行った。
買了新車後去兜了個風，順便回老家一趟。

❷ 写生(しゃせい)の練習を兼ねて、あちこちを歩き回りました。
一邊練習寫生，一邊到處走走。

❸ 妻は趣味と実益(じつえき)を兼ねて、家事をする一方、近所の子どもたちを集めて絵を教えている。
我妻子兼顧興趣愛好和實際利益，在處理家務的同時，還在家裡教附近的孩子畫畫。

4 機能語・文型：★伍★ 傾向・樣子・狀態・附帶・進行

⑯ ～ずにおく／ないでおく

8-06

＊ 暫時不要……／先不要……

接續 動詞「未然形」＋ずにおく／ないでおくする⇨せずにおく

意義 表示說話者為某個目的而有意識地保持在一段時間內不做某事情。口語中「～ないでおく」可音便成為「～ないどく」。

例

❶ 親（おや）を心配させないように、病気のことは言わないでおこう。
為了不讓父母擔心，就不要告訴他們生病的事吧。

❷ A：彼女に会いますか。
B：いいえ、会わないでおこうと思う。
A：你要和她見面嗎？
B：不，暫時還不會。

❸ インフルエンザがまだ流行（はや）っているから、子供をしばらく外へ出さずにおいたほうがいい。
因為流感還在蔓延，暫時還不要讓孩子到外面去比較好。

⑰ ～放題

＊ (1) 盡情地……
(2) 隨心所欲……／隨便……

接續 (1) 動詞「連用形」＋放題（ほうだい）（に、の、だ）

意義 表示隨心所欲地、盡情地做某事。

例

❶ バイキング料理とは、同じ食事代で食べ放題、飲み放題というサービスです。
所謂吃到飽，就是付了一定的錢後就可以不限制吃喝的用餐方式。

❷ 入場券（にゅうじょうけん）を買えば、この公園の観光モノレールは乗り放題になっている。
只要購買門票，就可以不限次數地乘坐該公園的觀光單軌電車。

❸ 最近、ネットでは「月額（げつがく）1000円見放題」というサービスが出された。あるアニメ動画の広告（こうこく）らしい。
最近，網上推出了「每月1000日元可享無限次觀看」的服務專案。好像是某家動漫公司的廣告。

接續 (2)◆動詞「連用形」＋放題（に、の、だ）
◆動詞「連用形」＋たい放題（に、の、だ）
◆ナ形容詞語幹＋放題（に、の、だ）

意義 表示隨心所欲地做某事或對某狀態不管不問，任其發展下去。含有說話者負面的評價。不過能使用的ナ形容詞很少。

例

❶ あの人の言うことはみな出(で)放題だ。
那個人總是隨便說說，只出張嘴。

❷ 彼はよく使い放題に人のものを使う。
他經常是任意地使用別人的東西。

❸ ネットには、「言いたい放題」という掲示板(けいじばん)があるようだが、やはり注意して言ったほうがいいのよ。
網路上好像有個叫做「暢所欲言」的留言板。不過發言時還是小心一點比較好。

說明

較為常見的還有：気まま放題、勝手放題、食べ（たい）放題、し（たい）放題、やり（たい）放題、買いたい放題、好き放題、取り放題、使い放題、散らかり放題、荒(あれ)放題、読み放題。

★ 練習問題 ★

（解答 ⇨ P.293）

次の文の（　　）に入れるのに最もよいものを、1・2・3・4 から一つ選びなさい。

(1) 地震でだいぶ壊れたあのビルは（　　）取り壊されずにある。

1　そのだけ　　2　そのまま　　3　それほど　　4　それぐらい

(2) 今、日本には「専業主夫」ということばがある。妻が働き、夫が家庭で子どもの世話をするという家庭形態が増えつつあるのだ。男女ともすでに仕事や人生に対する価値観が（　　）。

1　どうなるか予想できそうもない
2　そのうちに変わってくるかもしれない
3　あいかわらず変わらないままだ
4　変わってきたというわけだ

(3) 君は商売に（　　）タイプではないんですから、店を開くことは諦めたほうがいいですよ。

1　向く　　2　向ける　　3　向かう　　4　向こう

(4) 成長にともなって、悩みも（　　）。これがいわゆる成長の悩みということだろう。

1　少なくなった　　2　多くなった　　3　減っていた　　4　増えずにいた

(5) 散歩（　　）、近所に引っ越した友だちを尋ねた。

1　に従って　　2　をたよりに　　3　に向かって　　4　をかねて

(6) ここのパンフレットは（　　）けど、余計に取る必要がないだろ。一部、二部で十分だよ。

1　取りつつある　　2　取り放題だ　　3　取らずにいる　　4　取らずにある

(7) あの人はまだこの世にいるのやら、いないのやらさえ見当がつかなくて行方不明（　　）。

1　のままでいる　　2　にならずにいる
3　のふりをしている　　4　にむかっている

(8) 歴史問題の解決 (　　)、両国とも努力している。

1　の中を　　2　の一方で　　3　に向かって　　4　に従って

(9) 日本では子供の数が減る (　　)、いろいろな問題が起こってきた。

1　にむけ　　2　にともない　　3　にむき　　4　にせよ

(10) その猛獣に遭ったとき、横になって (　　) ふりをすればいい。

1　死んだ　　2　死ぬ　　3　死のうとする　　4　死んでいた

(11) 世界のことは (　　)、不思議に思えるものが多い。

1　知りつつあって　　2　知れば知るだけ
3　知るむきがあって　　4　知らんふりをしたら

(12) お忙しい (　　) おいでくださり、ご苦労様です。

1　放題　　2　一方　　3　ふりを　　4　中を

(13) その事件があって以来、彼は何事も悲観的に見る (　　) がある。

1　つつ　　2　ながら　　3　むき　　4　むけ

(14) 宝くじに当たったが、子供の留学のことを考えて、そのお金は (　　)。

1　使わないではいられない　　2　使わなくてはならない
3　使わないでおいた　　4　使わないでよかった

問題 2　次の文の ＿★＿ に入る最もよいものを、1・2・3・4から一つ選びなさい。

(15) 田中さんは ＿★＿ ＿＿＿ ＿＿＿ ＿＿＿ まだ知らないでいる。

1　転勤　　2　地方に　　3　させられる　　4　ことを

(16) 妻の病気は ＿★＿ ＿＿＿ ＿＿＿ ＿＿＿ です。

1　とても心配　　2　一方で　　3　悪くなる　　4　ますます

(17) 彼は工事の当事者たち ＿＿＿ ＿★＿ ＿＿＿ ＿＿＿ を厳重に伝えた。

1　工事が環境　　2　に向けて　　3　に与える　　4　危険性

(18) 寝たきり ＿＿＿ ＿＿＿ ＿＿＿ ＿★＿ 、庭が荒（あれ）放題だ。

1　植木（うえき）にも花にも　　2　やらないので
3　手入（てい）れをして　　4　になってから

(19) N2 級試験 ＿＿＿ ＿＿＿ ＿＿＿ ＿★＿ いる。

1　がんばって　　2　みんな必死（ひっし）に　　3　向けて　　4　合格に

1 ～にしては ＊ 就……而言算是……

9-01

接續
- ◆ 名詞＋（である）にしては
- ◆ ナ形容詞語幹＋（である）にしては
- ◆ イ形容詞「辭書形」＋にしては
- ◆ 動詞「辭書形」＋にしては
- ◆ 各詞類「た形」＋にしては

意義 表示比較的基準、衡量的尺度。指出某人物或事物與一般的情況不相符。多用於批評或高度評價某人某事。作為接續詞，也可以用「それにしては」的表達形式。

例

❶ この子は小学生にしてはずいぶんしっかりしている。　這孩子雖然還是個小學生，卻很堅強。

❷ 生活が豊かにしては、人への同情心（どうじょうしん）がまったくない。　雖然生活上很富裕，對他人卻毫無同情心。

❸ 地震の規模（きぼ）が大きかった。それにしては、被害（ひがい）が少なかったのは幸（さいわ）いだ。　雖然發生了強烈地震，但是好險沒有造成太大的損傷。

❹ 初めてケーキを作ったにしては上手にできましたね。　雖然是第一次做蛋糕，但是做得還真不錯耶。

2 ～わりに（は） ＊ 雖然……但是……

接續
- ◆ 名詞「の形」＋わりに（は）
- ◆ ナ形容詞「な形」＋わりに（は）
- ◆ イ形容詞「辭書形」＋わりに（は）
- ◆ 動詞「辭書形」＋わりに（は）
- ◆ 各詞類「た形」＋わりに（は）

意義 跟「～にしては」的意思類似，表示比較的基準、衡量的尺度。但「わりに（は）」多接在表示程度意義的詞語（形容詞居多）後面。作為接續詞，也可以用「そのわりに（は）」的表達形式。

例

❶ あの人はバスケットボール選手だが、そのわりに、背が低いですね。　他雖然是籃球選手，但人並不高呢。

❷ この仕事は、忙しくて大変なわりに、給料があまりよくない。
這個工作又忙又累，薪水卻不高。

❸ このレストランは、高いわりにはうまいとは言えない。
這家餐廳價格很貴，卻談不上好吃。

❹ 父は、普通ならとっくに引退している年齢だが、年を取っているわりには元気だ。
一般像我父親這樣的年齡早應該退休了，可是他卻年紀愈大愈有活力。

3 ～に反する ＊ 1. 違反／違背 2. 與……相反

接續 名詞＋に反して／に反し／に反する／に反した

意義① 接在「法律・規定・規範・規準・道義・正義・道德・趣旨」等名詞後面，表示違反這些規則等。

例

❶ イラクへの派兵は憲法に反した行為だと指摘した議員がいる。
有議員指出，向伊拉克派兵是一種違反憲法的行為。

❷ 国際公約に反する行為は絶対許せない。
絕對不允許違反國際公約的行為。

❸ 開催者が会の趣旨に反して學術懇親会を反政府集會にしてしまった。
舉辦者違反了會議的宗旨，將學術研討會變成了反政府集會。

意義② 接在「期待・予想・予測・予期・見方・意図」等名詞後面，表示結果與此相反。跟「～と（は）違って／と（は）反対に」（⇨ N3）的意思類似。

例

❶ 政府は、今年こそ経済がよくなると予測していた。しかし、この予測に反して、十二月になった今も相変わらずよくなっていない。
政府預測今年的經濟會有所好轉。但是都到十二月了，還是沒有改變。

❷ 希望に反する結果を信じられないが、落選の事実を受け入れざるをえない。
雖然不想相信結果與當初預期的不同，但還是不得不接受落選的事實。

4 ～反面 ＊ 一方面……另一方面卻……

9-02

接續 ◆ 名詞＋である反面
◆ ナ形容詞語幹「な形」＋である反面
◆ ナ形容詞「な形」＋反面
◆ イ形容詞「辭書形」＋反面
◆ 動詞「辭書形」＋反面

意義 表示就某人或某物的兩個方面進行對比說明。前後項是相反的、相對立的。作為接續詞，也可以用「その反面」的表達形式。多用於書面語。漢字也可以寫作「半面」，但很少使用。

例

❶ 彼女は陽気な反面（＝彼女は陽気なほうだが、その反面）、涙もろいところがある。
她有活潑開朗的一面，但是也有情感脆弱的另一面。

❷ 仕事に厳しい反面、人に優しいといった管理者が多くなったようだ。
雖然對工作要求十分嚴格，但對員工也溫柔親切的上司好像變多了。

❸ A社との合作は一定の利益が見込める反面、大きな損失を招く恐れもある。
與A公司合作估計可以取得一定的利潤，但也存在著重大損失的風險。

5 ～一方（で）／一方で（は）

＊（1）一邊……一邊還 （2）而（另一方面）……
（3）（並列相反）一方面……而另一方面

接續 （1）動詞「辭書形」＋一方（で）／一方で（は）

意義 表示同一主體做前項的同時還做後項。

例

❶ 仕事をする一方で、遊ぶことも忘れない、そんな若者が増えている。
工作的同時，也不忘記娛樂。這樣的年輕人正不斷增加。

❷ 戦争というものは国を滅ぼす一方、国を興すことがある。
戰爭可毀滅一個國家，也可以振興一個國家。

接續 (2) 一方（で）／一方で（は）

意義 置於兩個句子之間，用於對照說明。可以是同一主體的兩個不同側面，也可以是不同主體之間的對照。

例

❶ 多くの国々(くにぐに)はすでに独立(どくりつ)を勝(か)ち取(と)っているが、一方、独立(どくりつ)を要求(ようきゅう)し、立(た)ち上(あ)がったばかりの国々もある。

多數國家已經獨立成功，還有一些國家正奮起要求獨立。

❷ ある宗教(しゅうきょう)を、他の人にも勧(すす)めて回(まわ)るくらい熱心に信仰(しんこう)する人がいる。一方で、宗教にはまったく関心を持たない人も少なくない。

有人對某個宗教非常虔誠，甚至會到拉人傳教，但也有不少人對宗教毫無興趣。

接續 (3) 一方は～、一方は一方は～、他方(たほう)（で）は

意義 跟上面第 2 個用法基本相同，用於並列兩個相反或相對立的事物。

例

❶ 二人とも踊(おど)りの名人(めいじん)だが、一方は渋(しぶ)くて、一方は派手(はで)だ。

他們兩個人都是舞林高手，但一個舞風細膩、典雅，另一個舞風華麗、張揚。

❷ 中国と日本は両国(りょうこく)とも東アジアの国だが、一方はどんどん発展していて、一方は衰(おとろ)えつつある。

中國和日本雖然都是東亞國家，但是一個正蓬勃發展，另一個卻日漸衰弱。

❸ 夫(おっと)は一方では、会社の仕事に励(はげ)んでいるが、他方では、家事に全然手を付けない。

丈夫在公司工作非常努力，但回到家裡什麼家事都不做。

6 ～に対する

＊ (1) 特點對照（正反同異）
(2) 比例是……　(3) ……比……

接續 (1)
- 名詞＋に対して
- ナ形容詞「な形」＋のに対して
- イ形容詞「辭書形」＋のに対して
- 動詞「辭書形」＋のに対して

意義 就兩個不同事物各自擁有的特點（正反、相對、異同等）進行對照說明。

例

❶ 日本人の平均寿命（へいきんじゅみょう）は、男性が70歳に対して、女性は78歳です。

日本人的平均壽命，男性為70歲，而女性為78歲。

❷ 多くの国立（こくりつ）大学の教育方針（きょういくほうしん）が画一的（かくいつてき）（なの）に対して、私立（しりつ）大学はその創始者（そうししゃ）の考えや理念が反映（はんえい）されて、独特（どくとく）な校風（こうふう）を持っている。

多數的國立大學實行的是統一的教育模式。但在私立大學裡，會反映出創辦人的宗旨和理念，發展成獨特的校風。

❸ 地方（ちほう）では人口が減っているのに対して、都市部では人口が急激（きゅうげき）に増えている。

地方人口在減少的同時，大城市的人口卻急劇增加。

接續 (2) 數量詞＋に対して／に対する

意義 表示單位數量中所占的比例。

例

❶ 消費税（しょうひぜい）は売り上げ百円に対して、税金五円です。

消費稅是銷售額的百分之五。

❷ 研究（けんきゅう）グループ1人に対して年間100万円の研究補助金（ほじょきん）を与（あた）える。

給研究單位的每個人一年發放100萬日元的研究補助經費。

❸ 規模（きぼ）の大小（だいしょう）を問（と）わず、義捐金（ぎえんきん）は各社に対して少なくとも10万円と要求（ようきゅう）されている。

不論公司規模大小，要求每家公司至少捐出10萬日元。

接續 (3) 名詞＋に対して／に対する

意義 表示總量中所占的比例，總數中所占的份額「占比……」。

例

❶ ここ数年（すうねん）家庭電話に対して携帯電話を有（ゆう）する人数（にんずう）の割（わ）り合（あ）いが急に増えた。

近年來，和家用電話相比，擁有手機的人口比例在急劇增加。

❷ この仕事に対して1万円は妥当（だとう）な金額だと思います。

我認為此項工作支付1萬日元的報酬比較妥當。

❸ この学校では、学生全体（ぜんたい）に対する（＝全体を占（し）める）教員の割（わ）り合（あ）いは低い。

在這所學校，相對於學生總數，教師的比率很低。

7 ～につき／について ＊ 每……（的比例）……

接續 數量詞＋につき／について

意義 跟「～に対して」的意思相同，表示單位數量中所占的比例。

例

❶ 水道代(すいどうだい)は一か月につき3000円かかります。
平均每月的水費是3000日元。

❷ アルバイト料は、昼は1時間につき800円ですが、深夜(しんや)は1000円です。
打工的工資白天為每小時800日元，夜間為1000日元。

❸ 少人数(しょうにんずう)クラスなので、学生二人につき、教員一人が配置(はいち)される。
因為是小班制，一位老師對應兩位學生。

8 ～とまではいかないが／とまではいかないとしても

＊ 雖然還不到……但是卻……

接續 ◆ 普通體＋とまではいかないが
◆ 普通體＋とまではいかないとしても

意義 前接名詞和ナ形容詞時，可以省略「だ」。助詞「まで」表示極端的程度。此句型表示雖然或即使沒達到前項的高標準，但也達到了僅次於前項的標準。有時也說「～というところまではいかないが／というところまではいかないとしても」，意思不變。

例

❶ この仕事は今月の末までに全部完成とまではいかないが、90％はできあがった。
這項工作雖然到本月底沒有全部完成，但是完成了90%。

❷ 実験はまた失敗して、くやしいとまではいかないが（＝くやしいというところまではいかないが）、その複雑さには驚いた。
實驗又失敗了。雖然談不上後悔莫及，但是對實驗的複雜程度感到驚訝。

❸ 大学で四年間勉強した彼女は日本語をすらすら話すとまではいかないとしても(＝すらすら話すというところまではいかないが)、日常会話が正しく話せる。

在大學學四年日語的她，雖然還不能說一口流利的日語，但日常會話說得很標準。

9 ～とまでは言わないが／とまでは言わないとしても

＊ 雖然不說……但是……

接續 ◆ 普通體＋とまでは言わないが
◆ 普通體＋とまでは言わないとしても

意義 雖然話說不到那樣的程度，但希望至少能達到比其程度低一點的後項。句末為說話者的希望、請求、要求、建議、命令等。有時也說「～というところまでは言わないが／というところまでは言わないとしても」，意思不變。

例

❶ 君自身の問題だから、「やめてしまえ」とまでは言わないが、今一度考え直してみたらどうだろうか。

因為那是你自己的事情，雖然我沒有要你一定要放棄，但是要不要再重新考慮一下？

❷ ぜひ金メダルを取れとまでは言わないが、精(せい)いっぱい戦(たたか)ってほしい。

雖然我沒有要你們一定要拿金牌，但希望你們全力以赴。

❸ 何もかも君が悪いとまでは言わないが(＝君が悪いというところまでは言わないが)、反省(はんせい)すべきところがないかどうか考えてください。

雖然談不上全是你的錯，但你該想一下，自己有沒有該反省的地方。

10 ～を除いて(は)

9-04

＊ (1) 除了……之外…… (2) 除了……之外，沒有……

接續 (1) 名詞＋を除(のぞ)いて(は)

意義 相當於「～のほかに(は)」的意思，表示除此之外，其他都一樣的意思。

例

❶ この町では我家（わがや）を除いてみな日本人です。
這個鎮上除了我們家以外，其他住的都是日本人。

❷ 水曜日を除いて、たいていうちにいるから、来てください。
除了星期三，其他天我幾乎都在家，你可以過來。

❸ 全体的（ぜんたいてき）には、この問題を除いて、いちおう済（す）ませた。
除了這個問題之外，大致上都解決了。

接續 (2) 名詞＋を除いて（は）～ない

意義 相當於「～のほかに（は）～ ない」的意思，表示除此之外，再也沒有別的選擇項了的意思。

例

❶ そんな物はＡ社を除いては、作れる会社はあるまい。
除了Ａ公司以外，沒有其他公司能生產出那樣子的產品。

❷ 金曜日を除いて、ほかに時間の取れる日はない。
除了星期五，沒有其他時間了。

❸ この仕事は楽だし、給料もいいし、通勤（つうきん）時間が長いことを除いては文句（もんく）はない。
這項工作不僅輕鬆，而且薪水也不錯，除了上班通勤時間較長，我沒有任何不滿意的地方。

11 ～つもり

＊ (1) 原來沒打算……　(2) 做好……打算……
(3) 就當作……　(4) 自以為……其實

接續 (1) 動詞「た形」＋つもりはない

意義 用於否定對方對自己的行為做出的解釋、判斷。也可以用「そんなつもりはない（んだ）けど」的形式回答。

例

❶ 自分では傷つけたつもりはないけど、相手は傷ついていることがある。
有時候自己並不想傷害對方，但是對方卻（感覺）受到了傷害。

❷ そんなことを言ったつもりはないが、人から誤解されて困った。
我想說的意思並不是那樣，可還是被人誤解，真困擾啊。

❸ A：山田君は、君に皮肉(ひにく)られて怒っているのよ。
B：えっ？そんなつもりはなかったんだけどな（＝僕は山田君を皮肉ってやったつもりはないんだけどな）。

A：山田因為被你挖苦，正在生氣呢。
B：咦？沒有要挖苦他的意思啊？

接續 (2) ◆ 動詞「辭書形」＋つもりで
◆ 動詞「ない形」＋つもりで

意義 相當於「～気持ちで」的意思，表示某種心態或帶著某種意願去做後項。

例

❶ また、ミスをした。上司にしかられるつもりで、呼ばれるのを待っていた。
我又出差錯了。抱著被上司斥責的心理準備在等著被叫去。

❷ 定年後、世界を一周するつもりで、今からそのための貯金をしている。
做好退休後要環遊世界的計劃，從現在就開始存錢。

❸ 笑わないつもりで、父の笑い話を聞いていたら、つい笑ってしまった。
原本沒有想笑的意思，但聽到爸爸講的笑話就不小心笑出來了。

接續 (3) ◆ 名詞「の形」＋つもりで
◆ 動詞「た形」＋つもりで

意義 相當於「～したと考えて／仮定して」的意思，表示「雖然該事情並沒有發生或並不是真實的，但暫時當發生了或暫時當是真實的」。

例

❶ そのおばさんの息子のつもりで、世話をしてあげようと思っています。
我把自己當作是那位老奶奶的兒子去照顧她。

❷ 自分が先生になったつもりで、勉強したものを学生たちに教えるようにやってみてください。
就把自己當作是老師，試著將學過的東西教授給學生。

❸ 昨日、聞かされたばかりだけど、相手の気持ちを悪くしないように、何も知らないつもりで、もう一度聞いてみよう。
雖然昨天才剛聽過，但是為了不破壞對方的心情，就當作什麼都不知道再聽一遍吧。

接續 (4) ◆ 名詞「の形」＋つもり（で、だ）
◆ ナ形容詞「な形」＋つもり（で、だ）
◆ イ形容詞「辭書形」＋つもり（で、だ）
◆ 動詞「辭書形」＋つもり（で、だ）
◆ 各詞類「た形」＋つもり（で、だ）

意義 用於批評、諷刺說話者自己或別人「自作聰明、自作多情、自認倒楣」等心態。多和表示轉折的句子一起使用。

例

❶ 今年の二級試験は問題なしのつもりだったが、受けてみたら、不合格（ふごうかく）だった。
我以為今年考二級絕對沒問題，結果卻不及格。

❷ 自分ではまだ元気なつもりだったけど、ただ一日のハイキングだけで、もう疲れて倒れるぐらいだった。
原本以為自己身體很好，可是才健行一天而已，就累倒了。

❸ A：中村さん、ずいぶん年取ったわね。
B：うん、でも、自分じゃまだまだ若いつもりでいるよ。
A：中村老了很多啊。
B：嗯，但她還一直覺得自己很年輕呢。

❹ 私は彼女にいろいろ親切にしたつもりなんですが、感謝（かんしゃ）されるどころか、恨（うら）まれました。
我原以為我對她很好，可是別說感謝了，還被她討厭。

12 ～ことにする ＊ 就當作……／就算作……

接續 ◆ 名詞＋（だ）ということにする
◆ 動詞「た形」＋（という）ことにする

意義 表示雖然不是這樣的或沒有發生，但當做已經發生了，即將某事情按照事實相反的情況處理的意思。

例

❶ 私は妻が病気だということにして会社を休んだ。
我用「妻子生病了」的理由向公司請假。

❷ レポートを 10 枚出して、試験を受けたことにしてもらった。
結果同意我用 10 頁的報告，當作考試。

❸ この話は聞かなかったことにしましょう。
這件事情我們就當作沒聽到吧。

13 ～にしても ＊ 就連……也……

9-05

接續 名詞＋にしても

意義 接在人物或事物名詞後面，表示「從某人某事的立場、角度來看、設身處地的來想也是同樣的，也不例外」。

例

❶ A：ご家族はあなたの留学のことに賛成(さんせい)でしたか。

A：你的家人贊成你留學嗎？

B：ううん。誰も私の留学のことに賛成ではなかった。私の気持ちを一番知っている母にしても最初は私の考えを支持(しじ)したわけではない。

B：不，沒人贊成我留學。就連最瞭解我的母親一開始也並不支持我的想法。

❷ 近ごろ、直輸入(ちょくゆにゅう)の商品(しょうひん)が増(ふ)えてきている。そして国産品(こくさんひん)よりずいぶん安いようだ。輸入(ゆにゅう)ビールにしても、安いものが出回(でまわ)っている。

最近，進口商品變多了，而且比國產的還便宜得多。即使是（最普通的）啤酒，也有很便宜的上架了。

説明

「～にしても」還有表示條件的用法。請參考 P109。

14 ～にしたって ＊ 就連……也……

接續 名詞＋にしたって

意義 是比「～にしても」更口語化的表達形式。接在人物或事物名詞後面，表示「從某人某事的立場、角度來看、來說、設身處地地來想也是同樣的，也不例外」的意思。

例

❶ 学生：ああ、私たちは知識(ちしき)に本当に乏(とぼ)しいですね。

學生：啊，我們知道的知識太少了。

先生：先生にしたって、同じですよ。分からないことがたくさんありますよ。

老師：老師也是一樣。我們也有很多不懂的東西。

❷ 会社の上司の前で丁寧な態度を取るのは間違いないですが、近所の人たちにしたって、そうされれば悪い気はしないでしょう。

在公司的主管面前以謹慎有禮的態度是合理的，即使以這樣的方式和鄰居相處，應該也不會感到不舒服吧。

❸ あの人は金持ちに見えるね。高級な服、カバンはもちろん、アクセサリーひとつにしたって、普通のものとはかなり違いがある。

那個人看起來就是個有錢人。高檔服裝、皮包就不用說了，就連身上的小飾品也不是普通的東西。

説明

「～にしたって」還有表示條件的用法。請參考 P110。

15 ～にしろ／にせよ ＊ 無論是……都……

接續 名詞＋にしろ／にせよ

意義 是「～にしても」的書面語表達形式，意思相同。作為強調形式，也可用「～にもせよ」。

例

❶ どんなにきれいに咲いている花もいつかは散るべき運命にある。人間にしろ同じである。

開得再美的花總有一天也會凋謝，人也一樣。

❷ 発展途上国の、日増しに悪化してきた環境問題はそう簡単に解決するものではない。先進諸国にせよ同じだ。

開發中國家日趨惡化的環境問題不可能輕而易舉地得到解決，其實已開發國家也面臨同樣局面。

❸ 会社の寮の料理は本当にまずい。今度、赴任してきた彼にせよ、このことは身に沁みて感じているだろう。

公司宿舍的員工餐廳飯菜真難吃，即便是剛上任的他應該也很能體會到。

説明

「～にしろ／にせよ」還有表示條件的用法。請參考 P111。

16 ～にしたら／にすれば ＊ 作為……來說……

接續 人物名詞＋にしたら／にすれば

意義 跟「～から見たら／から見れば」的意思類似，用於從說話者自身的角度或站在別人的立場推測別人對某件事情的想法或感受。

例

❶ ゆとり教育の実行（じっこう）は学生たちにすれば、ありがたいことだと思うかもしれないが、親たちにしたら、子供の学力低下（がくりょくていか）をもたらす罪悪（ざいあく）の根源（こんげん）だと思うに違いない。

「寬鬆教育」政策的實施，從學生的角度來說，可能會認為是一件可喜的事情，但是在學生家長的眼裡，肯定會認為是導致孩子們學習能力下降的罪魁禍首。

❷ 彼はやっと留学に行った。彼にしたら、それは新しい人生のスタートとも言えるかもしれない。

他終於去留學了。對他來說也許算是人生的新起點。

❸ 一日 1800 カロリーというのは私にすれば少ない量です。

我覺得（一個人）每天攝取 1800 卡路里是不夠的。

說明

「～にしたら／にすれば」站在別人的立場進行推測或站在自己的立場推測他人他事。不能用來推測某事物對自己所帶來的影響。

■ **私は 5 千万円の宝くじに当たった。これは私にしたら／にすれば、うれしくてたまらないことだ。(×)**

⇨ **私は 5 千万円の宝くじに当たった。これは私にとっては、うれしくてたまらないことだ。**

／我中了 5 千萬日元的彩券。這對我來說是天大的驚喜。

■ **5 千万円は金持ちの君にしたら／にすれば、たいした数ではないかもしれないが、私にしたら／にすれば巨額（きょがく）だよ。(×)**

⇨ **5 千万円は金持ちの君にしたら／にすれば、たいした数ではないかもしれないが、私にとっては巨額だよ。**

／5 千萬日元，對你這個有錢人而言也許算不了什麼大數字，但對我而言卻是天文數字啊。

17 ～にして見たら／にして見れば／にして見ると／にして見ても

＊ 從……（角度）來看／對……來說

接續 人物名詞＋にして見たら／にして見れば／にして見ると／にして見ても

意義 跟「～にしたら／にすれば／にしても」的意思基本相同，用於從說話者自身的角度或站在別人的立場推測對某件事情的想法。

例

❶ 多くの人から見れば、お金があれば何でも買えるようだが、私にしてみれば、この世の中には、お金だけですまないことがたくさんある。

在多數人眼裡，只要有錢什麼都能買到。但是，在我看來，這世上還有很多光靠錢解決不了的事情。

❷ オリンピックで金メダルを獲得(かくとく)した彼は、ヒーローとして歓迎(かんげい)されているが、本人にしてみれば、それは当たり前のことをしただけだという。

在奧運獲得金牌的他受到了英雄式的歡迎。但是對他來說只是做了理所當然的事情而已。

18 ～ところから見る ＊ 從……（方面）來看

接續
- 名詞＋であるところから見ると（見れば、見たら、見て、見ても）
- ナ形容詞語幹＋であるところから見ると（見れば、見たら、見て、見ても）
- ナ形容詞「な形」＋であるところから見ると（見れば、見たら、見て、見ても）
- イ形容詞「辭書形」＋ところから見ると（見れば、見たら、見て、見ても）
- 動詞「辭書形」＋ところから見ると（見れば、見たら、見て、見ても）各詞類「た形」＋ところから見ると（見れば、見たら、見て、見ても）

意義 「ところ」表示依據所在。「～ところから見る」用於說話者以直接的經驗為根據敘述自己的推測。謂語多數以「らしい／ようだ／にちがいない」等表示推測的形式出現。

例

❶ 苗字(みょうじ)が「ヤマザキ」だったところから見て、山崎(やまざき)さんの嫁(よめ)だったに違いない。

從她曾經姓「山崎」這點看，她肯定是山崎家的媳婦。

❷ 言葉使いがとても丁寧(ていねい)なところから見れば、品(ひん)のある奥様だと分かるだろう。

從很有禮貌的談吐來看，應該是一位有涵養的夫人。

❸ いまだに返事がないところから見たら、うちが出した条件を受けてくれないようだ。

從至今還沒有回音這點來看，對方似乎不願意接受我們提出的條件。

❹ みんなが頭を抱(かか)えているところから見ても、今日の試験はかなり難しいらしい。

從大家都在抱頭苦思這一點可以看得出來，今天的考試應該很難。

9-07

19 ～ところを見る ＊（推測）從……（方面）來看……

接續
- ◆ 名詞＋であるところを見ると（見れば、見たら、見て、見ても）
- ◆ ナ形容詞語幹＋であるところを見ると（見れば、見たら、見て、見ても）
- ◆ ナ形容詞「な形」＋ところを見ると（見れば、見たら、見て、見ても）
- ◆ イ形容詞「辭書形」＋ところを見ると（見れば、見たら、見て／見ても）
- ◆ 動詞「辭書形」＋ところを見ると（見れば、見たら、見て、見ても）
- ◆ 各詞類「た形」＋ところを見ると（見れば、見たら、見て、見ても）

意義 跟「～ところから見る」的意思基本相同。

例

❶ 笑顔(えがお)だったところを見ると、すべてうまくいったに違いない。

從他臉上的笑容可以看出一切順利。

❷ 言葉使(づか)いがそんなに乱暴だったところを見れば、彼は教養(きょうよう)に欠(か)けるようだ。

從他如此粗魯的措辭來看，他應該是個缺乏修養的人。

❸ 今回の募集(ぼしゅう)に対して、予想(よそう)以上に申し込みが多かったところを見ると、この企画は成功するかもしれない。

來應徵的人超出了預期。由此可以看出，這個計畫有可能會成功。

❹ 彼が喜(よろこ)んでいるところを見ると、彼の成績はかなり上がったに違いない。

從他那開心的樣子來看，他的成績一定進步了很多。

20 ～は～にある ＊ 在……（什麼）方向

接續 ◆ 名詞＋は～（形式）名詞＋にある
◆ 名詞＋は～（疑問句）か＋にある

意義 用「～は／が～にある」的形式，表示抽象事物的存在，多用來說明目的、重點、問題、責任、原因、理由等在於何處。主要用於書面語，所以一般不用禮貌型「にあります」。

例

❶ 私の目下（もっか）の関心は教育問題にある。
我目前關心的是教育問題。

❷ 弁護士（べんごし）は依頼人（いらいにん）の利益（りえき）を守（まも）る立場にある職業（しょくぎょう）である。
律師是必須堅守委託人利益的職業。

❸ 裁判長（さいばんちょう）は過失（かしつ）は被告側（ひこくがわ）にあると宣告（せんこく）した。
法官宣判，過錯在於被告。

★練習問題★

（解答 ⇨ P.295）

問題1 次の文の（　　）に入れるのに最もよいものを、1・2・3・4 から一つ選びなさい。

(1) 普通、日本人はヨーロッパ人より背が低いです。でも、田中さんは日本人（　　）背が高いほうです。

1　に向いては　　2　に反して　　3　にしては　　4　については

(2) パソコンは便利である反面、使いすぎると漢字を（　　）という弊害もある。

1　覚えてしまう　　2　忘れてしまう　　3　覚えずにいる　　4　忘れずにいる

(3) 米 3(　　) 水 1 の割わり合あいで、ご飯を炊く。

1　に対して　　2　にして見れば　　3　のわりに　　4　のなかを

(4) 部屋の電気が（　　）ところから見ると、鈴木さんはまだ起きているようだ。

1　消さない　　2　消す　　3　ついてない　　4　ついている

(5) A：今度の取り引きは大いに損したね。

B：そうだね。でも、それはみんな予想もしなかったことだ。社長（　　）契約書にサインする時、絶対儲かると思っていたはずだ。

1　にしたら　　2　にすれば　　3　にしても　　4　にすると

(6) 子供が民族英雄として国民から尊敬されている。親（　　）嬉しいことだろう。

1　にしたがって　　2　について　　3　にしたって　　4　に対しても

(7) A：キムさんの日本語をどう思いますか。彼は日本で 3 年間暮くらしていたそうですよ。

B：そうですか。3 年間日本で暮らしていたわりには、日本語が（　　）と思いますよ。

1　うまい　　2　うまくない　　3　どうか　　4　どうになるか

(8) 日本と中国では (　　) 少子化に悩んでいる。(　　)、一生懸命人口増加を抑えている。

1　一方は／他方で　　2　他方で／一方は
3　一方は／他方は　　4　他方は／一方で

(9) 薬を飲んで、翌日になると、全快 (　　)、ほとんど熱が下がってちょっとほっとした。

1　にして見ても　　2　というところから見ても
3　であることにするが　　4　とまではいかないが

(10) あの人、怒ってるの？ (　　) つもりはないんだけどねえ。

1　責めた　　2　責める　　3　責めたい　　4　責めたかった

(11) 彼が来ない (　　) 見ると、何か急用でもできたらしい。

1　ところへ　　2　ところを　　3　ところに　　4　ところが

(12) 自国の国土 (　　)、ほとんどのものは外国から輸入されたものです。

1　をのぞいて　　2　にしろ　　3　から見れば　　4　のわりに

(13) 僕はオリンピック選手にでもなったつもりで、(　　)。

1　走りに走っていた　　2　走ろうじゃないか
3　走ったらどうか　　4　走ってはどうか

(14) 今回の選挙は、多くの人の予想 (　　) 結果に終わった。

1　に反する　　2　を除く　　3　についての　　4　を見る

(15) 日本語と韓国語はとても似ていると言われているが、日本語は発音が簡単 (　　)、韓国語は発音が難しい。

1　なのに対して　　2　なのにしては　　3　にしたって　　4　につき

(16) こんな物は君 (　　)、大した物じゃないだろうけれど、私 (　　) 宝です。

1　に対して／に対して　　2　にとっては／にすれば
3　については／については　　4　にしたら／にとっては

(17) A：この難しい状況を乗り切れるのは、君を除いては (　　)。頼むよ。木村君。
B：はい、やらせていただきます。

1　ほかにはいない　　2　ほかにもいるよ
3　ほかいないだろうか　　4　ほかにもいなくはないよ

(18) 彼は自分の仕事をうまくやっている。(　　)、ほかの人を手伝ってもいる。

1　いっぽう　　2　にしては　　3　わりには　　4　はんめん

問題 2　次の文の ＿★＿ に入る最もよいものを、1・2・3・4から一つ選びなさい。

(19) 乗客一人 ＿＿＿ ＿＿＿ ＿＿＿ ＿★＿ ことができる。

1　持ち込む　　2　につき　　3　手荷物を　　4　15キロの

(20) はじめ ＿＿＿ ＿★＿ ＿＿＿ ＿＿＿ 、もう一度丁寧にチェックしてほしいのが本音だ。

1　とまでは　　2　やり直せ　　3　から　　4　言わないが

(21) 日本では、 ＿＿＿ ＿★＿ ＿＿＿ ＿＿＿ 一方である。

1　老人の割合が　　2　大きくなる

3　人口全体　　4　に対する

(22) さっきのこと ＿★＿ ＿＿＿ ＿＿＿ ＿＿＿ にしてください。

1　言わなかった　　2　こと　　3　については　　4　僕はなにも

(23) 他の人から ＿＿＿ ＿＿＿ ＿★＿ ＿＿＿ ことは分かっている。

1　までもなく　　2　自分にある　　3　失敗の原因が　　4　言われる

(24) 恋人が交通事故でなくなった。しかし、 ＿★＿ ＿＿＿ ＿＿＿ ＿＿＿ の実家に住み、両親の世話を始めた。

1　結婚した　　2　彼女は彼と　　3　恋人　　4　つもりで

(25) 親にしてみれば大切に ＿＿＿ ＿＿＿ ＿★＿ ＿＿＿ 旅だつのは心配事の一つになるだろう。

1　親離れして　　2　子どもが

3　育ててきた　　4　遠いところに

★柒★ 關連・關係・對應

1 ～につながる ＊ 關係……／牽涉……

10-01

接續 名詞＋につながる／につながっている

意義 表示前項的事情直接關聯到後項。是否做前項直接影響到後項是否能成立。

例

❶ 今日の努力（どりょく）は明日の成功につながる。　今天的努力關係到明天的成功。

❷ 筆者（ひっしゃ）のするどい目が、一流（いちりゅう）の評論（ひょうろん）につながっている。　好的評論與筆者的洞察力息息相關。

❸ 小さな犯罪（はんざい）を取（と）り締（しま）ることが、ひいては大きな犯罪を減（へ）らすことにつながるのだ。　打擊小的犯罪行為，直接關係到減少大的惡性犯罪行為的發生。

2 ～にかかわる ＊ 關係到……／涉及……

接續 ◆名詞＋にかかわる
◆（疑問句）か＋にかかわる

意義 表示「與某事有特別重大的關係」的意思，同時還表示會帶來重大的影響。

例

❶ 会社の評判（ひょうばん）にかかわるから、製品（せいひん）の品質（ひんしつ）管理（かんり）は厳しくしなければならない。　因為關係到公司的聲譽，所以產品品質必須嚴格把關。

❷ 首相（しゅしょう）が誰になるかは、日本の将来にかかわることだ。　誰當首相，關係到日本的未來。

❸ お前たちの行動（こうどう）はお前たちだけの問題じゃなくて、チーム全体のイメージ／イメージがアップするかダウンするかにかかわってくるんだぞ。　你們的行為不僅僅是個人的問題，還關係到全隊的形象。

③ ～にかかわらず／に（は）かかわりなく

＊ 無論……都……／不論……如何……

接續
◆ 名詞＋にかかわらず／に（は）かかわりなく
◆（疑問句）か＋にかかわらず／に（は）かかわりなく
◆ イ形容詞肯定式和否定式＋にかかわらず／に（は）かかわりなく
◆ 動詞肯定式和否定式＋にかかわらず／に（は）かかわりなく

意義 接在「年齢(ねんれい)・性別(せいべつ)・天候(てんこう)・国籍(こくせき)・民族(みんぞく)」等具有複數意義的名詞、「男女(だんじょ)・多少(たしょう)・晴(せい)雨(う)・良(よ)しあし・好(す)き嫌(きら)い」等具有正反、對立意義的詞語後面，以及接在具有正反意義的形容詞、動詞、疑問句後面，表示後項的出現與前項無關，或者說不受前項的影響，後項照常成立。

例

❶ 天候(てんこう)にかかわらず（＝天気の良(よ)し悪(あ)しにかかわらず）明日の午後２時から試合を行います。
不論天氣如何，明天下午２點開始進行比賽。

❷ 好きか嫌いかにかかわりなく（＝好き嫌いにかかわりなく）、この仕事は必ずしなければならない。
無論喜不喜歡，這個工作一定要做。

❸ 値段が高いか安いかにかかわらず（＝高い安いにかかわらず）、その会社の製品(せいひん)はよく売れた。
他們公司的產品，無論是貴的還是便宜的，都賣得很好。

❹ 最後まで読めるか読めないかにかかわりなく（＝読める読めないにかかわりなく）、私たちはこの本を買わなければならない。
不管能不能讀完，我們都必須買下這本書。

④ ～を問わず／は問わず

＊ 不論……

10-02

接續 名詞＋を問(と)わず／は問わず

意義 接在具有正反意思的名詞或包含複數名詞後面，跟「～ にかかわらず」的意思類似，表示後項的出現與前項無關，或者說不受前項的影響，後項照常成立。不過，跟「にもかかわらず」不同的是，「を問わず」不能接在形容詞、動詞、疑問句後面。

例

❶ 美しいものへの憧れ(あこが)は、洋(よう)の東西(とうざい)を問わず、いつの時代にもあったことである。

不管什麼時代、無論東方還是西方，都會嚮往追求美好的事物。

❷ 当社(とうしゃ)では学歴(がくれき)を問わず、多くの優秀(ゆうしゅう)な人材(じんざい)を集めるため、履歴書(りれきしょ)の学歴欄(らん)を廃止(はいし)した。

本公司為了廣攬英才不問學歷高低，所以我們把履歷表上的「學歷」欄廢除了。

❸ この公園では、季節を問わず美しい花が見られます。

在這個公園裡，一年四季都可以看到美麗的花朵。

5 ～によらず

＊（1）不論……　（2）與……不同……　（3）無論……（狀況）……

接續（1）◆ 名詞＋によらず
◆（疑問句）か＋によらず

意義 跟「～にかかわらず」的意思基本相同，表示後項的出現與前項無關，或者說不受前項的影響，後項照常成立。

例

❶ わが社(しゃ)は学歴(がくれき)によらず、本人(ほんにん)の実力(じつりょく)で採用(さいよう)を決めている。

我們公司不看學歷，而是根據本人的實力決定是否錄用。

❷ 性別(せいべつ)や年齢(ねんれい)によらず、一年間の実績(じっせき)によって人を評価(ひょうか)するという評価法(ひょうかほう)を実行(じっこう)する。

我們的考核制度無關性別和年齡，而是根據個人一年中的實際績效去評估一個人。

接續（2）名詞＋によらず

意義 表示前後不對稱、不對應。

例

❶ あの金持ちはその身分(みぶん)によらず、いつも安っぽい服を着ている。

那個有錢人總是穿著便宜的衣服，與他的身份不太相符。

❷ まだ 12 歳の子なのに、見かけによらず、『恋する悲しみ』なんて歌が好きなのよって言ってるのよ。

明明只是個 12 歲的孩子，在稚嫩的外表下難以置信她竟會說自己喜歡聽一些愛戀傷悲之類的情歌。

接續（3）疑問詞＋によらず

意義 接在不定稱代名詞後面，表示「不管什麼都一樣，都不例外」的意思。用法比較窄，多為固定說法。

例

❶ 悪いことをした人は、誰彼によらず、罰(ばっ)せられる。　只要做了壞事的人，無論是誰都要受到懲罰。

❷ 何事(なにごと)によらず、注意を払ってやらなければならない。　無論在什麼情況下，都應該集中注意力。

❸ 生物(せいぶつ)は何物(なにもの)によらず、空気や水がなくては生きることができない。　任何生物如果沒有空氣和水就無法生存。

6 ～もかまわず　＊ 不顧……／不把……放在心上

接續
- 名詞＋（に）もかまわず
- ナ形容詞語幹＋(に)もかまわず
- ナ形容詞「な形」＋のもかまわず
- イ形容詞「辭書形」＋のもかまわず
- 動詞「辭書形」＋のもかまわず
- 各詞類「た形」＋のもかまわず

意義 接在「人目(ひとめ)、人批判(ひとひはん)の声(こえ)、人(ひと)の都合(つごう)、困難(こんなん)、苦痛(くつう)」等名詞後面，表示不顧這種情況的存在、不把這種情況放在眼裡而去做後項。後項可以是積極的結果，也可以是消極的結果。

例

❶ 彼は酒を飲みすぎると、人目(ひとめ)もかまわず、大声(おおごえ)で泣き出す癖(くせ)がある。　他有個壞習慣，只要酒喝太多，就會目無旁人地嚎啕大哭。

❷ 彼は医者の注意にもかまわず、相変わらず毎日お酒を飲んでいる。　他也不顧醫生的叮囑，每天照樣喝酒。

❸ 彼はけがをした足が痛いのもかまわず、工事現場(こうじげんば)を見て回(まわ)った。　他不顧受傷的腳還在痛，堅持到工地察看工程的進展情況。

7 ～ぬき　＊ 省去……／拋開……　◎10-03

接續 名詞＋抜きで／抜きに／抜きの

意義 不考慮、撇開說話者認為是多餘的前項而直接做後項。後項多為說話者的勸誘、請求、命令以及意志、願望等句子。

例

❶ 冗談(じょうだん)ぬきでまじめに考えてください。　請不要開玩笑，認真地考慮清楚。

❷ 朝は忙しいとき、朝ご飯抜きになることがあります。　早上忙的時候，有時候會不吃早餐。

❸ 7月6日に会議室でアルコール抜きの食事会をセンターが主催(しゅさい)して行(おこな)った。　中心於7月6日在會議室主辦了一個不喝酒的聚餐。

8 ～をぬきにする／はぬきにする

＊ 免去……／丟開……

接續 ◆ 名詞＋はぬきにして／はぬきにする
◆ 名詞＋をぬきにして／はぬきにする

意義 跟「～ぬきで／ぬきに／ぬきの」的意思相同。

例

❶ 今日は硬い話は抜きにしましょう。　今天我們就別聊那些嚴肅話題了吧。

❷ 今日は時間がありません。あいさつは抜きにして早速会談を始めましょう。　由於今天時間很緊迫，我們就免去客套，直接進入正題。

❸ 礼儀(れいぎ)を抜きにして、思う存分(ぞんぶん)に討論(とうろん)しましょう。　不必顧及什麼禮節，想到什麼都可以提出來。

説明

「～ぬきで／ぬきに」「～をぬきにして」還有表示假定條件的用法，請參考本章P108。

9 ～はとにかく（として）／ならとにかく（として）

＊（1）總之……／不管……　（2）另當別論

接續 （1）◆ 名詞＋はとにかく（として）
◆（疑問句）か＋はとにかく（として）

意義 接在名詞後面時表示先擱下認為不重要的前項不談，優先考慮後項。接在疑問句後面時表示先拋開不確定的前項，優先考慮後項。

例

❶ 費用(ひよう)の問題はとにかく旅行の目的地(もくてきち)を決めるほうが先です。 暫時不管費用問題，先決定旅行目的地。

❷ こうなったからは、勝負(しょうぶ)はとにかく、勇気(ゆうき)を出して相手と戦(たたか)うほかはない。 既然如此不管勝負如何，只能鼓起勇氣跟對方拼了。

❸ 成否(せいひ)はとにかく、とりあえずやってみようじゃありませんか。 不管成功與否，先試試看吧。

❹ A：田中君、すみません。何でもいいから、何か食べ物はある？ A：田中，不好意思，什麼都可以，有什麼可以吃的嗎？

B：インスタントラーメンしかない。しかし、あまりおいしくないけど。 B：只有泡麵而已，可是不太好吃。

A：おいしいかどうかはとにかく、早くそれをください。僕はもうペコペコだよ。 A：好不好吃無所謂，快拿給我吧，我快餓死了。

接續 名詞＋ならとにかく（として）

意義 要是前項的（特殊）場合就另當別論，但是現在的情況卻不一樣。後項為一般場合或重要場合。是一種對比的表達形式。

例

❶ ほかの人ならとにかく、得意先(とくいさき)に飲(の)みに誘(さそ)われたら付き合わないわけにはいかない。 其他的人另當別論，如果是老客戶的邀約，還是得去。

❷ 知らないのならとにかく、知っているのに教えてくれないなんて。 如果不知道就算了，但你明明知道卻不告訴我。

⑩ ～はともかく（として）／ならともかく（として）

◎10-04

＊ 先別說……／…… 另當別論

接續 (1) ◆ 名詞＋はともかく（として）
◆（疑問句）か＋はともかく（として）

意義 先擱下認為不重要的前項不談，優先考慮後項。口語中多用上面剛介紹的「～はとにかく（として）」。

例

❶ この店の料理は、味はともかく量は多い。 這家店的菜，先不管味道好不好吃，份量倒是滿多的。

❷ A：私はその仕事を課長に頼まれた。しかし心配している。
A：課長把那件工作交給了我，但我還是很擔心。

B：いいんじゃない。課長が君を信用しているんだろう。何で心配なんだい。
B：那不是很好嗎？代表課長信賴你呀。為什麼還要擔心呢？

A：だってできるかできないかちょっと自信がないんだもん。
A：因為我没有信心，不知道有沒有辦法把它做好。

B：できるかできないかはともかくとして一応（いちおう）やってみることだよ。
B：你就不要管能不能做好，先試著做做看就知道啦。

接續 (2) 名詞＋ならともかく（として）

意義 要是前項的（特殊）場合就另當別論，但是現在的情況卻不一樣。後項為一般場合或重要場合。是一種對比的表達形式。

例

❶ 遅刻（ちこく）ならともかく、無断欠勤（むだんけっきん）などもってのほかだ。 如果遲到的話就算了，無故缺席是怎樣！

❷ 好きならともかく、会いたくもないんだから、結婚するなどという話にはならない。 如果喜歡的話則另當別論，連見面都不想見，還談什麼結婚！

11 ～は言うまでもなく ＊ 很明顯……／不用說……

接續 名詞＋は言うまでもなく、～も／さえ／まで

意義 跟「～は言うに及ばず」的語法意思基本相同，表示「前項自不待言，後項也同樣」的意思。

例

❶ そのゲームは子供は言うまでもなく、大人にも人気だ。 那個遊戲對小孩子就不用說了，連大人也喜歡玩。

❷ お祭（まつり）の日とあって、大通りは言うまでもなく、裏通（うらどお）りも人でいっぱいだった。 因為正好是舉辦廟會的日子，大街上就不用說了，連小巷裡也擠滿了人。

❸ 在学中の大学生の中には恋愛は言うまでもなく、結婚まで考えている人もいるそうだ。

在大學生裡，想談戀愛的就不用說了，甚至還有想結婚的學生。

12 ～ならいいが ＊ 如果是……倒也算了……

接續 ◆ 名詞＋ならいいが
◆ 形式名詞（の）＋ならいいが

意義 表示「如果是一般的或程度輕的倒也罷了，可實際上不是這樣」的意思。多用於批評、譴責他人的行為或對他人能力的懷疑。

例

❶ 体のほかの部分ならいいが、足にけがをしたのはサッカー選手にとって何よりのショックだ。

如果是身體其他部位受傷倒也算了，但腳受傷對於足球員來說可是很大的打擊。

❷ 犬や猫ならいいが、蛇をペットとしてうちで飼うのはだめよとお母さんが承知してくれない。

媽媽對我說：「如果是小狗或小貓就算了，要在家裡養蛇就不行。」

❸ 結婚するのならいいが、結婚するつもりもないのに、一緒に暮らすなんて。

要是結婚的話就算了，沒有要結婚還同居。

10-05

13 ～をこめて／をこめた ＊ 充滿……／傾注……

接續 名詞＋をこめて／をこめた

意義 接在表示情感意思的名詞後面，表示將情感等集中到某一點去做後項的事情。

例

❶ 母の誕生日に、心を込めてセーターを編んだ。

為了準備媽媽的生日禮物，我滿懷感恩之情，織了一件毛衣。

❷ 深い愛情をこめた歌はいつまでも人の心を打つものだ。

情深之至的歌曲，任何時候都會打動人心。

❸ 永遠に変わらぬ愛をこめて、この花をあなたに贈る。

送你的這束花充滿了我對妳永恆不變的愛意。

參考 也有「～がこもった＋名詞」的用法，語法意義跟「～をこめた＋名詞」相同。

■われわれ駅員一同は真心のこもったサービスをいたします。
／全體站務人員滿懷真心的提供服務。

14 ～にあたる ＊ 相當於……（A 換算 B）

接續 名詞＋にあたる

意義 表示 A 事物相當於 B 事物，或 A 事物換算成 B 事物的意思。

例

❶ A 市の人口は B 市の人口の約二倍にあたる 12 万 8 千人である。
A 市的人口約相當於 B 市人口的兩倍，即 12.8 萬人。

❷ 鈴木さんは山田先生の遠い親戚に当たります。
鈴木算起來是山田老師的遠親。

❸ 日本語の「ごめんなさい」に当たる英語は何ですか。
日語的「對不起」英語要怎麼說。

15 ～にかかる／にかかっている

＊ 取決於……／全憑……

接續 ◆ 名詞＋にかかる／にかかっている
◆（疑問句）か＋にかかる／にかかっている

意義 表示「能不能產生希望的結果，取決於某個條件」的意思。

例

❶ 今年卒業できるかどうかは、これからの頑張りにかかっている。
今年能不能畢業，就要看接下來的努力了。

❷ 事の成否は、どんな方法を考え出すか、またいかに努力するかにかかっている。
事情能不能成功，取決於用怎樣的方法以及努力的程度。

❸ 君たちが成功するかどうかは、与えられたチャンスをどう使うかにかかっている。
你們能不能成功，就要看你們如何把握住機會了。

★ 練習問題 ★

（解答 ⇨ P.297）

問題1 次の文の（　　　）に入れるのに最もよいものを、1・2・3・4から一つ選びなさい。

(1) 納期に迫られているので、工場では昼夜（　　）生産している。

1　はともなく　　2　はもちろん　　3　にかかわらず　　4　にもかかわらず

(2) 清涼飲料ならいいが、まだ未成年の息子にお酒を勧めるのは（　　）。

1　おめでたいことだ　　2　おめでたいものか
3　とんでもないことだ　　4　とんでもないものか

(3) 科学者の研究によると、月の引力は地球の６分の１（　　）。

1　にかかる　　2　にあたる　　3　もとわず　　4　もかまわず

(4) 時間が経つにつれて、友情もだんだん薄くなるのは仕方がないことだ。しかし、私と彼とはこの 50 年間、（　　）仲良く付き合ってきた。

1　変わるならいいが　　2　変わることもなく
3　変わったのはともかく　　4　変わったのによらず

(5) 足のけがもかまわず、ゴールまで走り（　　）。

1　すぎた　　2　ぬいた　　3　まわった　　4　かいた

(6) 電球を使うに際し、あまり温暖化に影響がないもの、すなわちできるだけ温暖化（　　）ものを選ぶということです。

1　をとわない　　2　もかまわない　　3　ではない　　4　につながらない

(7) 毎日商売で忙しくてくたびれている。一日でもいいから、一度ビジネス（　　）生活をしたいなあ。

1　ぬきの　　2　にかかる　　3　ぬけの　　4　にかかわる

(8) 農作物のできはかなり天候（　　）といえるだろう。

1　をぬきにしている　　2　をこめている
3　にかかっている　　4　にくわわっている

(9) 病人の世話をする看護師さんの仕事は、人の命（　　）大切な仕事です。

1　にあたる　　2　にかかわる　　3　をこめた　　4　をぬきにした

(10) いろいろな思い（　　）、彼のために絵を描いた。

1　をこめて　　2　がこもって　　3　をいれて　　4　が入って

(11) 決まっている慣習（　　）、自由に、好きなように式を行ないたい。

1　によれば　　2　によると　　3　によって　　4　によらず

(12) 小学生ならともかく、高校生の君が、こんな易しい数学の問題が（　　）とは、一体どういうことか。

1　解かない　　2　解いた　　3　解けない　　4　解けた

問題 2　次の文の ＿★＿ に入る最もよいものを、1・2・3・4から一つ選びなさい。

(13) 学歴 ＿＿＿ ＿＿＿ ＿★＿ ＿＿＿ 社員募集条件を出した。

1　実力が　　2　という　　3　あればいい　　4　をとわず

(14) 誰 ＿★＿ ＿＿＿ ＿＿＿ ＿＿＿ 賞品を出します。

1　人には　　2　いい成績　　3　によらず　　4　を取った

(15) 固い話 ＿＿＿ ＿＿＿ ＿★＿ ＿＿＿ じゃないか。

1　にして　　2　を抜き　　3　飲み明かそう　　4　楽しく

(16) ＿＿＿ ＿＿＿ ＿＿＿ ＿★＿ 、頭を下げに行くことないよ。

1　人のところへ　　2　貸してくれる

3　貸してくれそうもない　　4　ならともかく

(17) みんなで決めた規則だから、破る ＿＿＿ ＿＿＿ ＿＿＿ ＿★＿ しなさい。

1　ように　　2　しっかり　　3　守る　　4　ことなく

★捌★ 起點・終點・經過・結果

① ～あげく ＊ 結果……／最後……

◎11-01

接續 ◆名詞「の形」＋あげく（に、の）
◆動詞「た形」＋あげく（に、の）

意義 經過前項的反反覆覆，最後導致了不好的結果，或無奈作出這樣的決定。多數用於消極的場合。「そのあげく（に）」「あげくのはてに」可作為接續詞使用。

例

❶ 二人は口げんかのあげくに（＝口げんかを始めた。そのあげくに）、絶交（ぜっこう）すると宣言（せんげん）した。
兩個人吵到最後宣佈絕交。

❷ 彼女はいろいろ悩（なや）んだあげく、結婚をやめてしまった。
她猶豫了老半天，最後決定不結婚了。

❸ 何日も協議（きょうぎ）を続けたあげくの結論（けつろん）として、今回の会に代表（だいひょう）を送らないことにした。
幾經協商後的結論是：「我們將不派代表出席本次會議。」

② ～すえ ＊ 經過……，最後……

接續 ◆名詞「の形」＋末（に、の）
◆動詞「た形」＋末（に、の）

意義 表示經過某一階段或經過反反覆覆，最後導致了某種結果或作出了某種決定。書面語。

例

❶ この新しい薬は、何年にも渡る研究の末に作り出されたものだ。
這款新藥，是經過多年研究開發後生產出來的。

❷ ロボットは工場内を２時間も暴走（ぼうそう）したすえに、ようやく止まった。電池が切れたのだ。
機器人在工廠裡暴走了２個小時後，終於因為電力耗盡停了下來。

❸ 数年間も交渉を続けてきたすえの結論として国境線をその川の真中にすることに決めた。

長達數年談判後的最終結論是，以那條河流的中央位置為國境分界線。

❸ ～次第だ ＊ 於是就……／所以就……

接續 ◆ 動詞「辭書形」＋次第だ
◆ 動詞「た形」＋次第だ

意義 跟「～のだ」「～わけだ」的語法意思類似，用於說明事情的原委、緣由、情況等。主要用於書面語。

例

❶ 突然起きた事故なので、報告もできず、自分でこう決めた次第です（＝自分でこう決めたのです）。

因為是突發事故，所以沒能來得及報告，就自行決定了。

❷ 昨年いろいろお世話になりました。まことにありがとうございました。今後ともご指導くださいますようお願い申し上げる次第でございます。

感謝您去年的關照。今後還請多多指教。

❸ 先日お伝えした日程に誤りがありましたので、今回改めてご連絡を差し上げた次第です。

上次通知你們的日程安排有誤，這次重新做了調整後再通知你們。

❹ ～をめぐる ＊ 圍繞……／就……

◎11-02

接續 名詞＋をめぐって／をめぐる

意義 圍繞著前項某問題、某焦點，在多數人之間展開爭論、討論，發表各種意見或出現了對立意見。

例

❶ 環境問題の解決策をめぐって、熱心な議論が続いている。

大家圍繞著環境問題的解決方案，展開了熱烈的討論。

❷ 大学の移転をめぐってさまざまな意見が出されている。 | 關於大學的搬遷有各種不同的意見。

❸ この公害をめぐる裁判では、会社の方針が問われている。 | 就此次公害案件的審理中，公司的經營方針遭到了質疑。

5 ～ことになる／ことにはならない

＊（1）結果……（2）也就是說……（3）也就是說沒有……

接續（1）◆ 名詞＋ということになった
◆ 動詞「辭書形」＋（という）ことになった
◆ 動詞「ない形」＋（という）ことになった

意義 表示某種事態演變的結果。這種用法沒有「～たことになる」的形式。

例

❶ 実験は私の予想したとおりということになった。 實驗的結果和我預測的一樣。

❷ 田中さんはくじが当たって海外旅行に行けることになったのに、「飛行機が怖い」と辞退した。 雖然田中因為中獎可以免費到國外旅行，但因為害怕搭飛機而放棄了。

❸ あの人にお金を貸すと、結局返してもらえないことになるから、貸さないほうがいい。 如果把錢借給他的話，錢可能會一去不復返，還是別借的好。

接續（2）◆ 名詞＋ということになる
◆ 動詞「辭書形」＋（という）ことになる
◆ 動詞「ない形」＋（という）ことになる
◆ 動詞「た形」＋（という）ことになる

意義 跟「～ということだ」的語法意思基本相同，表示依據前項的情況、事實等，推出後項的結論。可以表示換一種說法或換一種角度推論出前後是同樣的事情。
這種用法沒有「～ことになった」的形式。

例

❶ あの人はうちの父と兄弟です。つまり、僕のおじということになります。 他是我父親的兄弟，也就是我的伯伯（叔叔）。

❷ 今まで二回刺身（さしみ）を食べた。今日また食べると三回目ということになる。

之前我吃過兩次生魚片，今天再吃的話就是第三次了。

❸ 去年の今ごろ、洋子（ようこ）さんの身長（しんちょう）は 140 センチだった。今、洋子さんの身長は 150 センチだ。洋子さんの身長は、この 1 年間で 10 センチ伸びたことになる。

去年的這個時候，洋子的身高是 140 公分，現在她是 150 公分。也就是說，這一年間她長高 10 公分。

接續 (3) ◆ 名詞＋ということにはならない
◆ 動詞「辭書形」＋（という）ことにはならない
◆ 動詞「ない形」＋（という）ことにはならない
◆ 動詞「た形」＋（という）ことにはならない

意義 表示如果只是在前項的條件下去進行的話，那就等於沒有實現真正的目的。

例

❶ 出勤（しゅっきん）しても、タイムレコーダーにＩＤカードを通（とお）さなければ、出勤（しゅっきん）したことにはならない（＝出勤しなかったことになる）。

如果上班沒打卡，就等於沒來上班的意思。

❷ 間違（まちが）いだらけだ。これでは宿題をした（という）ことにはならないよ（＝宿題をしなかったことになる）。

錯誤太多。這樣不能算完成作業。

❸ 本やインターネットの資料を写（うつ）しただけでは、レポートを書いたことにはならない。

如果只是照抄書籍或網路資料，根本不能算有寫報告。

6 ～てすむ ＊ 1.……就可以解決了　2.……也解決不了

接續 ◆ 名詞「で形」＋すむ
◆ ナ形容詞「で形」＋すむ
◆ イ形容詞「て形」＋すむ
◆ 動詞「て形」＋すむ
◆ 助詞（だけ）＋ですむ

意義① 肯定句「～てすむ」表示「這樣就可以解決了，用不著再採取其他行動，或沒有出現比這更高的程度了」的意思。

例

❶ 電話一本ですむことだから、わざわざ行かなくてもいい。
只要打個電話就可以解決的事情，不須專程過去。

❷ 物価(ぶっか)が安い田舎での暮らしなので、支出(ししゅつ)が少なくてすみます。
因為是在物價便宜的鄉下過日子，不需要什麼開銷。

❸ お父さんの眼鏡(めがね)を壊(こわ)した。殴(なぐ)られると思ったら、謝(あやま)っただけですんだ。あとで分かったのだが、新しいものにしようとしているところだったのだ。
我把爸爸的眼鏡弄壞了，本以為他會揍我一頓，結果只是道個歉就沒事了。後來我才知道，原來爸爸當時正打算換副新眼鏡。

意義② 否定句「～てはすまない」「～（だけ）ですむことではない」表示「單單這樣解決不了問題」的意思。

例

❶ 犬だって三回食べるんだから、人は一日に一回だけではすまないよ。
就連小狗一天也要吃三餐，人一天只吃一餐怎麼夠。

❷ こんなところに落書(らくがき)して、謝(あやま)って済むことじゃないよ。ペンキを買って塗(ぬ)り直(なお)しなさい。
在這裡亂塗鴉可不是道歉就能了事的，去買油漆給我重新粉刷一遍。

❸ 少数(しょうすう)意見だと、あっさり片付(かたづ)けて済むことではない。
不能因為這只是少數人的意見而草草應付了事。

◎11-03

7 ～ずにすむ／ないですむ／なくてすむ

＊ 1. 不用……／不必…… 2. 避免……／幸好沒有……

接續 ◆ 動詞「未然形」＋ずに済(す)む／ないで済む／なくて済む
◆ する⇨せずにすむ

意義① 表示可以不必做原來預定要做的事情。

例

❶ 幸(さいわ)い友人が冷蔵庫をくれたので、新しいのを買わなくてすんだ。
幸好朋友送給我一台冰箱，我就不用買新的了。

❷ おばがお金を貸してくれたので、ほかの人に借りなくてすんだ。
因為我阿姨借我錢了，就不必再向其他人借了。

❸ 彼はここに来たことがあるし、このあたりの地理(ちり)を知っているはずだから、わざわざ駅へ迎えに行かずに済むだろう。

他之前來過，對這一帶還算認識，你應該沒必要特地到車站去接他了。

意義② 表示避免了可能會發生的不好的甚至是災難性的事情。

例

❶ 大きなミスを犯(おか)したので、解雇(かいこ)されると思ったが、田中さんが口をきいてくれたおかげで、首にならないですんだ。

因為犯了大錯，原以為要走人了。但因為田中先生幫我說了好話，才免於被開除。

❷ 暴漢(ぼうかん)に襲(おそ)われて危ないところへ警察が来てくれて、命(いのち)を失(うしな)わずに済んだ。

被暴徒襲擊，正危急存亡之際，員警趕來了才保住小命。

❸ 友だちが仲に入ってくれて、あの男とけんかせずにすんだ。

由於朋友介入緩頰，才沒有跟那個男的打起來。

8　～ても当然だ／てももっともだ

＊ 如果……當然……

接續
- 名詞「で形」＋も当然だ／ももっともだ
- ナ形容詞「で形」＋も当然だ／ももっともだ
- イ形容詞「て形」＋も当然だ／ももっともだ
- 動詞「て形」＋も当然だ／ももっともだ
- 形式名詞（の）＋も当然だ／ももっともだ

意義 表示如果發生前項的事情，即使出現後項也是理所當然的。除了「当然だ」「もっともだ」之外，還可以用「当たり前のことだ」「もちろんのことだ」，意思一樣。

例

❶ うそばかりついていては、人々に嫌われるのも（＝嫌われても）もちろんのことだ。

如果老是這樣撒謊，遭到大家討厭也是正常的事。

❷ 三週間も水をやらなかったのだから、花が枯(か)れてしまうのも（＝枯れてしまっても）当然だ。

連續三周沒有澆水，花自然會枯萎。

❸ 親友(しんゆう)に裏切(うらぎ)られたんだから、彼が落ち込むのも（＝落ち込んでも）もっともだ。

他被朋友背叛了，心情當然會很低落。

9 ～てもしかたがない／てもしようがない

＊ 即使……也無可奈何

接續 ◆ 名詞「で形」＋もしかたがない／もしようがない
◆ ナ形容詞「で形」＋もしかたがない／もしようがない
◆ イ形容詞「て形」＋もしかたがない／もしようがない
◆ 動詞「て形」＋もしかたがない／もしようがない
◆ 形式名詞（の）＋もしかたがない／もしようがない

意義 表示即使出現某種情況也無可奈何，帶有遺憾、不滿等心情。前項多為條件句（原因或假定）。

例

❶ A：彼は日本語が本当に下手だね。
B：まあ、なにしろ、三ヶ月しか習っていないんだから、下手でも（＝下手なのも）しかたがない。

A：他的日語真的說得很差耶。
B：畢竟只學了三個月，日語講得不好也是沒辦法的事。

❷ 今、家を買う人が多いのに対して、新築（しんちく）の家が少ないですから、値段が高くても（＝高いのも）しかたがないでしょう。

現在買房子的人變多了，而新建的房子卻很少，所以房價高也是無可奈何的事。

❸ ゴミ処理（しょり）の問題については林先生が一番詳（くわ）しい。専門的（せんもんてき）なことについては、林先生に来ていただかなければ、議論（ぎろん）しても（＝議論するのも）しかたがない。

林老師對垃圾處理問題最熟悉，所以關於這方面的專業如果不請他來的話，就算我們在這邊討論半天也沒用。

10 ～てもやむをえない

◎ 11-04

＊ 即使……也只能如此

接續 ◆ 名詞「で形」＋もやむをえない
◆ ナ形容詞「で形」＋もやむをえない
◆ イ形容詞「て形」＋もやむをえない
◆ 動詞「て形」＋もやむをえない
◆ 形式名詞（の）＋もやむをえない

意義 跟「～てもしかたがない／てもしようがない」的語法意思相同，表示因為有這樣的前項事實或如果發生前項的事情，即使出現後項也是沒有辦法的事情，也只能接受這個事實。

例

❶ 新しい服を買おうとしても間に合わないから、明日のパーティーは古い服でも（＝古い服を著るのも）やむをえない。
即使想買新衣服也來不及了，明天的派對只能穿舊衣服去了。

❷ 買う人が多いのに対して、売り出される家が少ないから、家の値段が高くても（＝高いのも）やむをえません。
買房子的人多，而可供銷售的房屋卻很少，所以房子的價格高點也只能接受。

❸ 現代は物質的（ぶっしつてき）に豊かになっている。だから、ものの大切さがわからない若者が増えても（＝増えるのも）やむを得ない。
現在是物質豐富的時代，所以即使不珍惜東西的年輕人變多了也無可奈何。

⑪ ～を重ねる ＊ 反覆……／屢次……／歷經……

接續 名詞＋を重（かさ）ねて／を重ねる／を重ねた

意義 經過反反覆覆，終於出現了某種來之不易的、期待已久的結果。前面有時可採用兩個名詞疊加、並列的形式。

例

❶ 彼は苦労を重ねて、社長にまで出世（しゅっせ）した。
他歷經磨練，終於當上了社長。

❷ 工夫（くふう）と努力を重ねた結果、実験はついに成功した。
經過反覆鑽研和努力，實驗終於成功了。

❸ 阪本（さかもと）さんの論文（ろんぶん）は大変すばらしい。山田教授の指導のもとに修正（しゅうせい）を重ねた結果だということだ。
阪本的論文寫得很好。這是在山田教授的指導下經過反覆修改後的結果。

⑫ ～ところまで ＊ (1) 達到……／發展到…… (2) 重複動作或變化到極限值

接續 (1) ◆ 名詞「の形」＋ところまで
◆ ナ形容詞「な形」＋ところまで
◆ イ形容詞「辭書形」＋ところまで
◆ 動詞「辭書形」＋ところまで

意義 後續「になる／となる／行く／来る」等表示事物進展的表達形式，表示事情達到的最高程度或最終極限。

例

❶ 動乱が制御不能のところまで行って、私たちはあやうく一度死にかけていた。
暴動已經發展到了無法控制的地步，我們差點送了性命。

❷ 息子の成績が結構なところまでとなって、親としても少しほっとした。
兒子的成績終於變好了，做父母的也稍微鬆了口氣。

❸ 経営が喜ばしいところまでにはなっていないが、まあまあというところまで来ている。
雖然經營狀況還沒有到可以高興的程度，但也不錯了。

❹ 試合に出場するところまで来ているが、メダルを取るところまでは来ていない。
雖然取得了參賽資格，不過還沒有到拿獎牌的程度。

接續 (2) 自動詞或可能動詞「辭書形」＋ところまで

意義 重複同一動詞，表示動作變化到了極限、最終階段的意思。

例

❶ 試合に負けた彼は、気が沈むところまで沈んだらしい。
輸了比賽的他心情好像十分低落。

❷ 時間制限があります。時間内に食べられるところまで食べてください。一番多く食べた方が優勝となります。
有時間限制，在規定的時間內能吃多少就吃多少。吃得最多的是冠軍。

❸ 言えるところまで言って聞かせてやったが、これからは君の決心一つだ。
能說的我都說了，接下來就看你有沒有決心了。

13 ～までになる ＊ 到……地步（程度）

◎11-05

接續 動詞「辭書形」＋までになる

意義 跟「～ところまでになる」的意思相同，表示經過一段時間發展，某事物已經達到某種理想程度。根據需要，也可以用「成長する／発展する」等動詞代替動詞「なる」。否定形式為「までになっていない」。

例

❶ 三ヶ月あまりの治療を受けた結果、けがした足がやっと歩けるまでになった。
經過三個多月的治療，受傷的腳終於可以走動了。

❷ 中国の経済はＧＤＰが世界で第２位になるまでに成長（せいちょう）したが、国民の生活レベルは世界で第50位になるまでになっていない。

中國經濟的 GDP 已經增長到世界第 2，但是國民的生活水平在世界上卻進不了前 50。

❸ 日本のロボット研究は世界で進（すす）んでいるほうですが、広く利用されるまでには実用化（じつようか）していません。

日本的機器人研究在世界上很發達，但是還沒有發展到可以廣泛運用的程度。

★ 練習問題 ★

（解答 ⇨ P.298）

問題 1　次の文の（　　　）に入れるのに最もよいものを、1・2・3・4 から一つ選びなさい。

(1) 息子は一人で箸を持ってご飯が食べられる（　　）になった。

1　あげく　　2　すえ　　3　ことから　　4　ところまで

(2) 彼にお金を貸してあげようか貸してあげるまいかと、悩み（　　）あげく貸さないことにした。

1　ぬく　　2　ぬいた　　3　ぬいている　　4　ぬきたかった

(3) こんな人の海のような都会では、家出した娘が（　　）しかたがない。

1　見つけることになれば　　2　見つけられなくても
3　見つけずにすんだら　　4　見つけた次第では

(4) 多くの学校や専門家（　　）、ゆとり教育をめぐって貴重な意見が出された。

1　まで　　2　やら　　3　をも　　4　から

(5) 会議の時間と場所は以上のとおりです。詳しいことは後でご連絡しますので、とりあえずお知らせ（　　）。

1　したところまでです　　2　してすみました
3　した次第です　　4　してもやむをえなかった

(6) 車にぶつかったが、（　　）軽いけがですんだ。

1　おもしろいことに　　2　不思議なことに
3　不幸にも　　4　幸いにも

(7) 君のやり方がひどいんだから、彼女に（　　）もっともなことだ。

1　振れても　　2　振っても
3　振ったあげくでも　　4　振られずに済んでも

(8) 研究（　　）研究を重ねて、この決議案を提出した。

1　など　　2　なんか　　3　に　　4　を

(9) 長期にわたる調査のすえ、パンダの生活規律が明に（　　）。

1　するまい　　2　された　　3　しなかった　　4　されなかった

(10) 人の意見を聞かずに主張しただけでは納得されたことには（　　）。

1　なる　　2　ならない　　3　すむ　　4　すまない

(11) 銀行からの資金援助もなくなった。（　　）倒産もやむをえない。

1　これでは　　2　これまで　　3　これぐらい　　4　これほど

(12) もう遅いから、今すぐ行っても 30 分ぐらいは（　　）だろう。

1　遅れることになる　　2　遅れたことになる

3　遅れずにすむ　　4　遅れなくてすむ

(13) 金持ちと結婚すれば、一生（　　）すむなあと、彼女は甘い夢を見ていた。

1　働かずに　　2　働かずで　　3　働かずの　　4　働かずは

(14) 今度の事故は被害者に保証金を払わなければならないと思う。謝罪（　　）すまない。

1　だらけで　　2　だらけでは　　3　だけで　　4　だけでは

問題 2　次の文の ＿★＿ に入る最もよいものを、1・2・3・4から一つ選びなさい。

(15) その会社はどんどん ＿★＿ ＿＿＿ ＿＿＿ ＿＿＿ までになった。

1　進出する　　2　成長を続け　　3　ついに　　4　海外へ

(16) この車はもう ＿＿＿ ＿＿＿ ＿★＿ ＿＿＿ ことになる。

1　ちょうど地球を　　2　8万キロ

3　走っているから　　4　2周した

(17) ちょうどその時大病 ＿＿＿ ＿＿＿ ＿★＿ ＿＿＿ すんだ。そうでなければ今ごろはもう死んでいただろう。

1　おかげで　　2　行かされずに　　3　になった　　4　戦場へ

(18) 私は ＿★＿ ＿＿＿ ＿＿＿ ＿＿＿ が、娘の姿が見られなかった。

1　行った　　2　行ける　　3　探しに　　4　ところまで

(19) 授業のある時間にアルバイト ＿＿＿ ＿＿＿ ＿★＿ ＿＿＿ 成績が落ちてもしようがない。

1　でいる　　2　人は　　3　平気　　4　ばかりして

1 ～うちに（は）入らない

⊙12-01

＊ 算不上……

接續
- 名詞「の形」＋うちに（は）入らない
- ナ形容詞「な形」＋うちに（は）入らない
- イ形容詞「辭書形」＋うちに（は）入らない
- 動詞「辭書形」＋うちに（は）入らない
- 各詞類「た形」＋うちに（は）入らない

意義 表示「還不能進入該範圍」的意思。

例

❶ 宝（たから）くじに当たったからといって、財閥（ざいばつ）のうちに入らないだろう。
雖說中獎了，但仍無法與有錢人相提並論。

❷ それぐらいの消費（しょうひ）は贅沢（ぜいたく）なうちには入らないよ。
那點消費算不上奢侈。

❸ 料理はちょっとできるが、うまいうちに入らない。
會做幾道菜，但算不上好吃。

❹ A：あたし、炊飯器（すいはんき）でご飯を炊くことが得意だよ。
A：我用電鍋煮飯煮得很好呢。

B：それだけじゃ、料理ができるうちに入るだろうか（＝料理ができるうちに入らないよ）。
B：就這點本事，還算得上會做飯嗎？

2 ～にかけたら／にかけて

＊ 在……方面／論……的話

接續 名詞＋にかけたら／にかけて（は）／にかけても／にかけての

意義 表示在某方面特別出色、優秀。多用在高度評價某人的特長、技術等方面。也用於說話者評價自己，表明在某方面很有自信。

例

❶ 川口(かわぐち)さんは魚の料理にかけては、かなりの腕(うで)の持(も)ち主(ぬし)らしい。　聽說川口小姐在料理魚方面是個行家。

❷ 切手の収集家(しゅうしゅうか)としても有名だが、テレホンカードの収集(しゅうしゅう)にかけても彼の右に出るものはいない。　他不僅是個出名的郵票收藏家，而且在電話卡的收藏上也沒人能和他比。

❸ 彼は商売(しょうばい)にかけての才能(さいのう)は社内外(しゃないがい)で高く評価(ひょうか)されている。　他在做生意方面的才能，在公司內外都得到了高度評價。

3 ～において／における　＊ 在……地點／在……時候（方面）

接續 名詞＋において（は）／においても／においての／における

意義 是「～で／での」的書面語用法。接在表示「場所、時期、時代、領域、狀況」等意思的名詞後面，表示某事發生的背景。其中「における」只用於後續名詞，跟「～での」的用法相同。

例

❶ 1988年、この競技場(きょうぎじょう)において、世界卓球大会(せかいたっきゅうたいかい)が開催(かいさい)された。　1988年，在這個體育館舉辦了世乒賽。

❷ 当時(とうじ)においては、海外旅行など夢のようなことだった。　當時，到國外旅行等就像夢一樣難以實現。

❸ 昨年度(さくねんど)の日本における（＝日本においての）総医療費(そういりょうひ)は30兆(ちょう)3583億円(おくえん)であった。　去年整年度，日本國民的總醫療費用是30兆3583億日元。

4 ～にわたる　＊ 涉及……／長達……　◎12-02

接續 名詞＋にわたり／にわたって／にわたる／にわたった

意義 接在表示「空間、時間、範圍、次數」意思的名詞後面，表示涉及的範圍廣大。書面語。

例

❶ 踏(ふ)み切(き)り事故のために、二時間にわたり、電車がストップしました。　由於列車道口發生了事故，電車因此整整停運了兩小時。

❷ 人類(じんるい)は長い年月(ねんげつ)にわたって努力(どりょく)を重(かさ)ねて、ついに月への飛行(ひこう)に成功(せいこう)した。

人類經過長年累月的不懈努力，終於成功地實現了登月夢想。

❸ 8年間にわたる／にわたった高速道路建設(こうそくどうろけんせつ)が終わり、いよいよ開通(かいつう)する。

長達8年的高速公路建設已接近尾聲，很快就要通車了。

5 ～だけは ＊ (1) 唯獨……／至少…… (2) 盡量……／盡可能……

接續 (1) 名詞＋だけは

意義 表示最低條件，即不管前項如何，唯獨這個屬於例外或唯獨這個必須要做的意思。

例

❶ 動物は大好きだが、ヘビだけは嫌いだ。

我雖然很喜歡動物，但是唯獨蛇我不喜歡。

❷ 彼は確(たし)かに立派な人だと思うが、この点に関してだけはどう見ても間違っていると言わざるをえない。

他確實很厲害，但是，唯獨在這個問題上，我不得不說是他錯了。

接續 (2) 動詞「辭書形」＋だけは

意義 將動詞重覆使用，表示把事情盡可能地做到這種程度，儘管對結果的期望值可能不高或結果是未知數。

例

❶ 指示(しじ)のとおりにやるだけはやったが、いい結果が出るかどうか自信がない。

遵照指示力所能及的都已經去做了，會不會有好的結果，我自己也沒有信心。

❷ 受かるか受からないかにかかわらず、二級試験を受けるだけは受けた。今、ただ発表(はっぴょう)の日を待つばかりだ。

不管及不及格，二級考試我是盡力了。現在只能等待成績公佈的那一天了。

6 ～だけのことはする ＊ 盡其所能……

接續
- 動詞「辭書形」＋だけのことはする
- 動詞「た形」＋だけのことはする

意義 表示盡力做與之相稱的事情。助詞「だけ」表示程度。

例

❶ 微力(びりょく)ながら、できるだけのことはします。　雖然力量微薄，但我會盡力而為。

❷ やれるだけのことはしますが、高く望(のぞ)まないでください。　我盡力而為，但你的期望不要太高。

❸ 頭金(あたまきん)を支払(しはら)っていただいただけのことはしますが、それ以上の発注(はっちゅう)はできかねます。　你付給我們多少訂金，我們就為你生產多少，除此之外的訂貨我們就很困難。

7 ～だけ（のこと）だ

12-03

＊(1)1.即使……也只……　2.雖說……頂多……　(2)大不了……就是……　(3)只是……而已……／不過是……而已……

接續 (1)◆名詞＋だけ（のこと）だ
◆ナ形容詞「な形」＋だけ（のこと）だ
◆イ形容詞「辭書形」＋だけ（のこと）だ
◆動詞「辭書形」＋だけ（のこと）だ
◆各詞類「た形」＋だけ（のこと）だ

意義① 以「～たところで／ても～だけ（のこと）だ」的形式，表示即使做了什麼，得到的結果也只不過僅此而已，不會有更好的結果。

例

❶ その事は両親に言っても、叱(しか)られるだけのことだから、言わないことにしよう。　那件事即使告訴父母也只會被罵，不如還是瞞著他們吧。

❷ その仕事を彼に頼んだところで、ミスをしてしまうだけだよ。　要是將那件工作交給他做，只會出差錯。

❸ 独(ひと)り身(み)のぼくは、早くうちへ帰っても猫が待っているだけだ。　單身一人的我，即使早早回家也只有貓在等我。

意義② 以「～といっても～だけ（のこと）だ」的形式，用於強調數量之少、程度之輕。常跟副詞「せいぜい」「多くとも」一起使用。

例

❶ 手術(しゅじゅつ)といっても盲腸炎(もうちょうえん)を切るだけです。どうぞ心配しないでください。　雖說是動手術，也就是小小的盲腸切除手術罷了，請別擔心。

❷ 自炊（じすい）といっても、せいぜいうどんを作るだけのことだ。 講好聽是自己做飯，充其量也只是煮碗麵罷了。

❸ 旅行が好きといっても、國內旅行だけだ。 雖說喜歡旅行，也只是國內旅遊而已。

接續 (2) ◆ 動詞「辭書形」＋だけ（のこと）だ
◆ 動詞「ない形」＋だけ（のこと）だ

意義 表示如果條件不允許或受到其他不利因素的限制，大不了做後項的意思。帶有一種「不沮喪、不退縮」的語氣。

例

❶ いやなら無理にその仕事を引き受けることはない。断（ことわ）るだけのことだ。 如果不願意的話，沒有必要勉強接下那份工作。拒絕就好了。

❷ もし今年の二級試験に失敗しても私は諦（あきら）めない。来年もう一度受けるだけのことだ。 如果今年的二級檢定失敗了我也不會放棄，大不了明年再考一次。

❸ そんなに高いのなら、買わないだけのことだ。 價錢那麼貴的話，大不了不買。

接續 (3) 動詞「た形」＋だけ（のこと）だ

意義 表示只是因為前項的某個原因或契機才做了後項的事情，僅此而已，並沒有其他特別意圖。

例

❶ 品（しな）が特別によいわけではない。ただ安いからこれを買っただけだ。 並不是覺得產品的品質特別好才買它，只是因為便宜而已。

❷ 君にアドバイスをしてみただけです。別（べつ）の意図（いと）はありません。 我也只是給你個建議，沒有別的意思。

❸ あなたなら分かると思って、ちょっと聞いてみただけのことです。分からなければそれでいいです。 我只是以為你知道，才順口問了一下。如果你不知道的話也沒有關係。

8 ～ばかりは ＊ 唯獨……

接續 名詞＋ばかりは

意義 跟「～だけは」的意思類似，表示「其他的都可以或暫且不論，但唯獨這件事情、唯獨這個時候」等意思。書面語。

例

❶ お金は全部あげてもいいが、娘の命ばかりはお助けください。
錢可以全部給你，只希望你們能保住我女兒的性命。

❷ 他のことは折(お)れてやるが、この条件ばかりは譲(ゆず)れない。
其他方面我們可以做出讓步，唯獨這個條件不能答應。

❸ ほかのことなら何でも教えてあげますが、そればかりはご勘弁(かんべん)ください。うちの会社の存亡(そんぼう)にかかわる秘密(ひみつ)なんですから。
如果是其他的事情我都可以告訴你，唯獨這個我不能向你透露。因為這是關係到我們公司存亡的秘密。

9 あとは～ばかりだ ＊就差……／只等……

接續 動詞「辭書形」＋ばかり（だ、になる、となる）

意義 跟「あとは～だけだ」(⇨N3)的語法意思基本相同，表「萬事俱備，只欠東風」的意思，即最後只差此條件。有時也可省略「あとは」，意思不變。

例

❶ 二国間(にこくかん)の条約(じょうやく)がまとまり、後は調印式(ちょういんしき)を待つばかりだ。
兩國之間的條約已經擬定，剩下的只等雙方簽字。

❷ 原稿(げんこう)はもう出版社(しゅっぱんしゃ)に出した。後はただ本屋に並べられるのを待つばかりだ。
原稿已經交給出版社了，接下來只等在書店裡上架銷售了。

❸ 準備は整(ととの)った。後はスイッチを入れるばかりになっている。
準備工作都做好了，接下來只等啟動了。

10 あとは～のみだ ＊就差……／只等……

◎ 12-04

接續 動詞「辭書形」＋のみ（だ、になる、となる）

意義 跟「あとは～ばかりだ」的語法意思基本相同，表示「萬事俱備，只欠東風」的意思，即最後只差此條件。有時也可省略「あとは」，意思不變。

例

❶ 試験は終わった。あとはただ結果を待つのみだ。
考試結束了，接下來只等結果公佈了。

❷ 留学の準備も終わって、あとは日本へ行くのみです。
留學的準備已經做好了，接下來就等著去日本。

❸ 荷物もみんな用意して、すぐにも出かけるのみとなった。
行李都已經整理好了，就只等出發了。

⑪ ～ところ（では）／ところによると／ところによれば

＊ 據說……／傳聞……

接續 ◆ 動詞「辭書形」＋ところ（では）／ところによると／ところによれば
◆ 動詞「た形」＋ところ（では）／ところによると／ところによれば

意義 「ところ」表示信息的出處。句末常伴有「～そうだ／らしい／ということだ／とのことだ」等表示傳聞的表達形式。

例

❶ 田中さんの家族に聞いたところでは、田中さんは体調が悪いらしい。
我從田中的家人那裡得知，田中的身體不大好。

❷ テレビの伝えたところによれば、今晩8時ごろ、長野県にある浅間山が噴火したらしい。
據電視報導，今晚8點左右，位於長野縣的淺間山發生了火山噴發。

❸ 本人に確かめたところ、彼はそんな場所へは行ったことがないという。
據我向本人確認，他說沒有去過那種地方。

⑫ ～限り

＊ (1) 盡最大可能地……／竭盡全力……
(2) 據（我們）所知……

接續 (1) ◆ 名詞「の形」＋限り
◆ 可能動詞「辭書形」＋限り

意義 表示能力、程度、知識等所能涉及的最大範圍之內。

例

❶ 力の限り戦ったのだから、負けても悔しくは思いません。
已經竭盡全力去努力過了，所以即使輸了我也不會遺憾。

❷ 彼女は実家から持てる限りのものを持って帰った。
她從娘家帶回了所有能拿得動的物品。

❸ 思いつくかぎりのアイデアはすべて出したが、社長は認めてくれなかった。
絞盡腦汁想出了所有的辦法，可是結果還是沒有被社長認可。

❹ 食糧不足で困っている人たちに、できる限りの援助をしようではないか。
讓我們盡力去幫助那些處於饑餓中的人吧。

接續 (2) ◆ 名詞「の形」＋かぎり（で、では、だ）
◆ 動詞「辭書形」＋かぎり（で、では、だ）
◆ 動詞「て形」＋いるかぎり（で、では、だ）
◆ 動詞「た形」＋かぎり（で、では、だ）

意義 接在諸如「見る・知る・聞く・調べる」等表示信息來源的動詞後面，用於限定某種判斷的範圍。

例

❶ 今回の調査の限りでは（＝今回調査した限りでは）、それは振り込め詐欺だった。
據這次調查得知，那是一起詐騙案。

❷ 私の見る限りでは、彼は信頼できる人物だ。
據我觀察，他是一個值得信賴的人。

❸ 私の知っている限りでは、この物の原産地は中国にある。
據我所知，這個東西的原產地在中國。

⑬ ～に限る ＊ 最好……

◎12-05

接續 ◆ 名詞＋に限る
◆ ナ形容詞「な形」＋のに限る
◆ イ形容詞「辭書形」＋のに限る
◆ 動詞「辭書形」＋のに限る

意義 前面多用「～なら／たら／には」等作為條件句，相當於「～なら～ が一番いい」「～たら～といい」的意思，表示推薦或選擇最好的狀態或動作。

例

❶ パーティーに行くなら、男性はスーツに限ります。女性はドレスを着て行くに限ります。
如果是去參加派對，男性最好要穿西裝，女性則最好是穿禮服。

❷ 私のうちでは妻が怒った場合、黙って出かけるに限る。私がうちにいる限り、つまり、私の顔が見える限り、妻の怒りは収まらないのだ。

老婆生氣的時候，只有默默地躲到外面的份。只要我在家裡，應該說，只要她看見我，她的怒氣就不會消。

14 〜に限って

＊ (1) 偏偏在……時候
(2) 唯獨……

接續 (1) 時間、場合名詞＋に限って

意義 表示平時是不會那樣的，但是唯獨此時發生了並不希望看到的結果。說話者有種傷腦筋、抱怨、後悔等心情。

例

❶ 大切な用事があって遅刻してはいけない時に限って、寝坊してしまう。

偏偏在有要緊事而不能遲到的時候，不小心睡過頭。

❷ いつものとおり、海に出たが、その日に限って魚が一匹も釣れなかった。

我照往常一樣來到了海邊。可是偏偏就是在那天，一條魚也沒有釣到。

❸ いつもおしゃべりな彼がこの重要な場面に限って何も言わないのはどうしたことか。

不知道是怎麼回事，平時愛說話的他，偏偏在這重要關頭不發一語。

接續 (2) 人物名詞＋に限って〜ない

意義 相當於「〜だけは」的意思，表示「其他人或許會那樣做，可是唯獨他（她）不會做我們不希望看到的事情」。用於對某人特別信賴或期待的場合。

例

❶ 慎重なあの人に限って、そんなミスを犯すはずがない。

唯獨平時做事十分慎重的他，才不會犯那種錯誤。

❷ 他の人はわからないが、田中さんに限って、約束を破るなんてことはない。

其他的人我不知道，但田中是不會爽約的。

❸ うちの学生に限って、カンニングなんかしないと先生は思い込んでいる。

老師深信，唯獨自己教的學生不會有作弊的行為。

15 ～に限らず 不光是……而且／不僅……而且……

接續 名詞＋に限（かぎ）らず

意義 跟「～だけでなく」(⇨N3) 的意思類似，不僅限定在前項的範圍，其他任何情況也一樣。

例

❶ あの選手は子供のころから、サッカーに限らず、スポーツなら何でも得意（とくい）だったそうだ。
據說那位選手從小不僅是足球，只要是體育項目都很擅長。

❷ 私は、クラシックに限らず、音楽なら何でも好きです。
不僅是古典樂，只要是音樂我都喜歡。

❸ 罰金（ばっきん）を取られたのに限らず、警察に連れて行かれていろいろ聞かれた。
不僅被罰了款，還被帶到警察局問了許多問題。

16 ～に限ったことではない

12-06

＊ 不僅僅是……／不光是……

接續 名詞＋に限（かぎ）ったことではない

意義 表示「不僅限於這種情況，還有其他情況」。多用於負面評價。

例

❶ レポートのできが悪いのはこの学生に限ったことではない。
報告寫得不好的，不是只有這位同學而已。

❷ あの人は今日に限ったことではなく、普段もよく遅刻（ちこく）する。
他不僅僅是今天，平時也常常遲到。

❸ 食糧（しょくりょう）などの掠奪（りゃくだつ）だけに限ったことではなく、12 歳でしかない娘が 3 人の兵士（へいし）にいじめられたという。
據說不僅糧食等東西被搶走了，就連只有 12 歲的女兒也被 3 個士兵欺侮了。

⑰ ～に恵まれる ＊ 遇上……／擁有……

接續 名詞＋に恵まれ（て）／に恵まれる／に恵まれた

意義 表示擁有或得到某種資源、才華、環境等。

例

❶「今週末は快晴に恵まれそうです」。こんな天気予報を聞いて、いつからいつまでを指すか迷ってしまうことがあります。
「本週末會是晴朗的天氣」。聽到這樣的氣象預報，有時候會搞不清楚，到底是指星期幾到星期幾啊。

❷ 平凡な私から見ると、彼女はあらゆる才能に恵まれているように思える。
在我這個平凡人的眼裡，感覺她就是一個天才。

❸ 日本は豊かな地下資源に恵まれた国ではない。
日本並不是一個擁有豐富礦產資源的國家。

⑱ ～に面する ＊ 1. 面向……／對著…… 2. 面對……局面

接續 名詞＋に面して／に面しても／に面する／に面した

意義① 表示朝向，即空間中的存在。

例

❶ なんといっても店は大通りに面したのに限る。
總之，商店最好是面向馬路。

❷ 私の家は海に面しているから、台風が来ると正面から受けることになる。
我家面向大海，所以會正面受到颱風的侵襲。

❸ 家が大きな道路に面していれば、メリットもあるが、車の騒音、埃などの公害も心配だ。
房屋面向馬路雖有好處，但同時也有汽車噪音、沙塵等公害。

意義② 表示面對困難、危機等某種局面。

例

❶ 死に面して、どんな態度をとるか、人によって違う。
面對死亡時的態度因人而異。

❷ さまざまな困難に面したにもかかわらず、決心は動揺しなかった。

儘管面臨各種困難，我的決心從來沒有動搖過。

❸「人は変われば変わる」ものである。危機に面して人は時に大変身を遂げることがある。

常言道「人說變就變」。人有時在面臨危機時，會徹底改變自己。

★ 練習問題 ★

（解答 ⇨ P.299）

問題 1　次の文の（　　　）に入れるのに最もよいものを、1・2・3・4 から一つ選びなさい。

(1) いい妻（　　）幸せだと僕はいつも感謝の気持ちで友だちに言っている。

1　に恵まれて　　2　に限らず　　3　のところでは　　4　のかぎりでは

(2) ほかの人は分からないが、まじめな彼女に限って（　　）と思う。

1　ほかの人と同じだ　　2　彼女のほかにいない

3　そんなウソはつかない　　4　ひどいことをしなくはない

(3) 専門家(せんもんか)の予想(よそう)した（　　）によると、元高傾向(げんだかけいこう)は今後も続くということだ。

1　ばかりは　　2　だけは　　3　ところ　　4　かぎり

(4) 研究グループの人たちは（　　）かぎりの知恵(ちえ)をしぼって実験(じっけん)が失敗した原因を調(しら)べてみた。

1　知る　　2　知っている　　3　やる　　4　やっている

(5) 私はどうでもいいが、家族ばかりは幸せに（　　）。

1　してあげたいです　　2　してもらいたいです

3　なるかもしれません　　4　なるかどうかわかりません

(6) いくら練習してもできないのなら、やめる（　　）のことだ。

1　うえ　　2　かぎり　　3　だけ　　4　ばかり

(7) 壊れると困る（　　）に限って、機械はよく壊れる。

1　うえ　　2　もの　　3　こと　　4　とき

(8) 天気予報によると、夕べ(ゆう)北海道全域(ほっかいどうぜんいき)（　　）大雪(おおゆき)が降ったそうだ。

1　にかけて　　2　にわたって　　3　に面して　　4　に恵まれて

(9) 葬式(そうしき)は黒（　　）そうだから、今日急いで買いに行こう。。

1　にかける　　2　に限る　　3　における　　4　に恵まれる

(10) A：あなたは書道の練習をしているって、本当？
B：うん。でも、一日30分ばかり書いたって、それでは書道をやってる（　　）入らない。
1　かぎりに　　2　だけに　　3　ばかりに　　4　うちに

(11) 家庭に（　　）教育は子供にとって一番大切なことだと思う。
1　おける　　2　おけて　　3　おけては　　4　おけても

(12) 交通渋滞の難問はこの都市に限ったことではなく、ほとんどの都市（　　）同じだ。
1　にしたって　　2　するなら　　3　にすると　　4　するなど

(13) 危機（　　）、冷静な態度をとるべきである。
1　に恵まれても　　2　にわたっても　　3　に面しても　　4　にかけても

(14) どうせ間に合いそうもないから、普通のスピードで運転すればいいのよ。スピードを出して運転したところで、事故を（　　）だけなのよ。
1　起こさず　　2　起こすまい　　3　起こしてすむ　　4　起こす

(15) 部品は全部揃そろった。後は（　　）組み立てるのみだ。
1　なお　　2　それだけ　　3　ただ　　4　そのまま

(16) 温泉は、お年寄（　　）、誰にでも人気がある。
1　限りなく　　2　限りで　　3　に限らず　　4　に限って

(17) 言えるだけのことは言います（　　）、相手をきつくしかるつもりはありません。
1　から　　2　と　　3　や　　4　が

(18) 電気製品の修理にかけては、彼に（　　）といえる。
1　直せないものもある　　2　直せないものはない
3　直してもらいたい　　4　直してもらいたくない

問題 2　次の文の ＿＿★＿＿ に入る最もよいものを、1・2・3・4から一つ選びなさい。

(19) 息子も、この春 ＿＿★＿＿ ＿＿＿＿ ＿＿＿＿ ＿＿＿＿ おります。

1　出まして　　2　食うだけは

3　大学を　　4　自分で稼かせいで

(20) 彼女がテニスを始めた ＿＿＿＿ ＿＿★＿＿ ＿＿＿＿ ＿＿＿＿ 単(たん)なる趣味にすぎない。

1　私に　　2　といっても　　3　言わせれば　　4　それは

(21) 昨日の話はただ ＿＿★＿＿ ＿＿＿＿ ＿＿＿＿ ＿＿＿＿ そんなに気にしていたんだ。

1　なのに　　2　だけのこと　　3　言った　　4　思いつきで

(22) 食事の ＿＿★＿＿ ＿＿＿＿ ＿＿＿＿ ＿＿＿＿ ばかりになっている。

1　並べる　　2　テーブルの上に

3　準備が終わって　　4　あとは

(23) 電話の内容を ＿＿＿＿ ＿＿＿＿ ＿＿★＿＿ ＿＿＿＿ いなかった。

1　聞いている　　2　現場に　　3　かぎりでは　　4　彼はその日に

1 ～恐れがある ＊ 恐怕會……／有……的危險

13-01

接續 ◆ 名詞「の形」＋恐（おそれ）がある
◆ 動詞「辭書形」＋恐れがある

意義 表示不好的事情有可能會發生。否定形式為「～恐れはない」。

例

❶ 今晩、大型（おおがた）の台風がこの地方へ近づくおそれがあります。
今晚強烈颱風可能會逼近該地區。

❷ 大雨が降ると、あの橋は壊れる恐れがある。
如果遇上大雨，那座橋有可能會因此而損壞。

❸ さきほど九州（きゅうしゅう）地方ではマグニチュード６の地震が起こりました。しかし、津波（つなみ）の恐れはありません。
剛才在九州地區發生了芮氏規模 6 級地震，但是沒有發生海嘯的危險。

2 ～ようがない ＊ 沒法……／無法……

接續 動詞「連用形」＋ようがない／ようもない

意義 由於前項不利的原因，或如果出現前項的情況，想做後項也找不到辦法，所以辦不成。

例

❶ なぜ彼女を好きになってしまったのかは、説明のしようがない。
為什麼我會愛上她，我自己也說不清楚。

❷ 住所（じゅうしょ）も電話番号も分からないので、連絡の取りようがない。
住址和電話都不知道，所以想聯絡也無法。

❸ ゴミがこれほど散（ち）らかっていたら、一人で全部集めようもない。
這垃圾散落成這樣，一個人是沒辦法清理完的。

③ ～ていられる

＊(1)一直能夠……／始終可以……
(2)一直可以不……／始終不需要……

接續 (1)◆名詞「で形」＋いられる
◆ナ形容詞「で形」＋いられる
◆イ形容詞「く形」＋いられる
◆動詞「て形」＋いられる

意義 是「～ている」的可能態，表示某動作可以一直可以延續做下去，或某狀態可以一直保持下去。接名詞時，也可以用「名詞＋のままでいられる」的形式。

例

❶ いつでも笑顔(えがお)でいられる方法を教えてください。　請告訴我，如何能做到始終面帶微笑？

❷ ずっと元気でいられるのが望(のぞ)ましい。　希望您能永遠健康。

❸ 女性は女性らしくいられるけど、男性が男性らしくあるのは難しいらしい。　女人可以做到永遠有一顆女兒心，而男人似乎很難一直維持男子氣概。

❹ 役者(やくしゃ)でもあるまいし、こんなに腹(はら)を立(た)てているのに、ニコニコなんかしていられるものですか。　又不是演員，對方發這麼大的脾氣，我還能一直對他笑咪咪的嗎？

接續 (2)◆動詞「未然形」＋ないでいられる
◆動詞「未然形」＋ずにいられる

意義 是「～ていない」的可能態，表示可以一直不去實現某動作，或一直能保持未發生的狀態。

例

❶ 子供のころ、勉強のほかにうちでは何もしないでいられた。　小時候我除了唸書外什麼事都不用做。

❷ 金持ちの妻になってから、働かないでいられる彼女のことを見て羨(うらや)ましくてたまらない。　看到她嫁給有錢人之後可以一直不用工作，我真是羨慕死了。

❸ その虫は冬中(じゅう)、何も食わずにいられる(＝食わないでいられる)。　那種昆蟲在冬天可以不用進食。

13-02

4　～て（は）いられない　＊再也不能……下去了／不能一直這樣……

接續
- ◆ 名詞「で形」＋（は）いられない
- ◆ ナ形容詞「で形」＋（は）いられない
- ◆ イ形容詞「く形」＋（は）いられない
- ◆ 動詞「て形」＋（は）いられない

意義 表示因為某種原因，原來的狀態再也不能繼續下去了。接名詞時，也可以用「名詞＋のままで（は）いられない」的形式。作為謙讓語，也說「～てはおられない」。

例

❶ 君たちのような「オタク族（ぞく）」はいつまでもこうオタクのままではいられないでしょ。
你們這些「御宅族」，一直這樣「宅」下去總不是個辦法吧。

❷ A：誰でもいつまでも元気でいられることを願うだろうが、いつまでも元気ではいられないんだ。
A：就算任何人都希望永遠健康，可誰也做不到。

B：そうですね。女性として、誰でもいつまでも若くいられることを願うでしょうが、いつまでも若くはいられないんです。
B：是啊。作為女人，無論是誰都希望自己永遠年輕，但也不可能永保青春。

❸ 試験終了（しゅうりょう）時間まであと数分（すうふん）だから、この問題にそんなに時間をかけてはいられない。
距離考試結束的時間所剩無幾了，所以再也不能在這道題目上耗費時間了。

5　～てばかりはいられない／てばかりもいられない

＊（也）不能總是……

接續 動詞「て形」＋ばかりはいられない／ばかりもいられない

意義 跟「～てはいられない」的語法意思基本相同，表示不能總是或一直做某事，暗示要盡量擺脫目前的狀況，去做別的更重要的事情。作為謙讓語，也說「～てばかりはおられない」。

例

❶ まだ卒業論文が完成していないので、就職が決まったからといって、喜んでばかりはいられません。

雖說已經找到了工作，但是因為畢業論文還沒有完成，所以也不能一味地高興。

❷ 夫がなくなって非常に辛いことだが、泣いてばかりはいられない。これからの生活と子供の将来を考えないといけない。

雖然失去丈夫非常傷心，但是總不能這樣一直哭，必須開始考慮以後的生活和孩子們的將來。

❸ こちらはいい顔を見せてばかりはいられないよ。自分のやったことを反省しなさい。

我不可能老是給你好臉色看，你自己也該好好地反省反省。

6 ～ざるを得ない ＊(1)不得不……　(2)不得不說……

接續 (1) ◆動詞「未然形」＋ざるをえない
◆する⇨せざるをえない

意義 相當於「～するしかない」(⇨N3) 的意思，表示除此之外別無選擇的意思。多用於不得已而為之的語境中。

例

❶ 日本で生活をするのなら、漢字を覚えざるをえない。

既然要在日本生活，就不得不學習漢字。

❷ 今回の旅行を楽しみにしていたが、母が急に入院したので、行くのを諦めざるを得ない。

儘管很期待這次的旅行，但是由於母親突然生病住院，不得已只好放棄。

❸ 留学したい気持ちは分かるが、この病状では、延期せざるを得ないだろう。

我能理解你想留學的心情，可是按照你目前的病情，也只能延期了。

接續 (2) 句子普通體＋言わざるをえない

意義 相當於「～としか言いようがない」的意思，多用於消極的評價。

例

❶「ゆとり教育」が学力低下をもたらす要因だと言わざるを得ない。

不得不說「寬鬆教育」政策是導致學生能力下滑的主要因素。

❷ 今になって思えば、君の判断には間違いがあったと言わざるを得ません。　現在仔細想想，我不得不說你的判斷有誤。

❸ その作品は多くの人に読まれているが、文学史上での価値は低いと言わざるを得ない。　雖然那部作品擁有不少讀者，但我不得不說它在文學史上的價值很低。

13-03

～べき

＊ (1) 應（不應）有的……
(2) 1. 值得……／當然會……　2. 令人感到……

接續 (1) ◆ 名詞＋であるべきだ／べきではない／べき＋名詞
◆ ナ形容詞詞做＋であるべきだ／べきではない／べき＋詞
◆ イ形容詞「く形」＋あるべきだ／べきではない／べき＋名詞

意義 表示應（不應）該有的某種狀態。

例

❶ 教師としては、学生から親しまれる存在であるべきで、恐がられる存在であるべきではない。　作為教師應該要讓學生感到可以親近，而不是讓學生見到就產生恐懼感。

❷ 就職活動における自己分析は個性的であるべきで、書式化したものであるべきではない。　在找工作時所進行的自我分析應該要有自我風格，不應該千篇一律的公式化。

❸ 男は紳士であるべきで、女は優しくあるべきだと言われている。。　人們常說男生應該要有紳士風度，女生應該要溫柔。

接續 (2) ◆ 動詞「辭書形」＋べき＋名詞
◆ する⇨す（る）＋べき＋名詞

意義① 表示有做某事的價值，或理所當然要去做某事的意思。

例

❶ あの店には読むべき本は少ないです。　那家店裡沒有多少值得一讀的書。

❷ インドのIT産業の発展ぶりは注目すべき現象だと言えるだろう。　看來印度IT產業的發展狀況可說是一個很值得關注的現象吧。

❸ 大雨、台風、地震のような来るべき災害に備える心構えが必要である。　像洪水、颱風、地震等是無法避免的自然災害，所以我們平時就必須做好防災準備。

意義② 也可以接在表示「感情、心情、心理」意思的動詞後面，表示必然會產生的狀態，相當於「（當然）令人感到……」的意思。

例

❶ エイズは恐るべき速さで世界中に広がっている。　愛滋病以驚人的速度在全世界蔓延。

❷ 東京駅は驚くべき規模で日本一になっている。　東京車站以驚人的規模成為日本的第一大車站。

❸ 最近、憎むべき組織犯罪が激増している。　最近，可惡的組織犯罪案件在激增。

❹ 犯罪が激増していることはまことに悲しむべきことだ。　犯罪案件激增，令人深感悲哀。

8 〜ことだ／ないことだ　＊ 就該……／（建議）最好……

接續
- 動詞「辭書形」＋ことだ
- 動詞「ない形」＋ことだ

意義 相當於「〜ほうがいい」（⇨ N4）的意思，即間接地向對方提出忠告、勸告、建議等，並認為這樣做是重要且最好的。

例

❶ 風邪のときは栄養があるものを食べて、よく休むことです。　感冒時要吃些有營養的食物並且要充分休息。

❷ これが口で言うほど簡単なことかどうか、まず自分でやってみることだ。　這不是像嘴上說得那麼簡單，自己先動手做就知道了。

❸ すぐに諦めないことです。これが私からのアドバイスです。　「不要輕言放棄」。這是我所給你的建議。

9 〜ものだ／ものではない

＊（1）應該……／不應該……

接續 ◆ 動詞「辭書形」＋ものだ／ものではない
◆ 動詞「ない形」＋ものだ

意義 說話者從一般社會常識、習慣、道理等角度出發，來闡述應不應該做某事。帶有一定的忠告語氣。

例

❶ 遅れてきた時は「すみません」と言うものです。
遲到的時候應該說聲「對不起」。

❷ 結婚式は呼ばれないと行けないが、葬式（そうしき）は呼ばれなくても行くものだ。
結婚儀式不能不請自來。但葬禮卻不同，不請也得去。

❸ 小さい子供を1人で遠くに遊びに行かせるものではない。
不應該讓小孩子一個人到很遠的地方玩。

❹ 葬式（そうしき）では黒い服を着るものだ。はでな服を着るものではない（＝着ないものだ）。
參加葬禮應該穿黑色的服裝，不應該穿艷麗的衣服。

13-04

10 ～(よ)うではないか ＊（勸誘）讓……吧

接續 動詞「う形」＋ではないか／じゃないか

意義 跟「～ましょう」的意思相同，用於表明說話者自己的意向，並勸誘對方或大家一起行動。其中「ではないか／じゃないか」為普通體，禮貌型為「ではないですか／ではありませんか／じゃありませんか」。這個表達形式一般為男性用語，女性多使用「～ましょう」。

例

❶ みなさん、最後（さいご）までやろうじゃありませんか（＝やりましょう）。
各位，讓我們堅持到最後一刻吧。

❷ 家にばかりいないで映画でも見に行こうじゃないか。
別老待在家裡，出門看部電影什麼的吧。

❸ この本に載（の）っているレストランはとてもおいしそうだ。みんなで行ってみようではないか。
這本書上介紹的這家餐廳看起來就覺得很好吃，大家一起去吧。

⑪ ～てもらおうか ＊ 幫我……吧／給我……吧

接續 動詞「て形」＋もらおうか

意義 用於間接地要求或指示對方做某事情。此表達形式比起「～てください／なさい」等命令形式來語氣更加柔和，主要用於上對下的對話中。禮貌的說法為「～ていただこうか」。

例

❶ 悪いけど、今、手が離せないから、その電話に出てもらおうか。
不好意思，我現在很忙，你能幫我去接一下電話嗎。

❷ このパンフレットを急いでＡ社に送ってもらおうか。
幫我把這份冊子迅速地送到 A 公司吧。

❸ この書類（しょるい）をファイルに入れておいていただこうか。
請幫我把這份資料存檔吧。

⑫ ～ていただけると助かる／てもらえると助かる

＊ 要是能幫（我們）……那就太……

接續 ◆ 動詞「て形」＋いただけると助かる／ありがたい／うれしい
◆ 動詞「て形」＋もらえると助かる／ありがたい／うれしい

意義 表示「如果對方那樣做，說話者將從中受益」的意思。主要用於禮貌地請求並心懷感謝的場合。其中「～てもらえると」跟「～ていただけると」的意思相同，但謙讓程度略低一些。

例

❶ こちらの意見を聞いていただけるとありがたく存じます。
非常感謝您能聽取我的意見。

❷ 以上は私の質問ですが、早めに回答（かいとう）していただけると嬉しいです。
以上是我的問題，如果能早點有回覆我會很高興。

❸ A：僕が手伝ってあげよう。
B：ありがとうございます。手伝ってもらえると助かります。
A：我來幫你吧。
B：謝謝，有你的幫忙我就省力多了。

13-05

13 ～ないものは～ない ＊ 不能……還是不能……

接續 可能動詞「ない形」＋ものは～（可能動詞）ない

意義 重複同一個可能動詞，用於強調辦不到的事情。

例

❶ いくら頼まれたところで、やれないものはやれないよ。
再怎麼求我也沒用，辦不到的事情就是辦不到。

❷ 何回読んでも、分からないものは分からない。関連知識（かんれんちしき）がないんだから。
因為沒有相關知識，不管讀了多少遍，不懂就是不懂。

❸ どんなに考えても、書けないものは書けない。こんなレポートは僕には無理なんだ。
無論怎麼思考，不會寫就是不會寫，這份報告對我而言難度太高了。

14 ～ねばならない／ねばならぬ

＊ 必須／一定要

接續 ◆ 動詞「未然形」＋ねばならない／ねばならぬ
◆ する⇨せねばならない／せねばならぬ

意義 是「～なければならない」的文語表達形式，表示「必須、一定要做該動作」的意思。

例

❶ 目標（もくひょう）の達成（たっせい）のために力（ちから）を合（あ）わせてがんばらねばならぬ。
為了達成目標，我們必須同心協力。

❷ 平和（へいわ）の実現（じつげん）のためにみんなで努力（どりょく）せねばならぬ。
為了實現和平，大家必須一起努力。

❸ ビザの期限（きげん）がもうすぐ切れてしまうので、国へ帰らねばならなくなった。
簽證的期限就要到了，所以不得不回國。

15 ～ならない／ならぬ ＊ 1. 無法忍受／不可信 2. 禁止／不允許

接續 ◆ 名詞＋が／は＋ならない／ならぬ
◆ 動詞「辭書形」＋とはならない／ならぬ

意義① 相當於「～（こと）ができない」的意思，表示沒有這種可能性或不可能辦到。實際使用時常常省略助詞「が」或「は」。

例

❶ 今の仕事の環境にはもう我慢ならない。　我對目前的工作環境再也受不了了。

❷ メディアが報道した事には信用ならない事例もある。　媒體所報導的新聞中也是有不可信的事。

❸ そんな無差別に人を殺す行いにはもう堪忍ならない。　不能再容忍那種胡亂殺人的行為了。

意義② 相當於「～てはいけない」的意思，表示禁止、不允許。

例

❶ 運転ということは危険な仕事だ。ベテランだって油断がならない。　開車是一份危險的工作，即便是有經驗的駕駛員也不能掉以輕心。

❷ 酔払い運転は（＝酔っ払ったら運転をすることは）絶対になりません。　絕不允許酒駕。

❸ 人の好意を無にすることはならない。　不能辜負別人的一番好意。

13-06

16 ～なくする ＊ 不要……／不使……／不讓……（發生）

接續 動詞「未然形」＋なくする

意義 表示人為地改變某動作或某狀態，跟「～ないようにする」的意思類似。

例

❶ パソコンでは、パスワードを入れるとき、見えなくするシステムを取っているので、安全だ。　電腦因為有設密碼鎖的系統，所以安全可靠。

❷ 白髪（しらが）を目立（めだ）たなくする方法（ほうほう）として、普通は白髪染（しらがぞ）めを使う。　不讓白髮突顯的方法，一般是使用染髮劑。

❸ 保険勧誘（ほけんかんゆう）が嫌いです。保険勧誘を来させなくする技（わざ）を知っている方がいらっしゃいませんか。　我討厭保險員的業務行銷。有誰知道有什麼辦法可以避開他們？

17 ～てやる

＊ (1)(2) 威脅語氣，多用於吵架、生氣、賭氣、挑戰對方

接續 (1) 動詞「て形」＋やる

意義 用於說話者故意做帶有威脅性的動作給對方看。多用在吵架、生氣、賭氣或挑戰對方等場合。

例

❶ 黙ってくれ。そんなでたらめをこれ以上言ったら、殴ってやるぞ。　你給我閉嘴！再胡說八道，我就要揍你了。

❷ あいつにちょっとだけ見せてやろうか。　讓那傢伙瞧瞧我們的厲害吧。

❸ あの子は「死んでやる」と言って、校舎（こうしゃ）三階の窓から飛び降り、9メートル下のコンクリート地面（じめん）に転落（てんらく）した。　那孩子說了聲：「我就死給你們看」，接著從校舍高達9米的三樓窗戶跳下去，最後跌落在水泥地面上。

❹ 一等賞（いっとうしょう）を取って俺を軽く見てきたやつを、見返（みかえ）してやるぞ。　我要奪得冠軍，給一直瞧不起我的人好看。

接續 (2) 動詞「未然形」＋（さ）せてやる

意義 為了達到某種目的，說話者讓對方做對方不希望做的或討厭的事情。多用在為難對方的場合。

例

❶ いつか、お前を泣かせてやるぞ。　總有一天我要讓你痛哭流涕。

❷ あんな憎（にく）らしいやつは死なせてやろうか。　乾脆送那種可惡的傢伙上西天吧。

❸ 先生が困れば困るほど、先生を困らせてやろうとする生徒がいる。　有的學生看老師越困擾，就越想讓老師難堪。

❹（殴りかかってこようとする相手に向かって）よし、かかってこい！大いに痛い目にあわせてやるから。　（對著準備衝過來的人）來吧，誰怕誰呀！今天我一定讓你嚐嚐老子的厲害。

★ 練習問題 ★

(解答 ⇨ P.301)

問題 1 次の文の(　　)に入れるのに最もよいものを、1・2・3・4から一つ選びなさい。

(1) 僕は寝坊(ねぼう)が大好きだ。休みの日はいつまでも(　　)。

1　寝てはいられない　　2　寝ていられる
3　眠れるおそれがない　　4　眠れるおそれがある

(2) 私にも悪い点はあったけど、そこまで言われたら、(　　)。そこで言い返したの。

1　はじめはずっと黙っていたわ
2　黙ってばかりはいられないわ
3　上司だからしかたがないと思っていた
4　何を言われても平気でいく

(3) 行ってみたが、(　　)作品(さくひん)は何一つないので、すぐ帰った。

1　見ることならぬ　　2　見ざるをえない
3　見るべき　　4　見るおそれがある

(4) A：字が薄くてよく見えないので、もう少し濃くコピー(　　)。
B：はい、かしこまりました。

1　してもらおうか　　2　してあげようか
3　せねばならないか　　4　せねばだめなのか

(5) 人が多い所で、音楽を聞く場合、音が(　　)ために、音が漏(も)れない質のいいイヤホンを当てるのに限る。

1　聞こえるようにする　　2　聞こえないようにする
3　聞こえていられる　　4　聞こえておられる

(6) やっと見つけた池は水がひどく汚れているので、(　　)飲みようもない。

1　飲みたくても　2　飲みたければ　3 飲みたいなら　4　飲みたいと

(7) お金は必要な時に使う(　　)、無駄遣(むだづか)いをする(　　)と父はよく言う。

1　わけで／わけではない　　2　かぎりで／かぎりではない
3　はずで／はずではない　　4　もので／ものではない

(8) もっとお体を大切に (　　) ねばなりませんよ。

1　し　　2　す　　3　せ　　4　さ

(9) 今まで、何と母に言われても、(　　) 父が、昨日急に大声で母に怒ったので、びっくりしたのよ。

1　怒ってきた　　2　怒りっぽい
3　怒らずにいられた　　4　怒っては大声を出す

(10) 実家で、のんびり遊んで (　　) わ。夫は洗濯も満足にできないんだもの。

1　いられない　　2　いられる　　3　もらえない　　4　もらえない

(11) 私は風邪を引いてしまった。(　　)、旅行は中止せざるを得ない。

1　しかし　　2　それでも　　3　そのため　　4　なぜなら

(12)「今日の事をきっとお父さんに言うよ。(　　) わよ」と妹が僕を脅かした。

1　殴らせてやる　　2　殴ってやる　　3　殴られて　　4　殴らされて

(13) いくら値下げしても、(　　) のよ。質が悪いんだから。

1　売れるものは売れる　　2　売れるものは売れない
3　売れないものは売れない　　4　売れないものは売れる

(14) 人前でこんなに恥をかかされては (　　)、あいつに勘弁ならない。

1　たまっていて　　2　たまっており　　3 たまることで　　4　たまらず

問題 2　次の文の ＿★＿ に入る最もよいものを、1・2・3・4から一つ選びなさい。

(15) 近頃、＿＿＿＿ ＿★＿ ＿＿＿＿ ＿＿＿＿ 入ってきた。

1　との　　2　おそれがある　　3　地震が起こる　　4　情報が

(16) 勉強ばかり ＿＿＿＿ ＿＿＿＿ ＿＿＿＿ ＿★＿ ことだ。

1　外に出て　　2　しないで　　3　体を動かす　　4　散歩したりして

(17) みんな ＿＿＿＿ ＿＿＿＿ ＿★＿ ＿＿＿＿ ではありませんか。

1　かんばろう　　2　会社の再建　　3　力を合わせて　　4　のために

(18) 今の政府はだめだ。＿★＿ ＿＿＿ ＿＿＿ ＿＿＿ 、信用ならない。

1 首相(しゅしょう)が　2 大臣(だいじん)も　3 首相なら　4 大臣で

(19) 文章を ＿＿＿ ＿＿＿ ＿＿＿ ＿★＿ ことです。

1 書くには　2 考えを持つ　3 正しく　4 まず正しい

★拾壹★ 推斷・斷定・主張

1 ～て(は)しかたがない／て(は)しようがない

14-01

＊(1)特別……／……得不得了
(2)受不了

接續 (1)◆ナ形容詞「で形」＋しかたがない／しようがない
◆イ形容詞「て形」＋しかたがない／しようがない
◆動詞「て形」＋しかたがない／しようがない

意義 接在表示「情感、感覺、願望」等意思的詞語後面，表示達到了說話者的感情或感覺上無法承受的程度。其中「てしようがない」也可以說成「てしょうがない」。

例

❶ この季節（きせつ）は毎日雨ばかりだから、陰気（いんき）でしかたがない。
這個季節每天雨下個不停，心情鬱悶得不得了。

❷ 勉強中、眠くてしょうがない時は、濃（こ）いお茶を飲むといい。
唸書唸到睏到不行的時候，可以喝杯濃茶。

❸ どうしたんだろう。今日は朝から喉（のど）が渇（かわ）いてしょうがない。
不知道是怎麼了，今天一大早就覺得喉嚨乾得不得了。

接續 (2)◆ナ形容詞「で形」＋はしかたがない／はしようがない
◆イ形容詞「て形」＋はしかたがない／はしようがない
◆動詞「て形」＋はしかたがない／はしようがない

意義 助詞「ては」表示假定或既定條件。「しかたがない／しようがない」表示「沒辦法、沒轍」的意思。「～てはしかたがない／てはしようがない」表示無法承受某種持續的或多次重複的狀態、行為等。

例

❶ 戦争中だからといって、毎日こう不安ではしかたがない。
雖說是戰爭期間，但每天都這樣提心吊膽的怎麼受得了。

❷ 毎日こう寒くてはしかたがないなあ。
如果每天都這麼冷的話怎麼受得了啊。

❸ 同じ話を何度も繰（く）り返（かえ）されてはしようがない。
一直重複同樣的話會讓人受不了。

2 ～て（は）たえられない

＊（1）……得不得了／非常……　（2）如果……（實在）受不了

接續（1）◆ ナ形容詞「で形」＋たえられない
◆ イ形容詞「て形」＋たえられない
◆ 動詞「て形」＋たえられない

意義 跟「～てたまらない」（⇨ N3）的意思相同。接在表示「情感、感覺、願望」等意思的詞語後面，表示達到說話者的感情或感覺上無法承受的程度。

例

❶ 大学院に入（はい）れるかどうか、心配でたえられない。　我非常擔心，能不能考上研究所。

❷ 結婚の日が近いから、嬉しくてたえられない。　結婚的日子快到了，所以高興得不得了。

❸ 大学院の入試（にゅうし）の結果（けっか）が気になってたえられないのです。　非常在意研究所的入學考試結果。

接續（2）◆ ナ形容詞「で形」＋はたえられない
◆ イ形容詞「て形」＋はたえられない
◆ 動詞「て形」＋はたえられない

意義 跟「～てはたまらない」（⇨ N3）的意思相同。助詞「ては」表示假定或既定條件。「たえられない」表示「受不了、吃不消」的意思。「～てはたえられない」表示無法承受某種持續的或多次重複動作的狀態、行為等。

例

❶ 毎日こう暇では（本当に）たえられない。なんとかしなくちゃなあ。　如果每天生意都這麼空閒怎麼行。必須要想點辦法。

❷ こんなに物価（ぶっか）が高くては（とても）たえられないねえ。　物價如此之高實在讓人吃不消。

❸ 例（れい）の計画はまた変更（へんこう）されるそうだ。短期間（たんきかん）でこう変えられてはたえられません。　聽說那個計劃又要有所變更。這麼短的時間內變來變去，怎麼受得了。

③ ～てならない

＊ (1)……得不得了／非常……
(2) 不禁……

接續 (1) ◆ ナ形容詞「で形」＋ならない
◆ イ形容詞「て形」＋ならない
◆ 動詞「て形」＋ならない

意義 接在表示「情感、感覺、願望」等意義的詞語後面，表示達到說話者的感情或感覺上無法承受的程度。

例

❶ 仕事もないし、将来がどうなるか、不安でならない。
沒工作，又不知道將來會怎麼辦實在是很不安。

❷ 息子が大学に合格(ごうかく)して、うれしくてならない。
兒子考上了大學，我高興得不得了。

❸ 一時間も待っていたが、彼女はまだ来てない。いらいらしてならない。
我等了一個小時了，可她還沒有來。心中十分忐忑不安。

接續 (2) 動詞「て形」＋ならない

意義 接在自發動詞後面，表示自然而然產生的某種狀態達到了頂點。而此時「～てしかたがない／てしようがない／てたまらない／てたえられない」等類似的表達形式則不多用。

例

❶ 少年時代(しょうねんじだい)を過(す)ごした故郷(ふるさと)の山水(さんすい)が思い出されてならない。
不禁想起伴隨我度過少年時期的家鄉風景。

❷ 彼が犯人(はんにん)ではないと思えてならない（＝思われてならない）。
我總覺得他不是凶手。

❸ ホームレスがこの社会に置き忘れにされているような気がしてならない。
不禁覺得那些流落街頭、無家可歸的人似乎已被這個社會遺忘了。

◎ 14-02

 ～しかしかたがない／しかしようがない

＊ 只好……／只有……

接續 動詞「辭書形」＋しかしかたがない／しかしようがない

意義 表示「雖然不夠理想，但又沒有別的更好的辦法，所以只能如此」的意思。

例

❶ その仕事を引き受けた以上、やるしかしようがない。　既然接受了那份工作，就只能做了。

❷ 風邪で熱が高いので、薬を飲んで寝ているしかしかたがない。　因為感冒發高燒，所以吃完藥後只好躺下休息。

5　～ほかしかたがない／ほかしようがない

＊ 只好……／只有……

接續 動詞「辭書形」＋ほかしかたがない／ほかしようがない

意義 跟「～しかない」(⇨ N3) 的意思類似，表示「雖然不夠理想，但又沒有別的更好的辦法，所以只能如此」的意思。多用於口語。

例

❶ 親戚(しんせき)に頼(たの)まれたので、やむを得ず同意(どうい)するほかしかたがなかった。　因為是親戚拜託的，沒辦法只好答應。

❷ 入学試験も目の前に迫(せま)った。ここまで來たら、一生懸命がんばるほかしかたがない。　入學考試迫在眉睫。都到了這個地步也只有拼命努力了。

6　～ほか（は）ない　＊ 只好……／只有……

接續 動詞「辭書形」＋ほかない／ほかはない

意義 跟「～ほかしかたがない」的意思類似，表示「雖然不夠理想，但又沒有別的更好的辦法，所以只能如此」的意思。主要用於書面語。

例

❶ 最終(さいしゅう)電車に乗り遅れてしまったので、歩いて帰るほかはない。　因為沒趕上末班車，所以只好走路回家。

❷ 夫(おっと)も子供も亡(な)くなってしまって、たった一人の弟に頼(たよ)るほかない。　失去了丈夫和孩子，沒辦法只好投靠唯一的弟弟。

7 ～よりしかたがない／よりしようがない

14-03

＊ 只好……／只有……

接續 動詞「辭書形」＋よりしかたがない／よりしようがない

意義 跟「～ほかしかたがない」的意思類似，表示「雖然不夠理想，但又沒有別的更好的辦法，所以只能如此」的意思。

例

❶ 海外旅行には行きたいけれど、お金がないから、諦めるよりしかたがない。
雖然我想出國旅行，但因為沒有錢，只好死心了。

❷ 寝ることができなくて、一晩中（ひとばんじゅう）じっと天井（てんじょう）ばかり見ているよりしかたがなく、翌日（よくじつ）首が痛くてたまらなかったの。
因為失眠整個晚上只能盯著天花板，結果隔天脖子痛到不行。

8 ～よりない ＊ 只好……／只有……

接續 動詞「辭書形」＋よりない

意義 跟「～しかない」(⇨ N3) 的意思類似，表示「雖不夠理想，但又沒有其他更好的辦法，所以只能如此」的意思，多用於口語。也可說「～よりあるまい」，這種形式增添了推測的語氣，但基本意思相同。

例

❶ 試験に合格（ごうかく）するには、がんばるよりありません。
想要考試及格，只有努力。

❷ 今になって後悔（こうかい）しても始まらない。これから注意するよりない。
事到如今後悔也沒有用，今後多加小心就是了。

❸ 友人に頼まれた事だから、断れない。引き受けるよりあるまい。
因為是受朋友之託不好意思拒絕，只能答應對方吧。

9 ～よりほかない／よりほかにない／よりほかはない

＊ 只好……／只有……

接續 動詞「辭書形」＋よりほかない／よりほかにない／よりほかはない

意義 跟「～ほか（は）ない」的意思類似，表示「雖不夠理想，但又沒有其他更好的辦法，所以只能如此」的意思。主要用於書面語。

例

❶ 今さら隠し通しても意味がないから、本当のことを言うよりほかにない。
如今也沒有隱瞞下去的意義了，只好說出真相。

❷ 雪が激しくなってきたし、とにかく山から引き返すよりほかはなかった。
雪越下越大，只好從山中返回。

14-04

10 ～よりほか～ない ＊ 除此之外……沒有……

接續
- 名詞＋よりほか（に／は）～ない
- 動詞「辭書形」＋よりほか（に／は）～ない

意義 跟「～以外に～ない」（⇨ N4）的語法意思類似，表示「除此之外沒有別的」。

例

❶ これよりほかにいい物はなかったので、これを買ってきました。
沒有比這個更好的東西了，所以就把它買下來了。

❷ 君よりほかに任せられる人はいないので、ぜひお願いします。
除了你沒有其他人能勝任，所以萬事拜託了。

❸ この道よりほかに近い道がありません。
除了這個辦法，沒有其他的捷徑了。

11 ～と言うほかはない ＊ 只能說……／只好說……

接續 句子普通體＋と言うほかはない

意義 表示除此之外再也沒有別的解釋了。

例

❶ 試験の結果は来週発表されることになっているので、今の時点では、わからないと言うほかはない。
考試結果規定在下周公佈，所以目前我也只能告訴你我不知道。

❷ あんな所から落ちたのに、大けがしなかったのは、幸運だったと言うほかはない。
從那種地方跌下來，卻沒有受重傷，只能說是他太幸運了。

❸ 先日は、大変失礼しました。今日はただ申し訳なかったと申すほかはございません。
前幾天我實在是太失禮了，今天我除了向你說聲對不起外，還是對不起。

12 ～と言うしかない ＊只好說……／只能說……

接續 句子普通體＋と言うしかない

意義 跟「～と言うほかはない」的意思基本相同，表示除此之外再也沒有別的解釋了。

例

❶ 田中さんは会社が倒産し、その上、子供にも死なれた。気の毒と言うしかない。
田中的公司倒閉了，而且又失去兒子。只能說太不幸了。

❷ 高田さんは受験した大学を全部落ちました。不運と言うしかありません。
高田同學報考的大學全數落榜。只能說他太不走運了。

❸ こんな質問をするようでは、まだまだ勉強が足りないと言うしかあるまい。
提出這樣的問題，只能說明你書唸得還不夠多。

14-05

13 ～としか～ない ＊(1) 只好說……／只能說…… (2) 總覺得……

接續 (1) 句子普通體＋としか言えない／としか言いようがない

意義 前接名詞和ナ形容詞時可以省略「だ」。跟「～と言うほかはない」的意思相同，表示除此之外再也沒有別的說法了。

例

❶ あんな巨大な建物を大昔の人が造ったとは、不思議としか言いようがない。
那麼巨大的建築物竟然是古人建造的，實在是太不可思議了。

❷ また敗れた。相手が強いというより、こっちが弱くて負けたとしか言えない。もっともっと練習しなくちゃ。
又輸了。與其說是對方太強，不如說我們自己太弱才會被打敗，今後必須更加緊練習了。

接續 (2) 句子普通體＋としか考えられない／としか思えない／としか思われない

意義 前接名詞和ナ形容詞時可以省略「だ」。跟「〜と考えるほかはない／と思うほかはない」的意思相同，表示除此之外再也沒有別的認定方法或再也沒有別的感受了。

例

❶ そのことは彼が知っているはずだ。隠しているとしか思えない。
那件事他應該知道才對。我總覺得他是在故意隱瞞。

❷ 風邪で学校を休んだとは、口実としか考えられません。
說什麼因為感冒才沒有去上學，我總覺得那只是藉口而已。

❸ 首相がたびたび靖国神社を参拝するのは、アジア諸国の国民の感情を無視する態度としか思われない。
對於首相頻繁至靖國神社參拜這件事，只會讓人覺得他無視亞洲各國人民的感受。

14 〜でなくてなんだろう

＊ 不是……又是什麼呢？

接續 名詞＋でなくてなんだろう

意義 是表示斷定意思的「だ／である」的強調形式，主要用於書面語。根據情況還可以說成「だれだろう／どこだろう／どちらだろう／いつだろう／どの＋名詞だろう」等。

例

❶ こんなに見事な絵が、芸術でなくてなんだろう。
這麼好的畫作，不是藝術又是什麼呢？

❷ 戦争で多くの人が殺されているなんて、これが悲劇でなくてなんだろう。
因為戰爭，有許多人慘遭殺害。這不是悲劇又是什麼呢？

❸ 原子爆弾の被爆国は日本でなくてどの国だろう。

核彈爆炸的受災國不是日本，還會是哪個國家？

❹ こんなひどいいたずらをしたのはあの子でなくて誰だろう。

能夠做出如此惡作劇的不是那個孩子又會是誰呢？

❺ ロンドンオリンピックは 2012 年でなくていつだったでしょう。

倫敦奧運不是 2012 年又是哪一年呢？

15 ～でしかない ＊ 只不過是……而已……

接續 名詞＋でしかない

意義 表示對事物不高的評價。如果是講述過去的事情，則用「～ でしかなかった」。

例

❶ 頭が痛いから学校を休むなんていうのは宿題を忘れたことの、言い訳でしかない。

說什麼因為頭痛學校要請假。依我看那只是因為忘記做作業所尋找的藉口而已。

❷ 私は大学の教授をしているが、家に帰れば、給料運搬人でしかない。

我在大學裡雖然是教授身份，但是回到家裡只不過是個繳薪資的人而已。

❸ 父が亡くなったとき、私は五歳でしかなかったので、あまり覚えていなかった。

爸爸去世的時候，我只有五歲，所以記不太得了。

14-06

16 ～にほかならない ＊ 無外乎是……／完全是……

接續
- 名詞＋にほかならない
- ～から（原因）にほかならない
- ～ため（目的）にほかならない

意義 表示「不是別的，正是如此」的意思，用於排除除此以外的任何事實。書面語。

例

❶ 彼に成功をもたらしたものは、日々の努力にほかならない。

他之所以會成功，完全是因為平時累積的努力。

❷ その問題についていろいろな意見が出ているが、それは、みんなが関心を持っているからにほかならない。

雖然關於那個問題大家都有很多意見，但這正是因為大家都對此十分關心的緣故。

❸ 親がこんなに苦労しているのは、子供の将来のためにほかならない。

父母之所以如此辛苦操勞，都是為了孩子的將來。

 ～というものだ

＊ 1. 也就是……
2. 這才是……／這才叫……

接續 普通體＋というものだ

意義① 用於說明、解釋某物品或事物的功能、特徵、本質、內容等。

例

❶ この新しい電池は、光と熱のエネルギーを利用しようというものだ。

這款新電池是可以充分轉化光能和熱能的東西。

❷ 今度売り出した新薬は癌による死亡率を最小限まで抑えようというものだ。

這次推出的新藥，是為了把癌症死亡率降到最低限度的一種藥物。

❸ 今回開かれた国際環境会議は二酸化炭素の排出をいかに減らすかを目指すというものである。

這次召開的國際環境會議，旨在如何減少二氧化碳的排放量。

意義② 就某行為、現象的本質特徵由衷地進行評價、斷定、解說等。接在名詞和ナ形容詞後時多省略「だ」。口語中常用「～というもんだ／～ってもんだ」的形式。

例

❶ 自分のことだけではなく、相手の立場に立って考えることのできる人、それが大人というものです。

除了考慮自己的事，還能站在別人的立場著想的人，才是成熟的大人。

❷ 相手の話も聞かずに自分の主張だけ通そうとするなんて、それはわがままというものだ。

不聽對方的意見，只堅持自己的主張，這就叫任性。

❸ 困った時こそ、手を差し伸べるのが、真の友情というものだ。

在對方遇到困難時，能及時向他伸出援手的才是真正的友情。

⑱ ～というものではない／というものでもない

＊ 並非是……／很難說……

接續 普通體＋というものではない／というものでもない

意義 表示對某個主張、看法甚至是定論抱有異議，並認為這不全面、不恰當的。

例

❶ 物を売るときは、値段が安ければいいというものではなく、商品の質を第一に考えるべきだ。
銷售商品時，並不是價錢越便宜越好，必須把商品的品質放在第一位。

❷ お金があれば何でも買えるというものではない。
並不是只要有錢就可以買到任何東西。

❸ スポーツというものはよく練習すれば誰でも成功（せいこう）できるというものではない。
關於體育競技這件事，並不是隨便一個人只要好好練習就能獲得成功的。

⊙ 14-07

⑲ ～たことではない／たことでもない

＊ 1. 並非……　2. 原本並非……／原本不該……

接續 動詞「た形」＋ことではない

意義① 接在狀態動詞（多為自動詞）的後面，表示核對狀態、情況的否定。

例

❶ そんなことは、私の知ったことではない。
那種事情跟我無關。

❷ 海外で日本のアニメやゲームが人気が高いのは、今に始まったことでもない。
日本的動漫和電玩在海外擁有高人氣並不是近幾年才開始的。

❸ 彼女のやり方は別に間違ったことではない。
她的作法並沒有錯。

意義② 接在動作動詞（多為他動詞）的後面，用於否定之前的所作所為。

例

❶ それは裁判官（さいばんかん）の資格（しかく）で言ったことではない。
那不是身為一名法官所應該說的話。

❷ それは私が言おうとしたことでもない。
那並不是我原本想說的。

❸ 今日の試合の結果は私が望（のぞ）んでいたことではない。
今天的比賽結果，並不是我原來所期待的。

20 ～ないことはない／ないこともない

＊ 也不是……

接續
- ◆ 名詞＋がないこともない
- ◆ 名詞＋もないことはない
- ◆ ナ形容詞「で形」＋ないことはない／ないこともない
- ◆ イ形容詞「く形」＋ないことはない／ないこともない
- ◆ 動詞「未然形」＋ないことはない／ないこともない

意義 接在名詞或形容詞後面時表示也並不完全是那樣的狀況。接在動詞後面時表示也有可能做某事或某事情有可能發生。屬於「不百分之百斷言，有所保留」的說法。

例

❶ A：どうして食べないの？ 食欲（しょくよく）がないのかしら。
A：為什麼不吃飯？是因為沒有食欲嗎？

B：いいえ。食欲がないこともないが、その匂（にお）いには、ちょっと……
B：不，也不是不想吃，只是我對這個味道有點……

❷ A：彼女は今の仕事が嫌いですか。
A：她不喜歡現在的工作嗎？

B：好きではないことはないと思うよ。まだ慣れていないんだ。
B：倒也不是不喜歡，只是還沒有習慣。

❸ 行きたくないことはないんですが、今日は時間がないんです。
我不是不想去，只是今天沒時間。

❹ 私も留学していたことがありますから、あなたの苦労が分からないこともありません。
因為我也留過學，所以你的辛苦我不是不能理解。

21 ～ないものではない／ないものでもない

＊ 也不是……

接續
- 名詞＋がないものでもない
- 名詞＋もないものではない
- ナ形容詞「で形」ないものではない／ないものでもない
- イ形容詞「く形」ないものではない／ないものでもない
- 動詞「未然形」＋ないものではない／ないものでもない

意義 跟「～ないことはない／ないこともない」的意思基本相同，表示也有可能做某事或某事有可能發生。屬於「不百分之百斷言，有所保留」的說法。

例

❶ 時間がないものでもないが、ちょっと財布が寂しくて……。
也不是沒有時間，只是手頭有點緊……

❷ あの人は正直（しょうじき）ではないものでもないが、無口（むくち）であまり話さないのだ。
他為人也不是不誠實，只是不善言談。

❸ ここは寒くないものではないが、なんとか我慢（がまん）できる。
這裡不是不冷，但也還可以忍受。

❹ 君がどうしても行ってくれと言うなら、行かないものでもないが、行ってもいい結果は出ないと思う。
如果你一定要我去的話，我也不是不願意，只是覺得即使我去了也不會有好結果。

～ないではない／ないでもない ⊙14-08

＊ 並不是不……／並非是……

接續
- 名詞＋がないでもない
- 名詞＋もないではない
- ナ形容詞「で形」＋ないではない／ないでもない
- イ形容詞「く形」＋ないではない／ないでもない
- 動詞「未然形」＋ないではない／ないでもない

意義 接在名詞或形容詞後面時表示也並不完全是那樣的狀況。接在動詞後面時表示也有可能做某事或某事有可能發生。屬於「不百分之百斷言，有所保留」的說法。

例

❶ 君の引っ越しを手伝う気もないではないが、なかなか休暇が取れなくて……

並不是不想幫你搬家，只是因為實在請不了假，所以……

❷ 納豆(なっとう)が好きではないでもないが、その匂いにはちょっと慣(な)れていないんだ。

我也不是不喜歡吃納豆，只是因為還沒有習慣那種味道。

❸ この問題は難しくないでもないが、よく考えれば解(と)けるだろう。

雖然這道題目不算簡單，但是如果好好思考一下就能解開吧。

❹ 彼女の今までの苦労を知っているので、留学が決まった時あれほど喜(よろこ)んだ気持ちがわからないでもない。

因為知道她至今為止所吃的苦頭，所以可以理解她確定要去留學時的喜悅心情。

23 ～なくはない／なくもない

＊ 並不是不……／並非是……

接續
- 名詞＋が名詞＋がなくもない
- 名詞＋もなくはない
- ナ形容詞「で形」＋なくはない／なくもない
- イ形容詞「く形」＋なくはない／なくもない
- 動詞「未然形」＋なくはない／なくもない

意義 跟「～ないものではない／ないものでもない」的意思基本相同。接在形容詞後面時表示也並不完全是那樣的狀況。接在動詞後面時表示也有可能做某事或某事有可能發生。屬於「不百分之百斷言，有所保留」的說法。

例

❶ A：お父さんは再婚(さいこん)したくないんですか。
B：その気もなくはないようですが、今のところは特にそんな様子はありませんね。

A：令尊沒有再婚的打算了嗎？
B：也不是沒有，只是依目前來看似乎還未有那樣的跡象。

❷ 彼がやったことを恨(うら)む気持ちがなくもないが、悪い癖(くせ)を改(あらた)めれば許(ゆる)してあげたい。夫婦(ふうふ)なんだから、しかたがない。

也不是不恨他的所作所為，但是，只要他能改掉壞習慣，我還是想原諒他。誰叫我們是夫妻呢？沒辦法。

❸ 旅行に行きたくなくもないが、今のところは余裕がない。

也不是不想去旅行，只是目前手頭沒那麼寬裕。

❹ 山本さんは、ある日突然会社をやめて周りを驚かせたが、あの人の性格を考えると、理解できなくはない。

山本那天突然辭職雖然讓旁人吃驚。不過，如果想想他這個人的性格，那也就不難理解了。

★ 練習問題 ★

（解答 ⇨ P.303）

問題 1 次の文の（　　　）に入れるのに最もよいものを、1・2・3・4から一つ選びなさい。

(1) 週に一回、二回ぐらいならいいが、こんなに毎日残業（　　）たえられない。

1　ならずには　　2　でなくては　　3　よりほかは　　4　させられては

(2) その事が（　　）でもないが、ちょっと自信が足りないんだ。

1　できまい　　2　できていまい　　3　できない　　4　できていない

(3) どんな成功にも、努力よりほかに安易な方法は（　　）。

1　ないか　　2　ないものか　　3　ありえる　　4　あるまい

(4) 子供の帰りがいつもより遅いので、何かあったのではないかと心配（　　）。

1　でならない　　2　でなれない　　3　ではならない　　4　ではなれない

(5) お金を君に貸してあげるのは、君のことを信用している（　　）にほかならない。

1　ため　　2　から　　3　のみ　　4　など

(6) それは君に関したことではないから、余計な話を（　　）よ。

1　していい　　2　してならない　　3　するよりない　　4　するな

(7) 貨物が多いが、トラックがあれば、（　　）。

1　運べないことではない　　2　運べないことはない
3　運べないものはない　　4　運べないものもない

(8) 苦労に苦労を重ねて、ついに実験に成功した。（　　）苦労話というものだ。

1　まさか　　2　まさに　　3　たいてい　　4　だいたい

(9) 健康を保つためには、ただスポーツをすればいい（　　）。栄養のバランスを取るのも必要だ。

1　としか言いようがない　　2　と言わないものではない
3　というものだ　　4　というものではない

(10) 貴店(きてん)へ注文した本がまだ来ない。不思議(ふしぎ)だと (　　) 言いようがない。

1 のみ　　2 しか　　3 だけ　　4 まで

(11) 防衛(ぼうえい)は正当(せいとう)で (　　) が、ちょっとやりすぎたとしか思えない。

1 しかない　　2 きりない　　3 なくはない　　4 思える

(12) 大風で船が出せないので、飛行機に (　　)。

1 乗るとしか言えなかった　　2 乗ってたえられなかった

3 乗るしかしかたがなかった　　4 乗ったことではなかった

(13) 父に死なれてから、母も家を出た。生活に困っていたので、学校を辞めて (　　)。

1 働こうじゃないか　　2 働いてならなかった

3 働くほかしかたがなかった　　4 働くと言うしかなかった

(14) 山田選手は金メダルを三枚も一気(いっき)に取った。「さすが」(　　)。

1 と言うにほかならない　　2 と言ったことではない

3 と言うしかない　　4 と言いようがない

(15) 彼女は単(たん)なるアイドル歌手でしかなく、実力(じつりょく)がある (　　)。

1 わけではない　　2 きりしかない

3 というものだ　　4 ということだ

(16) 今の学校が好きではないが、この町にはこれしかないので、(　　) よりしかたがない。

1 通った　　2 通いたい　　3 通っては　　4 通う

(17) こんな不景気では、採用(さいよう)してくれる会社があるだけましだから、就職(しゅうしょく) (　　)。

1 するほかない　　2 しようもない

3 でしかない　　4 してはいられない

問題 2　次の文の ＿★＿ に入る最もよいものを、1・2・3・4から一つ選びなさい。

(18) たいした ＿＿＿ ＿＿＿ ＿＿＿ ＿★＿ たえられない。

1 のに　　2 ほめられては　　3 こんなに　　4 ことではない

(19) どうしても大学に通う ＿★＿ ＿＿＿ ＿＿＿ ＿＿＿ だろう。

1　のなら　2　よりない　3　気がない　4　もう退学(たいがく)する

(20) ここまで ＿＿＿ ＿★＿ ＿＿＿ ＿＿＿ だろう。

1　病状(びょうじょう)が進んだ　2　手術をする　3　のでは　4　よりほかない

(21) あれだけ言ったのに、＿★＿ ＿＿＿ ＿＿＿ ＿＿＿ しかたがない。

1　不注意と　2　間違いをする　3　言うほか　4　なんて

(22) 出会った時から二人の人生は ＿＿＿ ＿★＿ ＿＿＿ ＿＿＿ 。これが宿命(しゅくめい)でなくて何だろう。

1　向かって　2　いった　3　破滅(はめつ)へ　4　進んで

(23) ＿＿＿ ＿＿＿ ＿★＿ ＿＿＿ でもない。

1　引き受けない　2　頼まれれば　3　そのように　4　もの

(24) サイズがちょっと大きく ＿★＿ ＿＿＿ ＿＿＿ ＿＿＿ と思う。

1　だろう　2　これで大丈夫　3　けれど　4　なくはない

1 ～でもあるまい ＊ 事到如今……

15-01

接續 名詞＋でもあるまい

意義 相當於「～でもないだろう」的意思，用於判斷某事情不合適、不適當，帶有「為時已晚」的遺憾、感嘆等語氣。多跟副詞「今になって／今さら」一起搭配使用。

例

❶ 自分ではまだ若いつもりだが、若い人に比べるほどでもあるまい。
儘管自以為還年輕，但畢竟不能跟年輕人相提並論了。

❷ 夫が亡くなってもう三年。男性を紹介してくれる人がいるが、三人の子供を抱(かか)えているし、再婚(さいこん)でもあるまい。
丈夫去世已經三年了，雖然有人介紹男朋友給我，但是畢竟我身邊有三個孩子，想要再婚恐怕很難。

❸ 自分からそのグループを離れたのだから、今ごろになって加盟(かめい)でもあるまい。
因為當初是我自己退出那個集團的，事到如今也不好意思說要重新加盟了。

2 ～こともあるまい ＊ (1) 沒必要……吧 (2) 沒必要……吧，可是……

接續 (1) 動詞「辭書形」＋こともあるまい

意義 跟口語體「～こともないだろう」的意思相同，用於說話者帶有推測的語氣認為那樣做沒必要、那樣做不恰當。

例

❶ 初めてのデートだからといって、緊張することもあるまい。
雖說是第一次跟人約會，但也沒有必要過於緊張吧。

❷ そんなに嫌いなら、無理して人参(にんじん)を食べることもありますまい。
如果不喜歡吃胡蘿蔔，也沒有必要硬吃下去。

❸ テレビで生放送(なまほうそう)をされるので、わざわざ現場(げんば)へ見に行くこともあるまい。
既然電視台會直播，沒必要特地去現場看吧。

接續 (2) 動詞「辭書形」＋こともあるまいに

意義 相當於「～こともないだろうに」，基本意思跟上面的用法相同，但加了含有轉折意思的助詞「に」後，增加了「譴責、埋怨、驚訝、後悔」等語氣。

例

❶ 彼女が怒ったって？あんなにひどいことを言うこともあるまいに。
她生氣了？你不該把話說得那麼過分的。

❷ あの程度（ていど）のいたずらのことで、お子さんを殴（なぐ）ることもあるまいに。
只是那點程度的小惡作劇，沒必要打孩子吧。

❸ それぐらいの失敗で、くよくよすることもあるまいに。
你用不著為那一點失敗悶悶不樂吧。

③ ～までもない／までのこともない

＊ 未達到……程度／無需……／用不著……

接續 動詞「辭書形」＋までもない／までのこともない

意義 用於強調因為是明擺著的事實或自明的道理等，所以沒有必要做該事情。

例

❶ わざわざ言われるまでもなく、私は自分の責任を認めている。
不用別人來告訴我，我自己的責任會自己承擔。

❷ そんな遠い店まで買いに行くまでもないよ。電話で注文すればすぐ届くんだから。
沒必要到那麼遠的店去買東西喔，只要用電話訂購貨就會送來了。

❸ テレビでも生放送（なまほうそう）をするので、現場に行って聞くまでのこともないんじゃない。
電視等媒體也會直播，不需要到現場去聽吧？

❹ こんな簡単な操作は、取扱書（とりあつかいしょ）を見なくても僕ができるよ。君に説明してもらうまでもない。
這麼簡單的操作，我不看說明書也會，所以不用麻煩你教我了。

15-02

4 ～となると／となれば／となったら／となっては

＊（1）1. 如果……／要是……　2. 既然……／萬一……
（2）說到……　（3）說到……倒也……

接續（1）◆ 名詞＋（だ）となると（なれば、なったら、なっては）
◆ ナ形容詞詞做＋（だ）となると（なれば、なったら、なっては）
◆ イ形容詞「辭書形」＋となると（なれば、なったら、なっては）
◆ 動詞「辭書形」＋となると（なれば、なったら、なっては）
◆ 各詞類「た形」＋となると（なれば、なったら、なっては）

意義① 表示假定事實或既定事實。「となると／となれば／となったら」的後項可以是積極或消極的評價。「となっては」的後項多為負面評價。表示假定，即「如果是這種情況」的意思。後項用於說話者敘述自己的判斷、意見或推測等。可跟副詞「もし」「かりに」等一起使用。在兩人對話中，可用「そうだとなると」等形式。

例

❶ 金ですむなら、文句言わずに払ったほうがいいよ。もし裁判（さいばん）となったら、金も時間もかかるから。
如果能用錢私下和解的話就別猶豫了，打官司可是既花錢又費時。

❷ A：もし彼がこの仕事が嫌いだったらどうする？
A：如果他不願意做這份工作的話該怎麼辦？
B：もし彼がこの仕事が嫌いだとなればしかたがない。強（し）いてやれとは言えないだろう。
B：如果他不願意做這份工作也沒有辦法，總不能強迫他做吧。

意義② 表示既定，即「既然出現了前項的事情」或「在此情況下」的意思，後項同樣用於說話者敘述自己的判斷、意見或推測等。後項可以是積極的評價或消極的評價。在兩人對話中，可用「そうだとなると」等形式。

例

❶ A：今の政治は本当にめちゃくちゃですね。
A：現在的政治真的是一團混亂。
B：ええ。今のような状態（じょうたい）となっては、解散（かいさん）になってもしかたないな。
B：是啊。以這種狀態來看，政府就算解散了也不意外。

❷ A：将来、私は日本に住みたい。
A：將來我想住在日本。
B：日本に住むとなれば、まず日本語を勉強しておいたほうがいい。
B：若要在日本生活的話，首先要把日語學好。

接續 (2) 名詞＋（のこと）＋となると（なれば、なったら、なっては）

意義 相當於「～について言えば」的意思，用於提示話題，然後就此作有關的闡述。

例

❶ 昔なら、南極（なんきょく）、北極（ほっきょく）となると、人間どころか、飛行機でさえ飛んで行けないところだった。
要是在以前，一提到南極和北極，別說是人，就連飛機也無法到達。

❷ 自分の子のこととなったら、彼女は何時間でも話し続ける。
只要提到自己的孩子，她能連續說上好幾個小時。

接續 (3)（疑問句）か＋となると（なれば、なったら）～ない

意義 用於提示疑問話題，並用否定形式作謂語，表示「說起這個問題，不可能實現或很難實施」的意思。

例

❶ 彼の言ったことは事実（じじつ）かどうかとなると、今のところまだ確かな証拠（しょうこ）がない。
對於他所言是否屬實，目前還未有足夠證據。

❷ 日本はどこもきれいかどうかとなったら、必ずしもそうとは限らない。
若說日本到處都很乾淨，那也未必。

5 ～と聞く／とか聞く ＊ 聽說……／據聞……

接續 ◆ 句子普通體＋と聞く／と聞いている／と聞いた
◆ 句子普通體＋とか聞く／とか聞いている／とか聞いた

意義 表示聽到的傳聞。其中「とか聞く」帶有不確定性，得到的信息比較含糊。書面語，沒有禮貌型「と聞きます」的形式。

例

❶ 調（しら）べてはいないが、うわさでは、昔ここにはお寺があったと聞く。
雖然還未經證實，但是據說從前這裡有座寺廟。

❷ 本当かどうか分からないが、クミさんは仕事をやめるとか聞いたけど。
不知道是不是真的，聽說久美小姐要辭職了。

❸ A：別荘（べっそう）を買ったとか聞いていますが、うらやましいわあ。
B：誰から聞いたの。俺なんか別荘が買えるものか。

A：聽說你買了別墅，真羨慕啊。
B：你從誰那聽說的啊。我看起來像是買得起別墅的人嗎？

6 ～とかいう／とかいうことだ／とかいう話だ

＊(1) 好像是說……　(2) 好像是說……

接續 (1) 句子普通體＋とかいう／とかいうことだ／とかいう話だ

意義 跟「～という／ということだ／という話だ」類似，表示傳聞。但由於副助詞「か」的關係，增添了不確定的含義。

例

❶ 天気予報によると、今夜（こんや）は雪が降るとかいう。
根據氣象預報，今晚好像會下雪。

❷ うわさでは、彼女は今までもう三回も結婚したことがあるとかいう話だ。
有傳聞說，她已經結過三次婚了。

❸ 話では、君はスポーツカーを買ったとかいうことだが、本当なの？
聽說你買了輛跑車，是真的嗎？

接續 (2) 句子普通體＋とか言った／とか言っている／とか言っていた

意義 跟「～と言った／と言っている／と言っていた」類似，用於直接或間接引用別人說過的話，但同樣由於副助詞「か」的關係，增添了不確定的含義。也可以用「とか」的形式結束句子。

例

❶ A：マサオはいくらほしいんだ？
B：1万円とか言ってたわ。

A：雅夫他想要多少錢？
B：好像是說要1萬日元。

❷ A：小林君（こばやしくん）、まだ来ないね。
B：さっき、電話が来た。30分ぐらい遅れるとか言っていた。

A：小林怎麼還沒來啊。
B：剛才他有打電話過來，好像說會遲到半小時左右。

7 ～とかで／とかいうことで

◎15-03

＊ 據說是因為……

接續 句子普通體＋とかで／とかいうことで

意義 「とか（いうこと）」表示傳聞，「で」表示原因、理由、依據等。「とかで／とかいうことで」表示聽到的不確切的原因、理由。

例

❶ 駅から遠くて不便だとかで／とかいうことで、彼は大家（おおや）さんと契約（けいやく）をしなかった。
說是因為離車站太遠，交通不方便，所以他沒有跟房東簽約。

❷ ご主人のおかあさんはうるさいとかで、結婚してまもなく彼女は両親と別れて別のところへ引っ越そうとしている。
聽說是因為婆婆很嘮叨，所以結婚不久她就開始打算搬離公婆住的地方。

❸ 夜、パーティーに行くとかで、古川（ふるかわ）さんはすごくすてきな服を着てきましたよ。
說是因為晚上要去參加派對，所以古川今天著盛裝過來。

8 ～とやら

＊ (1) 叫什麼……來著 (2) 好像說是……／聽說…… (3) 好像是說…… (4) 據說……／因為……

接續 (1) 名詞＋とやら言う＋名詞

意義 跟「～とかいう」的意思相同，表示不確切的稱謂，但使用頻率不如其高。

例

❶ 田中良子（よしこ）とやらいう人が来ました。
來了一位好像叫「田中良子」的人。

❷ あの人は山手町（やまてちょう）とやら（いう所）に住んでいるそうです。
聽說那個人好像住在一個叫「山手町」的地方。

❸ 彼は『日本語初級文法』とやらいう本を書いて出版（しゅっぱん）した。
他有一本叫做《日語初級文法》的書出版了。

接續 (2) 句子普通體＋とやらいう／とやらいうことだ／とやらいう話だ

意義 跟「～とかいう／とかいうことだ／とかいう話だ」的意思相同，表示傳聞，但使用頻率不如其高。

例

❶ いじめの犯人は田中君だとやらいうけど、本当かい？　據說霸凌的主嫌是田中，真的嗎？

❷ このような品に対して、1万円は妥当だとやらいうことだ。　對於這種產品，一萬元被認為是／算是合理價格。

❸ A先生の講義は受けたことがないが、退屈でつまらないとやらいう話だ。　雖然我沒有上過A老師的課，但聽說很無聊。

接續 (3) 句子普通體＋とやら言った／とやら言っている／とやら言っていた

意義 跟「～とか言った／とか言っている／とか言っていた」的意思相同，用於直接或間接引用別人說過的話，但使用頻率不如其高。也可以用「とやら」的形式結束句子。

例

❶ 最近の報道によると、中東問題はますます深刻さを増しているとやらいう。　據近期報導說，中東問題越來越嚴重了。

❷ うわさによれば、犯人は検察所の元所長とやら言っている。　據傳言，嫌犯是檢察局前局長。

❸ 話では、新試験の出題基準は一般に公表しないとやら。　聽說新式命題的標準一般不會對外公開。

接續 (4) 句子普通體＋とやらで／とやらいうことで

意義 跟「～とかで／とかいうことで」的意思相同，表示聽到的不確切的原因、理由。

例

❶ あの先生の講義はつまらないとやらで、サボっていた学生が多かったらしいよ。　聽說那個老師的課很無聊，所以好像有不少學生翹課。

❷ 母親が急に入院したとやらで、佐藤さんは三日の休暇を取った。　聽說佐藤的母親突然住院，她因而請了三天假。

9 ～との ＊ ……的（經引用、歸納後的完整內容）

接續 句子普通體＋との＋名詞

意義 是「という＋名詞」的簡略形式，意思相同，表示經引用、歸納、概括後的完整內容。

例

❶ 取引先の担当者からスケジュールの調整をしたいとのメールを受けた。
我收到一封客戶負責人的電子郵件，對方表示想調整原先的行程。

❷ 恵美ちゃんから電話がかかってきた。明日は用事があるから、会社を休むとの話でした。
惠美打電話來請假。因為明天有事，不會來上班。

❸ 特別なわけがなければ、仕事を休んではいけないとの規則がある。
公司有規定，若無特殊理由不允許請假。

❹ 彼は街頭演説で、日本の政権はすぐに交代すべきだとの意見を述べた。
他在街頭演說的時候闡述己見，認為日本的政權應當立即交替。

10 ～とのことだ

＊ 1. 聽說……／據說……
2. 他說……（引用）

15-04

接續 普通體＋とのことだ

意義① 是「ということだ」(⇨ N3) 的簡略形式，意思相同，表示傳聞，從別人那邊聽到的或自己在書上等看到的信息傳達給對方。前接名詞或ナ形容詞時可以省略「だ」。

例

❶ 人間が死んでも霊魂は生きているとのことですが、あなたは信じますか。
有人說，即使人死後，會以靈魂的形式還活著。你信嗎？

❷ なんでも交渉はうまくいかなかったとのことだ。
據說談判進行得不順利。

❸ 田中良子さんが君によろしくとのことだよ。
田中良子小姐要我向你問好呢。

意義② 跟「と言っている／と言っていた」(⇨ N4) 的意思相同，表示間接引用，即把某人說的話簡略歸納後向聽者說一遍。

例

❶ A：林所長は何とおっしゃいましたか。
B：実験はまた失敗したとのことでした。
A：林所長他說了什麼？
B：他說實驗又失敗了。

❷ A：先生は何とおっしゃいましたか。
B：作文をはやく出してくれとのことでした。

A：老師說什麼了？
B：他要我們快點把作文交上來。

❸ A：お父さんは何と言いましたか。
B：あんな女の子とは付き合うなとのことでした。

A：你爸爸說了什麼？
B：爸爸叫我不要跟那樣的女孩子交往。

11 ～に相違ない ＊ 肯定是……／無疑是……

接續 ◆ 名詞＋に相違ないナ形容詞詞做＋に相違ない
◆ イ形容詞「辭書形」＋に相違ない
◆ 動詞「辭書形」＋に相違ない
◆ 各詞類「た形」＋に相違ない

意義 跟「～に違いない」(⇨ N3) 的意思相同，表示確信度較高的推斷。書面語。

例

❶ 彼はそのことを知っているに相違ない。
他肯定知道那件事情。

❷ 兄が故国を慕う気持ちは、誰よりも強かったに相違ない。
哥哥思念故鄉的心情絕對比誰都強烈。

❸ 服装はいつもとだいぶ違うが、やっぱりあれは田中さんに相違ない。
雖然服裝風格和以前大不相同，但那位肯定是田中先生沒錯。

12 ～ても知らない ＊ 說不定會……／可能會……

接續 動詞「て形」＋も知らない

意義 表示有可能會出現不理想的結果。相當於「～かもしれない／かねない」的意思。

例

❶ こんなに酒を飲んで、胃を壊しても知らないぞ。体は何よりのものだから、気をつけてよ。
你這樣喝酒很傷胃耶。身體比什麼都重要，你可要小心啊。

❷ 戸締まりを厳重にしなければ、泥棒に入られても知らない。油断は大敵だ。

請確實鎖好門窗，否則會遭小偷。絕不可大意。

❸ 将来、重い病気になっても知らないから、今から保険には入っておこう。

難保將來不會生場大病，慎重起見從今起開始投保吧。

15-05

13 ～（よ）うか～まいか ＊ 要不要……做呢？

接續 動詞「う形」＋か～まいか

意義 用於選擇的場合，後項為表示猶豫不決的句子。

例

❶ 本当のことを母に話そうか話すまいかとずいぶん迷っていました。

當時我十分猶豫是否要向媽媽據實以告。

❷ 九月に大切な試験があるので、夏休みに国へ帰ろうか帰るまいかと考えています。

因為九月份有個重要的考試，所以我在考慮暑假要不要回國？

❸ 本物かどうかはっきり分からないから、買おうか買うまいか（を）決めかねている。

因為完全不知道是不是真品，一時無法決定要不要買。

14 ～ではあるまいか ＊ 不是……嗎／也許是……吧

接續
- 名詞＋（なの）ではあるまいか（と思う）
- ナ形容詞詞倣＋（なの）ではあるまいか（と思う）
- イ形容詞「辭書形」＋のではあるまいか（と思う）
- 動詞「辭書形」＋のではあるまいか（と思う）
- 各詞類「た形」＋のではあるまいか（と思う）

意義 是口語「～ではないだろうか」的書面語表達形式，用於說話者對事物的推斷，有一種「雖然不能明確斷定，但大概如此吧」的語氣。

例

❶ 買ったばかりなのにすぐ壊れた。これは偽物なのではあるまいか（＝偽物なのではないだろうか／たぶん偽物だろう）。

才剛買而已馬上就壞掉了，這該不會是贋品吧。

❷ 彼女はブランド品ばかり使っているね。生活がかなり豊かなのではあるまいか。

她用的東西全是名牌耶，感覺她的生活應該過得很富裕吧。

❸ 列が長いですね。その店のパンは特別にうまいのではあるまいか。

隊伍排得好長哦。大概是那家店的麵包特別好吃吧。

❹ 私がビジネスでこれまでに訪れたことのある国は、すでに 50 を超えているのではあるまいか。

因出差去過的國家，到目前為止估計已經超過 50 個了吧。

參考 「まいか」前接形容詞和動詞時，也有「～くはあるまいか」「～てはあるまいか」的用法，意思跟「～のではあるまいか」基本相同。

■ **列が長いですね。その店のパンは特別にうまくはあるまいか。**
／隊伍排得好長哦。大概是那家店的麵包特別好吃吧。

■ **私がビジネスでこれまでに訪れたことのある国は、すでに 50 を超えてはあるまいか。**
／因出差去過的國家，至今為止，估計已經超過 50 個了吧。

⑮ ～ないものか／ないものだろうか

＊ 能不能……呢？／就不能……嗎？

接續 ◆ イ形容詞（ない）＋ものか／ものだろうか
◆ 動詞「ない形」＋ものか／ものだろうか

意義 語調上揚。儘管知道可能性不大，但是說話者還是強烈希望能實現某種願望。基本意思跟「ないかしら／ないかな（あ）」（⇨ N3）相同，但語氣要強烈得多。「～ないものだろうか」的語氣稍委婉一點。

例

❶ 楽に儲かる話はないものか。

就沒有能輕鬆賺錢的好工作嗎？

❷ 祝日になると、駅前はめちゃくちゃな状態になる。そんな混雑はなんとかならないものか（＝なんとかできないものか）。

每逢假日，車站前面就會變得一片混亂。難道就沒有辦法改善一下嗎？

❸ いろいろ困難があるにもかかわらず、今の厳しい就業環境をなんとかして改善できないものだろうか。

儘管存在諸多困難，但是對目前嚴峻的就業環境就不能想辦法改善嗎？

★ 練習問題 ★

（解答 ⇨ P.304）

（解答 ⇨ P.304）

問題 1　次の文の（　　　）に入れるのに最もよいものを、1・2・3・4 から一つ選びなさい。

(1)「しっかりしろよ。そのうちに病気がよくなるぞ。急いで天国に（　　）」と、夫がニコニコしながら泣いている私を慰めてくれた。

1　赴くという話だ　　　2　赴くこともあるまいに
3　赴いても知らないよ　　　4　赴いているのではあるまいか

(2) 部長が出張できない（　　）、誰か代理を立てなければなりません。

1　ものか　　2　ことか　　3　となると　　4　と聞くと

(3) A：ギャラっていくらくらいになるのかしら。
B：交通費や食事代込みとやら（　　）3 万円とか言ってたわ。

1　に　　2　で　　3　と　　4　を

(4) 着ている服や話し方から見て、あの人は役所で働いている人（　　）。

1　とやらいう　　2　との話だ　　3　とか聞く　　4　に相違ない

(5) 旅行に行きたいが、うちには寝たきりの老人がいるので、（　　）悩んでいる。

1　行くか行くまいか　　　2　行っても行かなくても
3　行くとやら行かないとやら　　　4　行くんだ行かないんだ

(6) A：自分が（　　）と言ったのだから、今になって（　　）と言うのでもあるまい。
B：ということは、やるしかないということだね。

1　できる／できない　　　2　できない／できる
3　できない／できない　　　4　できない／できない

(7) うわさ（　　）、来年から公共料金が値上げされるとかいう話ですね。

1　によったら　　2　によっては　　3　によって　　4　によると

(8) 留守中に佐藤晃さんと（　　）いう人から電話があった。

1　すら　　2　との　　3　やら　　4　とか

(9)（　）彼女はもう三人の子供がいるお母さんだとやら。

1　何だか　　2　何とか　　3　何にも　　4　何でも

(10) そんな命をかける冒険はやめなさい。帰れない人に（　）ぞ。

1　ならないものだろうか　　2　なっても知らない

3　なるのではあるまい　　4　ならないに違いない

問題 2　次の文の ＿★＿ に入る最もよいものを、1・2・3・4から一つ選びなさい。

(11) 原子力発電所の建設を ＿＿ ＿★＿ ＿＿ ＿＿ となります。

1　続けていくか　2　調査が必要　3　となると　4　さらなる

(12) 警官たちは各国の首脳の ＿＿ ＿★＿ ＿＿ ＿＿ 受けていた。

1　命令を　2　せよ　3　との　4　警備を

(13) 私は、この会社には ＿＿ ＿＿ ＿＿ ＿★＿ 考えている。

1　あるまいか　2　と最近よく　3　のでは　4　もう必要はない

(14) みなさん、さっきの ＿★＿ ＿＿ ＿＿ ＿＿ でしょうか。

1　アイデアが　2　もっといい　3　ないもの　4　より

(15) その病気の原因は ＿＿ ＿＿ ＿＿ ＿★＿ 、感染を防ぐ方法がありますか。

1　ですが　2　とのこと　3　による　4　ウイルス

★拾參★ 強調・感嘆・評價

1　～ものがある　＊ 有……的一面／有……價值／確實有……之處　16-01

接續
- ナ形容詞「な形」＋ものがある
- イ形容詞「辭書形」＋ものがある
- 動詞「辭書形」＋ものがある

意義 形式名詞「もの」表示「價值、特征、特點」等意思。「もの」前面為表示「可圈可點、可讚可嘆」等高度評價的詞語。常用「（事物）には～ものがある」（存在）、「（人物、團體）は～ものがある」（擁有）的形式，表示某事物具有某特徵。

例

❶ 彼は性格(せいかく)は別(べつ)として、絵の才能(さいのう)には見るべきものがある。　先不論他的性格如何，他的繪畫才能確實值得一提。

❷ あの議員(ぎいん)の演説(えんぜつ)には人を納得(なっとく)させるものがある。　那位議員的演說有讓人信服之處。

❸ この国の治安(ちあん)のよさには驚(おどろ)かされるものがある。　這個國家的治安好得令人驚嘆。

❹ 彼女は特に人々の目を引き付けるものがある。　她擁有特別能吸引眾人目光的魅力。

2　～ことだ　＊ 多麼……啊

接續
- ナ形容詞「な形」＋ことだ
- イ形容詞「辭書形」＋ことだ

意義 表示說話者的驚訝、感動、感慨等心情。

例

❶ 家も家族も大津波(おおつなみ)で失(うしな)ってしまったあの子のことを涙を流して聞いた。悲(かな)しいことだ。　我含淚聽完了那孩子的故事，因大海嘯失去了家和家人是多麼的令人感傷的事。

❷ クミさんには双子(ふたご)が生まれて、本当にめでたいことですね。　久美生了雙胞胎，真是件值得祝賀的好事。

❸ 三人の子供を抱(かか)えるなんて、大変なことですね。
一次帶著三個孩子多辛苦啊。

❹ 議員(ぎいん)になったうえ、美人(びじん)の奥さんももらった山田君は幸せなことだね。
不僅當上了議員，而且還娶了美嬌娘。山田他真幸福啊。

③ ～ものだ

＊ (1)1. 本來就是……／原本就是……
2.（感嘆）真是……
(2)1. 竟然……／居然……
2.（回憶）以前經常……啊
(3) 真想……／很想……

接續 (1) ◆ ナ形容詞「な形」＋ものだ
◆ イ形容詞「辭書形」＋ものだ
◆ 動詞「辭書形」＋ものだ
◆ 各詞類「た形」＋ものだ

意義① 表示對帶有真理性的、普遍性的事物，就其本來所具有的性質、特性等進行感歎，這種感歎大多會引起人們的共鳴而不會被認為帶有說話者個人感情色彩。

例

❶ 人間は本来自分勝手(かって)なものだ。
人本來就是自私的動物！

❷ M：女っていうのは本来勤勉(ほんらいきんべん)なものだ。
F：そう言われては困るよ。それならもともと男は？
M：女人生來就很勤奮。
F：你這樣話說就太偏頗了，那男人生來是怎樣呢？

❸ 人生なんて、はかないものだ。世間(せけん)は冷たいものだ。
人生無常，世態炎涼。

❹ 月日(つきひ)の経(た)つのは本当に早いものだ。
歲月流逝的速度飛快。

❺ 人間には間違いはあるものだ。
人總有失誤。

意義② 用於對特定事物的感嘆、感慨、贊嘆等，而這種感嘆往往帶有說話者個人的感情色彩。

例

❶ 彼の語学力(ごがくりょく)は相当なものだ。
他的語言能力相當好。

❷ 父からの手紙を讀んで、親はありがたいものだとしみじみ思った。
看完父親捎來的信件後，我深深地感受到父母的存在對我來說是多麼地重要。

❸ なかなか巧妙な手段を考えたものだ。　多麼高明的手段啊。

接續 (2) 動詞「た形」＋ものだ

意義① 對某人做了常人很難做到的事情而感到驚訝。根據句子的意思可產生敬佩、讚賞或遺憾等語氣。常跟副詞「よく（も）」一起使用。

例

❶ お前は大学生にさえ難しいと言われている数学問題がよく解けたものだ。　你居然能解開連大學生都說難的數學題目！

❷ こんな就職難の時期に、よくもそんなおいしい仕事がみつかったものだと思う。　在這就業不易的時期下，他居然找到了那樣的好職缺！

❸ 今の学生は先生によくもあんな失礼なことを言えるものだ。世の中は変わったものだとしか言えないなあ。　現在的學生竟然對老師說出那樣不禮貌的話來！只能說世風日下這社會變了！

意義② 用於帶著感慨的心情，回憶過去時常做的事情。

例

❶ 子どものころは、空を見上げて、宇宙のことをいろいろ想像したものだ。　小時候我常常仰望星空，對宇宙有著各種的想像。

❷ 子供の時、寝る前に母がよく昔話をしてくれたものだ。　小時候（睡覺前）媽媽經常說床邊故事給我聽。

❸ この歌は学生時代によく歌ったものだね。　學生時代很常唱這首歌。

接續 (3) ◆ 動詞「連用形」＋たいものだ
◆ 名詞＋がほしいものだ
◆ 動詞「て形」＋ほしいものだ

意義 用於對願望、欲望的強烈感歎。

例

❶ 食べたら歯を磨く習慣を付けたいものだ。　想養成飯後刷牙的習慣。

❷ 私は子供のころ、大きくなったら世界一周旅行をしたいものだと思っていた。　小時候的我是多麼想要長大以後去環遊世界啊。

❸ 税金を上げるのではなく、税金を下げてほしいものだ。　真希望不要漲稅，而是減稅。

④ ～ことに(は) ＊ 令人……的是 16-02

接續 ◆ ナ形容詞「な形」＋ことに(は)
◆ イ形容詞「辭書形」＋ことに(は)
◆ 動詞「ない形」＋ことに(は)
◆ 動詞「た形」＋ことに(は)

意義 接在表示感情的形容詞或少量動詞後面，對事物表示感嘆，後項是感嘆的內容。主要為書面語。

例

❶ 幸(さいわ)いなことに、父の心臓(しんぞう)の手術(しゅじゅつ)はうまくいった。
令人感到欣慰的是，父親的心臟手術非常成功。

❷ 興味深(きょうみぶか)いことに、昔のおもちゃが再(ふたた)び流行(りゅうこう)しているそうだ。
有趣的是聽說以前的玩具又開始流行了。

❸ 画家の山本(やまもと)さんは、これまでに数多(かずおお)くの優(すぐ)れた作品を描(か)いている。信じられないことに、その作品の多くは一日で仕上(しあ)げたものだそうだ。
畫家山本至今畫了許多優秀作品。令人難以置信的是，據說許多作品都是在一天之內完成的。

❹ 困ったことに、相手の名前がどうしても思い出せなかった。
糟糕的是，我怎麼也想不起來對方的名字。

也有「動詞辭書形＋べきことに(は)」的用法，但是能使用的動詞很有限。

■ **驚くべきことに、彼は一晩(ひとばん)でその仕事をやり遂(と)げた。**
／令人感到驚訝的是，他竟然只花了一晚的時間就完成了那項工作。

⑤ ～にも／くも ＊ 令人……的是

接續 ◆ ナ形容詞詞幹＋にも
◆ イ形容詞「く形」＋も

意義 跟「～ことに(は)」的意思相同，接在表示感情的形容詞或少量動詞後面，對事物表示感嘆。後項是所感嘆的內容。主要用於書面語。

例

❶ 社員が一生懸命に働いてくれたので、幸運(こううん)にも会社の経営は軌道(きどう)に乗った。
由於員工們的努力不懈，很幸運地公司終於步入了正軌。

❷ あのけちな人が意外にも100万円寄付したそうです。
令人感到意外的是，聽說那個小氣鬼捐了100萬日元。

❸ 必死に頑張ったが、おしくも願いは叶えられなかった。
儘管竭盡全力，但終究事與願違。

❹ 悲しくも、彼は地震で家も家族も失った。
令人深感悲痛的是，地震奪去了他的家和家人。

6 ～と言ってもいいぐらい／と言ってもいいほど

＊ 可以這麼說……

接續 句子普通體＋と言ってもいいぐらい／と言ってもいいほど

意義 表示「已經到了這麼評價的程度」的意思。前接名詞和ナ形容詞時，多省略「だ」。也說「～と言っていいぐらい／と言っていいほど」，意思基本一樣。

例

❶ 史上最高速と言ってもいいほどの速さで走り切った。
簡直可以說是有史以來以最快的速度跑完了全程。

❷ そのころは、お茶がなければ一日が始まらないと言っていいぐらいお茶を飲んでいた。
當時很喜歡喝茶。幾乎到了如果不喝茶，一天的生活就沒法開始的地步。

❸ 今度のクラス会は今までで最低だと言っていいほどだった。
這次的班會簡直可以說是至今辦得最差的一次。

16-03

7 ～と言っても言い過ぎではない／と言っても過言ではない

＊ 這樣說也不為過／一點都不誇張

接續 普通體＋と言っても言いすぎではない／と言っても過言ではない

意義 表示「這樣說也不過分」的意思。

例

❶ 17 歲で世界中に名を知られたピアニストになったのだから、あの子は天才と言っても言い過ぎではない。

17 歲就成了舉世聞名的鋼琴家，說他是天才也不為過。

❷ あの先生の授業は非常につまらないと言っても言いすぎではない。来学期、二度と選ばない。

若說那個老師（上）的課極其無聊一點也不為過。下學期再也不選他的課了。

❸ このビルはデザインにしても、構造にしても、世界一と言っても過言ではない。

這棟大樓不論是造型設計還是結構，都可以說是世界頂級。

8 ～とでも言う ＊ 1. 可以說…… 2. 難道說……

接續 句子普通體＋とでも言う

意義① 副助詞「でも」用於舉出一例而類推其他。
用「～とでも言ってよいだろう（か）」「～とでも言ったらよいだろう（か）」「～とでも言えるだろう（か）」「～とでも言えよう（か）」「～とても言おう（か）」等形式把 A 事物的性質、特徵等比喻成 B 事物。

例

❶ その時の気持ちはまるで天国に来ているとでも言えるだろう。

當時的心情可以說宛如置身天堂。

❷ エコ車のよさは、環境に優しいことだとでも言ったらよいだろう。

可以說環保車的優點就是對環境友善吧。

❸ 文章を書く目的は書き手の言いたいことは何であるかを読み手に伝えることにあるとでも言えようか。

大概可以這樣說吧，寫文章的目的就是把作者的想法傳遞給讀者。

意義② 用「～とでも言うのか」「～とでも言うのだろうか」的形式，表示以反問的形式解釋事實並非可以這樣下結論。

例

❶ 今までやってきたのは、僕自身のためとでも言うのか。

難道我所做的一切都是為了我自己嗎？

❷ 子どもに服を着せ、食べる物を食わせればよいとでも言うのだろうか。

難道說只要讓孩子吃飽穿暖就夠了嗎？

❸ 騙（だま）すほうだけが悪いとでも言うのか。騙されるほうも反省（はんせい）するところがないのだろうか。

難道說只有騙子有錯嗎？被騙的一方就不用反省嗎？

9 ～と言えなくもない ＊ 不能不說……／也能說……

接續 普通體＋と言えなくもない

意義 相當於「～と言えるだろう／と言えるかもしれない」的意思，用於斷定的評價，但語氣消極，含有「尚未完全達到該程度」的語氣。

例

❶ あの新人の働きぶりといえば、まじめだと言えなくもないが、ちょっと動（うご）きがのろくてね。

不是說那新員工的工作態度不認真，但就是動作慢了點。

❷ A：彼は私に優しいと言えなくもないが、ちょっと女っぽくて…。

B：優しすぎるということですか。

A：也不是說他對我不溫柔，只是感覺有點娘娘腔…

B：你的意思是指他對你太溫順嗎？

❸ A：会社のほうがスムーズに進んでいるんですね。

B：まあ、そう言えなくもないけど（＝スムーズに進んでいると言えなくもないけど）。

A：你公司的經營狀況還算順利吧。

B：嗯，還過得去吧。

10 ～と言えよう／とも言えよう ◎16-04

＊ 可以說……吧

接續 普通體＋と言えよう／とも言えよう

意義 跟「～と（も）言えるだろう」的意思相同，用於推測性地下結論。

例

❶ 脚本が芝居のおもしろさを決めると言えよう。
可以說劇本決定了一齣戲是否好看。

❷ その会社の業績が上がったのは、経営改革の成果と言えよう。
那家公司的業績之所以提高，可以說是實行經營改革後的結果吧。

❸ 中日両国の関係は複雑だが、全体的に見ればよい方向に向かっているとも言えよう。
中日兩國的關係雖然複雜，但宏觀而言可以說是正朝著好的方向在發展吧。

⑪ ～思いをする ＊ 我覺得……

接續
◆ 名詞「の形」＋思いをする
◆ ナ形容詞「な形」＋思いをする
◆ イ形容詞「辭書形」＋思いをする
◆ 動詞「辭書形」＋思いをする
◆ 各詞類「た形」＋思いをする

意義 用於說話者觸景生情時抒發內心的感受。在敘述過去的經歷時要用過去式「～思いをした」。

例

❶ 恥ずかしい思いをしないように、きちんとした礼儀を身につけたい。
為了不在人前獻醜，我想學習正確的禮儀。

❷ 山田さんは、この間彼自身が入院した時の話をして、「僕は手術の前には水が飲めなくて、それはつらい思いをした」と言った。
山田先生跟我們說了他前陣子住院時的事情，他說：「我做手術之前，連水都不能喝。那種感覺實在太痛苦了。」

❸ 車が衝突しそうになり、寿命が縮まる思いをした。
差點撞車讓我覺得自己壽命都要變短了。

⑫ ～と思われる／と思える／と感じられる

＊ (1) 不由得讓我感到……
(2) 令我難以想像是……

接續 (1) 句子普通體＋と思われる／と思える／と感じられる

意義 相當於「私はそう思っている／感じている」的意思，用於說話者講述自己自然而然的感覺。句子中往往省略「私には」。這裡的「思われる／思える／感じられる」屬於自發性的動詞。

例

❶ この会社の株は値上がりすると思える。　我覺得這家公司的股票會漲。

❷ この星空を見れば、明日はいい天気だと思われる。　看到滿天的星星，覺得明天會是個好天氣。

❸ あなたの言うことは、私にはわがままだと感じられる。　你的話聽起來感覺有點任性。

接續 (2) 句子普通體＋とは思われない／とは思えない／とは感じられない

意義 是「～と思われる／と思える／と感じられる」的否定形式，相當於「私はそうとは思っていない／感じていない」的意思。同樣，句子中往往省略「私には」。

例

❶ 彼女は外国人とは思えない上手な日本語で話していた。　她的日語說得很棒，讓人不敢相信她是外國人。

❷ とても13歳の少女とは思えないすばらしいピアノ演奏会を開いた。　她的鋼琴演奏會非常精彩，很難相信她只有13歲。

❸ A：昨日、サッカーの試合見に行ったんでしょ？どうだった？
B：それが、ミスの連続でね…。とてもプロの試合とは思えない内容だったよ。

A：昨天你去看足球比賽了吧，結果怎麼樣？
B：那個喔……失誤接連不斷，讓人感覺不出是一場專業球隊的比賽。

參考

接續：◆ ナ形容詞「に形」＋思われる／思える／感じられる
◆ イ形容詞「く形」＋思われる／思える／感じられる

意義：除了接續不同外，語法意思和上面介紹的基本相同。「不由得讓我感到……」。

■ **最初簡単に思われる／易しく思われる（＝簡単だ／易しいと思える）ものが、あとで難しいと分かることがよくある。**
／時常會有一開始覺得很簡單的事情，做起來才知道很難的情況的時候。

■ **その話を聞いて、今までの苦労がばかばかしく思える（＝ばかばかしいと思える）くらいになった。**
／聽到那些話，我感覺之前的辛苦都白費了。

13 ～と考えられる／と見られる

◎16-05

＊（1）我認為……　（2）我不認為……

接續（1）句子普通體＋と考えられる／と見られる

意義 相當於「私（に）はそう考えることができる／見ることができる」的意思，用於說話者本身有能力對某事物持有結論性的總結、看法、態度、評價、斷定等。句子中往往省略「私には」。這裡的「考えられる」屬於可能型。

例

❶ この治療法(ちりょうほう)は、教授(きょうじゅ)の長年(ながねん)の経験に基(もと)づいた効果的(こうかてき)な方法だと見られる。
我認為，這個治療方法是基於教授長年的經驗所積累下來的有效方法。

❷ 少数(しょうすう)の国の力だけでは、地球温暖化(ちきゅうおんだんか)を止(と)めるのは絶対(ぜったい)に不可能(ふかのう)だと考えられる。
我認為，如果只靠少數幾個國家的努力，就想抑制住全球暖化問題是絕對不可能的。

接續（2）（私には）～句子普通體＋とは考えられない／とは見られない

意義 是「～と考えられる／と見られる」的否定形式，相當於「私（に）はそう考えることができない／見ることができない」的意思。

例

❶ 私には、あれは正しい理論(りろん)だとは考えられない。
我不認為那是正確的理論。

❷ 今度の事件は今までの一連(いちれん)の事件につながっているとは見られない。
我很難斷定這次的事件跟至今發生的一連串事件是否有所關聯。

14 ～と思われている／～と考えられている／～と見られている

＊（1）都認為……／被視為……
（2）都不認為……

接續（1）句子普通體＋と思われている／と考えられている／と見られている

意義 相當於「みんなはそう思っている／考えている／見ている」的意思。用於多數人對某事物帶有結論性的總結、看法、態度、評價、斷定等。句子中往往省略「みんなには／みんなから」。這裡的「思われている／考えられている／見られている」屬於被動型。

例

❶ まじめな職業の代表と思われていた銀行員の犯罪は、社会に話題を投げた。
一向被視為形象沉穩正直的銀行員竟會成為罪嫌，此犯罪事件引發社會議題。

❷ この交通事故の原因は、運転者が前をよく見ていなかったためだと見られている。
人們認為這次交通事故是駕駛人沒有正確判斷前方情況而造成的。

❸ よく「結婚は人生のゴール」と考えられているが、それはまったくの誤解です。結婚はむしろ、「新なるスタートラインに立つ」ことに過ぎないのです。
人們常認為結婚是人生的終點，但這可是非常大的誤解。我認為，結婚只是邁入下個新的里程碑而已。

接續 (2) 句子普通體＋とは思われていない／とは考えられていない／とは見られていない

意義 是「～と思われている／と考えられている／と見られている」的否定形式，相當於「みんなはそうとは思っていない／考えていない／見ていない」的意思。同樣，句子中往往省略「みんなには／みんなから」。

例

❶ それぐらいのやり方が、生徒に対する体罰だとは、多くの先生に思われていません。
很多老師不認為那種程度的做法是對學生的體罰。

❷ 日本が経済大国だと言われているが、それで日本人の生活も豊かだとは考えられていないようだ。
雖然日本被稱作是經濟大國，但是很多人並不認為日本人的生活很富足。

❸ その事は山田さんがやったとは、社長をはじめ、みんなから考えられていないが、実際は犯人はほかでもなく、山田さんだ。
社長以及眾人並不認為那件事情是山田所為，但事實上犯人就是山田。

15 ～とする ＊ 看成……／視為……

接續 ◆ 名詞＋を、名詞＋とする
◆ 句子普通體＋とする

意義 相當於「～と思う／と考える／とみなす」的語法，表示對事實的認定，可以是個人或公眾的看法，也可以是法律認定等。書面語。

例

❶ それは飲酒運転による事故だとして、警察は彼を連れて行った。

警察認為是酒駕引起的事故，於是把他帶走了。

❷「欠席は棄権としますので、気をつけてください」と選挙委員長が述べた。

選舉委員會的主席說：「不出席會議將視為棄權，所以請大家注意。」

❸ A 社の元社員が 11 日、突然の解雇を不当として、解雇取り消しを同社に求める訴えを起こした。

A 公司的前職員指控該公司不當解雇員工，並向其要求撤銷解雇的決定。

16 ～とされる ＊ 被當作……／被視為……

16-06

接續 ～は／が、名詞＋とされる

意義 是「～を～とする」(N3) 的被動式的表達形式，表示某事物被當做條件、手段、核心、關鍵問題等。

例

❶ 災害補償金のようなものは非課税とされますので、所得税を収めることはありません。

像災害賠償之類的收入被視為免稅款項，不需要繳所得稅。

❷ このまま黙っていては、事件の犯人がお前だとされるから、慎重に考えてほしい。

繼續沉默下去的話，你會被視為案件的凶手，所以希望你慎重考慮。

❸ 今はやっている流行語の一部は近い将来、死語とされるかもしれない。

目前正盛行的流行語中有一部分，將來也可能不再被人們使用。

17 ～とされている ＊ 被視為……／被當作……

接續 ◆ ～は／が、名詞＋（だ）とされている
◆ ～は／が、句子普通體＋されている

意義 相當於「～と考えられている／と見られている」的意思，表示某事得到了很多人的認同，或是法律的規定等。如果引用出處，多用「～によると」「～では」等形式。

例

❶ 古代では、自然現象や人間の生、老、病、死はみんな神によって発生するとされていた。

在古代，如自然現象、人的生老病死等，都被認為是由神的支配而產生的。

❷ これは事件の最重要証拠とされているから、きちんとしまっておくこと。

這個被視為本次事件最重要的證據，請務必妥善保管。

❸ テレビコマーシャルによると、この薬はとても風邪に効くとされているが、本当かな。

廣告說，這種藥對治療感冒很有效，真的嗎？

★ 練習問題 ★

（解答 ⇨ P.306）

問題1 次の文の（　　　）に入れるのに最も よいものを、1・2・3・4から一つ選びなさい。

(1) 20年行方不明となったら、その人が（　　）とされ、家族は関係部門から死亡証明書がもらえることになっている。

1　死亡しよう　　2　死亡とする　　3　死亡した　　4　死亡する

(2) どうしてもそんなばからしいことをしたのは優しい彼女だ（　　）。

1　とも限らない　　2　と限っている
3　とは思えない　　4　と思われている

(3) 彼の言葉によって、私は現実に目覚たと（　　）いいぐらいだ。

1　言ったら　　2　言うなら　　3　言うと　　4　言っても

(4) 最近の新しいパソコンソフトウェアの普及には目覚しい（　　）。

1　ものがある　　2　とでもいう　　3　ものである　　4　と思われる

(5) あの女の人生はお金のために生きているといっても言い過ぎ（　　）。

1　ではないことか　　2　であることか
3　ではない　　4　である

(6) みんな（　　）、それは携帯電話をしながらの運転による事故だとは考えられているようだ。

1　には　　2　へは　　3　だったら　　4　ならば

(7)「返事のない者は賛成（　　）ので、気をつけてください。」と部長が述べました。

1　と思われます　　2　とします　　3　と思えます　　4　としていました

(8) 夫だけが悪いとでも（　　）。「夫も夫なら妻も妻」なんだよ。

1　言うのだろうか　　2　言えるのだろう
3　言えなくもない　　4　言われている

(9) 2016年夏季五輪招致(かきごりんしょうち)を目指(めざ)す東京だが、世界的にはスポーツの盛んな都市とは(　　)のではないかと感じる。

1　見られている　　2　見られていない
3　見えることか　　4　見えなくもない

(10) おじいさんが入院(にゅういん)していた時、よく父と一緒に病院へ見舞(みまい)に(　　)。

1　行きたいことでした　　2　行ったものです
3　行きたい思いをしました　　4　行ったと思われています

(11) 大事な試験に失敗した時、精神的に崩壊(ほうかい)し、地獄(じごく)に落ちた(　　)。

1　思いをする　　2　思いがする　　3　思いをした　　4　思いがした

(12) 嬉しい(　　)、あの映画が再上映(さいじょうえい)される。

1　ことか　　2　もので　　3　ことには　　4　ものには

問題 2　次の文の ＿＿★＿＿ に入る最もよいものを、1・2・3・4から一つ選びなさい。

(13) 昔と比べて、＿＿＿　＿＿＿　＿＿＿　＿★＿ と思う。

1　なった　　2　世の中に　　3　いい　　4　ものだ

(14) 一日も早く、＿＿＿　＿★＿　＿＿＿　＿＿＿ ものだ。

1　見たい　　2　ばかりの
3　生まれた　　4　初孫(はつまご)の顔が

(15) 不運(ふうん)にも ＿★＿　＿＿＿　＿＿＿　＿＿＿ しまった。

1　台風と　　2　家族旅行が　　3　久しぶりの　　4　ぶつかって

(16) 大気汚染(たいきおせん) ＿★＿　＿＿＿　＿＿＿　＿＿＿ と言えよう。

1　改善(かいぜん)され　　2　に関しては　　3　じょじょに　　4　つつある

(17) 日本語の会話は、日本に ＿＿＿　＿★＿　＿＿＿　＿＿＿ 、まだ思うままに話せない。

1　来てから少し　　2　もないが　　3　上達(じょうたつ)した　　4　と言えなく

第五章

敬　語

★壹★ 尊敬語

1 貴～ ＊ 尊稱對方

17-01

接續 ◆貴＋名詞

意義 尊敬語接頭詞。常見的有「貴社、貴店、貴行、貴学、貴国……」。

例

❶ 貴行から資金援助がないことには、弊社の今日もなかったと言っても言いすぎではありません。
如果沒有貴銀行的資金支持，敝公司也不可能有今天。我想這樣說絲毫不過分。

❷ 今年、貴校を受験しようと思っているのですが。
今年我想報考貴校。

❸ わたくしども、貴社の事業戦略に共感しております。
我贊同貴公司的事業發展策略。

2 上がる ＊ 吃、喝、飲食等狀態的敬詞

接續 名詞＋を上がる

意義 「食べる」「飲む」的尊敬語動詞，表示「吃」和「喝」。
意思跟「召し上がる」相當，但禮貌程度不如其高。

例

❶ さあ、取り立てのメロンをお上がりください。
來，請品嚐剛摘的哈蜜瓜。

❷ あの方はタバコも召し上がるそうですから、灰皿を用意しましょう。
聽說那位客戶會抽煙，所以把煙灰缸準備好吧。

③ お越しください ＊ 請……去做／請……到

接續 ◆ 名詞＋へ／にお越(こ)しください
◆ 事物名詞＋にお越しください

意義 「行ってください」「来てください」的尊敬語表達形式，用於面對面地請對方到某地去或去做什麼（目的）。

例

❶ 東京方面(ほうめん)へいらっしゃる方はそちらへお越しください。
要前往東京客人請移動到那邊。

❷ お暇なとき、ぜひわたくしのところへ遊びにお越しください。
您有空的時候，請務必到我家來玩。

❸ ご来場(らいじょう)の皆様に記念品を進呈(しんてい)いたしますので、ぜひお越しください。
我們準備了紀念品要送給每位客人，敬請大家光臨。

17-02

④ お越しくださる ＊ 為……去做……／為……去……

接續 ◆ 場所名詞＋へ／にお越(こ)しくださる
◆ 事物名詞＋にお越しくださる

意義 「行く」「來る」的尊敬語動詞，用於講述別人為我（們）特地去某地或去做什麼（目的）。

例

❶ 私たちはみなさまのお越しくださるのを楽しみにしております。さあ、こちらへどうぞ、いらっしゃってください。
我們衷心期盼著大家的光臨。那麼，請各位移駕到這邊。

❷ 当社(とうしゃ)が行っているイベントにお越しくださり、ありがとうございます。
感謝大家來參加本公司舉辦的活動。

❸ A：奥さん、いつか暇を見てお越しくださいませんか。
A：夫人，若您有空時要不要過來一趟？

B：はい、ぜひうかがいます。
B：好的，一定會去拜訪您。

5 お越しになる ＊ 請……去（做）……

接續 場所名詞＋へ／にお越しになる事物名詞＋にお越しになる

意義 跟「お越しくださる」的意思相同，禮貌程度也相當。

例

❶ 先生、明日のパーティーにお越しになりますか。　老師，您會參加明天的派對嗎？

❷ 先月引っ越しましたので、近くにお越しになったときは、ぜひお立ち寄りください。　我上個月搬家了，若您以後有機會到我家附近的時候，請務必過來玩。

❸ 当店では、車でお越しになる方に無料駐車場を提供いたします。　本店為開車前來的客人備有免費停車場。

6 お越しいただく

接續 ◆ 場所名詞＋へ／にお越しいただく
◆ 事物名詞＋にお越しいただく

意義 「行く」、「来る」的謙讓語動詞。接在場所名詞後面時表示「去某地」或「來某地」的意思。接在事物名詞後面時表示來去的目的。

例

❶ その日にこちらへお越しいただければ嬉しく存じます。　如果那天您能過來的話，我會很高興的。

❷ 就活セミナーにお越しいただいた皆さま、誠にありがとうございました。　感謝各位前來光臨我們舉辦的就業說明會。

7 お（ご）～になれる ＊ 能夠做到……

17-03

接續 ◆ お＋動詞「連用形」＋になれる
◆ ご＋名詞＋になれる

意義 尊敬語表達形式，相當於「～ことができる」的語法意思，用於敘述他人的動作行為。

例

❶ あの喫茶店ならゆっくりお話しになれますよ（＝話すことができますよ）。
在那家咖啡店裡，你們可以靜下心來慢慢談。

❷ 一人でお荷物はお片づけになれますか。よろしかったら私がお手伝いいたしましょうか。
這些行李您一個人收拾得過來嗎？如果不麻煩的話，讓我來幫您吧。

❸ こちらの施設（しせつ）は自由にご利用になれるうえ、みんな無料となっています。
這裡的設施您可以免費自由使用。

8 ～くていらっしゃる ＊ イ形容詞尊敬語

接續 （お＋）イ形容詞「て形」＋いらっしゃる

意義 尊敬語表達形式，相當於「イ形容詞＋です」的語法意思，但禮貌程度更高。

例

❶ 部長は忙しくていらっしゃいますね。
部長好忙啊。

❷ いつもお若くていらっしゃいますわね。
您好年輕啊。

❸ 社長さんのお嬢様（じょうさま）はとてもお美しくていらっしゃいます。
社長的千金真漂亮。

9 ～（さ）せてやってください

＊ 能否請您讓某人做……

接續 動詞「未然形」＋（さ）せてやってください

意義 尊敬語表達形式，表示說話者以尊敬的態度請求對方同意讓說話者一方做某件事情的意思。

例

❶ 石原（いしはら）さんは今度のスピーチのために、早くから準備をしてきたので、ぜひ石原さんに発表（はっぴょう）させてやってください。
石原她為了本次演講很早就開始做準備了，請務必讓他發表。

❷ ミエさんは絵が上手なので、彼女にポスターを書かせてやってください。

美惠很會畫畫，請讓她來繪製海報吧。

❸ 彼はそんなにこの仕事をやりたいのなら、やらせてやってください。

既然他那麼想做這份工作，您就讓他做吧。

17-04

⑩ ～(さ)せてやってくださいませんか

＊ 能否請您讓某人做……

接續 ◆動詞「未然形」＋(さ)せてやってくださいませんか
◆動詞「未然形」＋(さ)せてやってくださらないでしょうか

意義 跟「～(さ)せてやってください」的意思相同，但禮貌程度更高，語氣更委婉。

例

❶ A：誰かポスターを書いてくれる人を知りませんか。来月、社内(しゃない)オーケストラのコンサートを開(ひら)くんです。

A：有誰認識會製作海報的人嗎？因為下個月公司要舉辦管弦樂音樂會。

B：ああ、それなら弟に書かせてやってくださいませんか。

B：喔喔，那要不要讓我弟弟製作看看？

❷ A：うちの子は来月結婚することになっているけど、カメラマンのことまで決めていないそうだよ。

A：我的孩子下個月就要結婚了，可是好像還沒有決定好請誰當攝影師。

B：それなら、私の友だちに撮らせてやってくださいませんか。式場(しきじょう)サービスの専門店を開(ひら)いているんです。

B：那讓我的朋友來拍如何？因為她開了一家專業的婚顧公司。

⑪ ～ておられる

＊ 在……／正在……

接續 動詞「て形」＋おられる

意義 尊敬語表達形式，相當於「～ている」的意思，用於敘述別人的動作行為，表示正在進行的動作或持續的狀態等。

例

❶ 先生は中国(ちゅうごく)の近代史(きんだいし)を研究(けんきゅう)しておられます。

老師在研究中國近代史。

❷ 田中(たなか)さんはどこに住(す)んでおられますか。　田中先生您住哪裡呢？

❸ あの方(かた)は今何(いまなに)か考(かんが)えておられるようです。　他現在好像在想些什麼的樣子。

⑫ ～てやってください（ませんか）

＊（請求提供協助的敬語）請你為……做……

接續 (1) 動詞「て形」＋てやってください

意義 表示請求對方為說話者一方的人提供幫助。

例

❶ 厳しいお父さんだということは存じていますが、ときどきお子さんをほめてやってください。　我知道您是一位嚴父，不過仍還是希望您有時候也能稱讚一下自己的孩子。

❷ 彼女は若いけれども、とても優秀(ゆうしゅう)です。次の仕事はわが社にとって重要ですので、彼女に任せてやってください。　她雖然年輕但很優秀。而且這項工作對我們公司很重要，請交給她做吧。

接續 (2) ◆動詞「て形」＋やってくださいませんか
◆動詞「て形」＋やってくださらないでしょうか

意義 表示請求對方為說話者一方的人提供幫助。

例

❶ 先生、うちの息子に英語を教えてやってくださらないでしょうか。　老師，請您教我兒子英語好嗎？

❷ 研修生(けんしゅうせい)のリーさんたちは日本ははじめてですから、案内してやってくださいませんか。　旁聽生（非正規學生）的李先生他們是第一次來日本，您帶他們到處走走好嗎？

❸ 今日だけでよろしいですから、私の代わりに寝込(ねこ)んでいる山田さんに何か食べるものを作ってやってくださいませんか。　只要今天就可以了，請幫我替生病的山田做頓飯好嗎？

13 ～てやってくれませんか　◎17-05

＊ 請你為……做……好嗎？

接續 ◆動詞「て形」＋やってくれませんか
◆動詞「て形」＋やってくれないでしょうか

意義 跟「～てやってくださいませんか／てやってくださらないでしょうか」的意思相同，但語氣稍減慢一些。（請求提供協助的敬語）

例

❶ 彼がそんなにあなたの撮った写真を見たいのなら、見せてやってくれませんか。
他那麼想看你拍的照片的話，你就讓他看看吧。

❷ 手にけがをしたクミさんのために洗濯をしてやってくれないでしょうか。
麻煩你幫手受傷的久美洗衣服好嗎？

❸ 悪いですけど、君は鈴木さんを車で駅へ送ってやってくれませんか。
不好意思，能請你開車送鈴木去車站嗎？

說明

「～てやってくれる」原則上不屬於「敬語」範疇，因為跟「～てやってくださる」的語法意思類似，故一同介紹。

14 ～には／にも ＊ 人稱敬語

接續 人稱代詞＋には／にも

意義 接在身份、地位高於說話者的人物名稱後面用於尊敬。多用於信函、電郵等書面語，而且多為寒暄用語。暗示他人時用「～にも」。

例

❶ 先生には、ますますお元気でご活躍(かつやく)のことと存(ぞん)じます。
祝老師身體越來越健康，越來越有精神。

❷ だんだん暖かくなってまいりましたが、皆様には、いかがお過ごしでしょうか。
天氣漸漸地暖和起來了，大家過得還好嗎？

❸ 各医療機関(かくいりょうきかん)にはもちろんのこと、患者各位(かんじゃかくい)の皆様にも御理解・御協力をくださるようお願いします。
不僅是各醫療機構，同時也希望能得到患者的理解和配合。

15 お（ご）～願う ＊ 懇請您……

接續 ◆ お＋動詞「連用形」＋願う
◆ ご＋名詞＋願う

意義 謙讓語表達形式，用於請求對方提供幫助。

例

❶ (エンジニアの田中さんに向かって) すみません、この機械の事故の原因をお調べ願えませんか。
(對工程師田中先生說) 不好意思，我想拜託您檢查一下這台機器發生故障的原因。

❷ 今度うちのクラス会にご出席願いたいのですが、ご都合はいかがでしょうか。
想請您出席本次班會，不知您是否方便？

❸ 明日の会議にぜひおいで願います。
請務必出席明天的會議。

★貳★ 謙譲語

① 拝～

18-01

接續 拝（はい）＋名詞

意義 謙讓語接頭詞。常見的有「拝見（はいけん）、拝聴（はいちょう）、拝啓（はいけい）、拝復（はいふく）、拝借（はいしゃく）、拝読（はいどく）、拝謝（はいしゃ）……」。

例

❶ ご本は明日まで拝借してもよろしいでしょうか。　請問這本書可以借我到明天嗎？

❷ 先生のご講演（こうえん）を拝聴したことがあります。　我曾經聽過老師的演講。

❸ お書きになった本を拝読したいんですが。　我想拜讀您的大作。

② 上がる　＊ 拜訪、來（去）的目的之謙詞

接續
- 場所名詞＋へ／に上がる
- 事物名詞＋に上がる

意義 「行く」「来る」的謙讓語動詞。接在場所名詞後面時多用於拜訪。接在事物名詞後面時表示來去的目的。意思跟「うかがう」相當，但禮貌程度不如其高。

例

❶ 先生、明日お宅（たく）へ上がってもよろしいでしょうか（＝お宅へ伺ってもよろしいでしょうか）。　不知道明天是否方便去老師的府上拜訪呢？

❷ 帰国前（きこくまえ）にごあいさつに上がりましたが（＝伺いましたが）、ご出張でお会（あ）いできませんでした。　回國前我曾去過府上，不巧您正在外出差，所以沒能見到面。

❸ 留学のことについて一度そちらへご相談に上がろう（＝ご相談に行こう）と思っているところです。　想找個時間前往拜訪，與您討論留學一事。

3 承る ＊ (1) 傾聽、恭聽 (2) 接受、遵從

接續 (1) 名詞＋を 承(うけたまわ)る

意義①「聞く」的謙讓語動詞，表示「傾聽、恭聽」等意思。

例

❶ その計画の内容を承りたいです。 想了解一下那個計劃的具體內容。

❷ 弊店(へいてん)はお客様からの貴重(きちょう)なご意見を喜んで承ります。 本店很樂意聽取來自顧客們的珍貴意見。

意義②「受ける」的謙讓語動詞，表示「接受、遵從」等意思。

例

❶ ご注文(ちゅうもん)を承りました。ただ今すぐ生産(せいさん)ラインに入れます。 您的訂單已經收到，將立即投入生產線。

❷ わたくしどもとしましては、喜んでご指導(しどう)を承ります。 我很樂意接受您的指導。

18-02

4 お目にかける ＊ 給您看……

接續 名詞＋をお目にかける

意義「見せる」的謙讓語動詞，表示給別人看物品。

例

❶ 実物(じつぶつ)をお目にかけましょう。 請您檢視此成品。

❷ うちにはお目にかけるほどの物はありません。 我家裡沒有值得一看的東西。

❸ 今日はみなさまに私の生(い)き様(ざま)をお目にかけるいい機会だ。 今天是能讓大家了解我的生活方式的好機會。

5　ご覧に入れる　＊ 給……看／供……觀賞

接續 名詞＋をご覧（らん）に入れる

意義 「見せる」的謙讓語動詞，表示「給……看、供……觀賞」等意思，用於敘述說話者的動作行為。

例

❶ これから生徒たちの作品（さくひん）をご覧に入れましょう。　接下來展示的是學生們的作品吧。

❷ 家族の写真を先生にご覧にいれました。　我給老師看了我們家的照片。

❸ ご覧に入れたいものはこれです。　我想給您看的東西是這個。

6　お（ご）〜できる　＊ 我（們）能夠做到……

接續
◆ お＋動詞「連用形」＋できる
◆ ご＋名詞＋できる

意義 謙讓語表達形式，相當於「〜ことができる」的語法意思。

例

❶ あのう、家賃（やちん）のことですが、一ヶ月前にお願いできませんか。　關於房租，能否提前一個月繳？

❷ お会いできて、とてもうれしく存じます。　非常高興能見到你。

❸ ご注文（ちゅうもん）なさった花は 20 分ぐらいでご配送できます。　您訂購的花大約會在 20 分鐘內送達。

7　お（ご）〜申し上げる　18-03

接續
◆ お＋動詞「連用形」＋申（もう）し上（あ）げる
◆ ご＋名詞＋申し上げる

意義 謙讓語表達形式，用於敘述說話者的行為。

例

❶ お忙しいところを恐れ入りますが、どうかよろしくお願い申し上げます。　抱歉在您百忙之中打擾，還請您多多關照。

❷ 被害を受けられた皆さまに、心よりお見舞申し上げます。一日も早い復旧を心よりお祈り申し上げます。　在此向每一位受災者表示衷心的慰問，並由衷祝福早日重建家園。

❸ 近いうちに、調査の結果を皆様へご報告申し上げます。　近日將向各位報告調查結果。

❽ お（ご）～申す　＊ 謙讓表達自己的行為

接續 お＋動詞「連用形」＋申す／ご＋名詞＋申す

意義 跟「お（ご）～申し上げる」的意思相同，但謙讓的程度略低。

例

❶ 以下の言葉の意味は私がお調べ申しましょう。　我來查以下這些單字的意思吧。

❷ ここに弊社を代表してお招き申したいと思います。　在此我謹代表敝公司向您發出邀請。

❸ ここにみなさまに深くお詫び申します。　在這裡向大家表達深切的歉意。

❾ ～（さ）せてやっていただけませんか

＊ 能否請您讓某人做……

接續
- ◆ ご＋名動詞「未然形」＋（さ）せてやっていただけませんか
- ◆ 動詞「未然形」＋（さ）せてやっていただけないでしょうか

意義 謙讓語表達形式，表示以謙讓的態度請對方同意讓說話者做某事情。

例

❶ そんなに見たいのなら、山田さんに一度見させてやっていただけませんか。

既然山田小姐那麼想看的話，能否請您讓她看呢。

❷ みなさんも疲れたことですし、一日でもいいですから、休ませてやっていただけないでしょうか。

大家都累了，就算是一天也好，請您放大家一天假吧。

◎ 18-04

⑩ ～（さ）せてやってもらえませんか

＊ 能否請您讓某人做……

接續 ◆動詞「未然形」＋（さ）せてやってもらえませんか
◆動詞「未然形」＋（さ）せてやってもらえないでしょうか

意義 跟「～（さ）せてやっていただけませんか／（さ）せてやっていただけないでしょうか」的意思相同，但禮貌程度略低。

例

❶ もう一度山田君に試験を受けさせてやってもらえませんか。

可以讓山田同學再考一次嗎。

❷ 鈴木さんでよろしければ、彼女にその仕事をやらせてやってもらえないでしょうか。

如果覺得鈴木能勝任的話，就讓她做那工作吧。

説明

「～（さ）せてやってもらえません」原則上不屬於「敬語」範疇，因為跟「～（さ）せてやっていただけませんか」的語法意思類似，故一同介紹。

⑪ ～てご覧に入れる ＊（為對方）示範、展示

接續 動詞「て形」＋ご覧(らん)に入(い)れる

意義 是「～てみせる」（⇨ N4）的謙讓語表達形式，表示為對方做示範動作或展示給別人看。

例

❶ その操作(そうさ)が分からないのですか。それでは、私が一度やってご覧に入れましょう。

不知道那個怎麼操作嗎？這樣吧，我來示範給您看吧。

❷ あとで作ってご覧に入れますので、ちょっとお待ちください。

待會我做給您看，請稍等一下。

❸ 明日、この機械を使ってご覧に入れますので、ぜひいらっしゃってください。

明天我會示範這台機器的操作方式，請您務必過來看。

⑫ ～てやっていただけませんか

＊ 請（某人）……為（某人）……／能否請求您為……做……

接續 ◆動詞「て形」＋やっていただけませんか
◆動詞「て形」＋やっていただけないでしょうか

意義 用於很禮貌且委婉地請求別人說話者一方做某行為的場合。

例

❶ すみませんが、リーさんを郵便局へ連れて行ってやっていただけないでしょうか。

不好意思，可以請您陪這位李小姐去一趟郵局好嗎？

❷ 私も主人も国語が苦手（にがて）で、子どもに教えてやることができなくて…。すみませんが、うちの子の作文を見てやっていただけませんか。

我和我老公的國文都不太好，真不好意思，能請您看一看我家孩子寫的作文嗎？

❸ 私の友だちが来月結婚することになっていますから、よろしければ、友だちの結婚記念写真を撮ってやっていただけませんか。

我的朋友下個月結婚，如果方便的話，想請您為他拍攝結婚紀念照。

❹ すみませんが、私は英語が分かりませんので、うちの息子の英語の宿題を見てやっていただけないでしょうか。

對不起，因為我不懂英語，能不能請您幫我看一看我兒子的英語作業？

18-05

13 ～とさせていただく ＊請允許我們以此……／定在……

接續 ◆ご＋名名詞＋とさせていただく
◆動詞「辭書形」＋こととさせていただく

意義 是「～とする」（⇨ N3）的謙讓語表達形式，相當於「～と決めさせていただく」的意思，即表示決定。接在第三類動詞（動名詞）後面時也可以省略助詞「と」，意思不變。

例

❶ 返信（へんしん）には「今回は不採用（ふさいよう）とさせていただきます」とあるが、それを見てちょっとがっかりした。
看到回信上寫著：「本次不錄用」。讓我有點沮喪。

❷ 台風12号の災害（さいがい）に対する寄附金（きふきん）・義援金（ぎえんきん）の受（う）け付（つ）けは平成（へいせい）23年12月31日までとさせていただきます。
請允許讓颱風12號受災區的捐款受理到平成23年12月31日截止。

❸ 日曜日は午後4時にて閉館（へいかん）することとさせていただきます。
星期日的閉館時間定在下午4點鐘。

★ 練習問題 ★

（解答 ⇨ P.307）

問題 1　次の文の（　　　）に入れるのに最もよいものを、1・2・3・4 から一つ選びなさい。

(1) 先生、ぜひ、あすのパーティーに（　　）。

1　お越しください　　　2　お越しいただいてください
3　お越し願いますか　　4　お越しにあがりますか

(2) メーカーに、これからも良い商品を提供（　　）、私たちの生活をサポート（　　）と思います。

1　してさしあげ／してさしあげたい
2　していただき／していただきたい
3　していらっしゃい／していらっしゃる
4　していたし／していたす

(3) うちの社長も、御社（おんしゃ）の新製品展示会に（　　）ことになっております。

1　見える　　2　上がる　　3　いらっしゃる　　4　お目にかかる

(4) お酒を（　　）方もいますので、清酒なんかを用意しておいたほうがいいです。

1　申す　　2　上がる　　3　お目にかける　　4　おいでの

(5) 返事がだいぶ遅れまして、（　　）申し上げます。

1　ごわび　　2　ごわびて　　3　おわび　　4　おわびて

(6) すみませんが、これを隣の部屋へお運び（　　）。

1　願ってもらえませんか　　2　願いませんか
3　願っていただきませんか　4　願えませんか

(7) わざわざ遠い所から、本社の説明会に（　　）いただき、感謝いたします。

1　おいでいたして　　2　おいでさせていただいて
3　お越し申し上げて　4　お越しになって

(8) 拙作(せっさく)ですが、そのうちに(　　)と思いますが、その時、ご意見を聞かせていただきます。

1　ご覧に入れよう　　2　ご覧になれよう

3　拝見いたそう　　4　拝見なさろう

(9) 興味がありましたら、どなたでも(　　)ので、お申し込みを待っております。

1　ご参加できます　　2　ご参加になれます

3　ご参加いたします　　4　ご参加おいでになれます

(10) A：佐藤(さとう)さんはどんな人ですか。

B：(　　)いらっしゃる方です。

1　やさしく　　2　やさしくて　　3　やさしい　　4　やさしかった

(11) さて、これからうちの新しく開発(かいはつ)した製品(せいひん)をお目に(　　)。

1　かけましょう　　2　かかりましょう

3　つけましょう　　4　つきましょう

(12) みなさんもずいぶんよく働いてくれたし、このごろ残業も多かったし、一日休みを(　　)やってください。

1　取らせて　　2　取られて　　3　取らされて　　4　取らなくて

(13) 道もあまり知らないし、日本語も上手ではないリーさんを銀行へ連れて(　　)。

1　行かせてやってください　　2　行かせていただけませんか

3　行っていらっしゃってください　　4　行ってやってください

(14) 明日のパーティーに皆様にぜひ(　　)、ここに弊社(へいしゃ)を代表してお招き申し上げたいと思います。

1　お越しくださるよう　　2　お越しになるよう

3　お越しいただきたく　　4　お越しいただくか

(15) 今は日本全国から、そして海外から来た救助(きゅうじょ)のプロの方々(かたがた)が被災地(ひさいち)で全力で(　　)。

1　働いておられます　　2　働いております

3　働いてご覧に入れます　　4　働いてご覧なさい

(16) 東日本大震災(しんさい)により、被災(ひさい)された皆様には、心より(　　)。

1　お見舞いいただきます　　2　お見舞い申し上げます

3　見舞いしていただきます　　4　見舞いしていらっしゃいます

(17) この本を二週間ほど（　　）よろしゅうございますか。

1　拝借いたしても　　2　拝借なさっても
3　お拝借しても　　4　お拝借なさっても

(18) ただ今、ご注文(ちゅうもん)を（　　）中(ちゅう)でございます。どうぞ、お気軽(きがる)にご利用(りよう)ください。

1　頂き　　2　致し　　3　申し　　4　承り

問題 2　次の文の ＿★＿ に入る最もよいものを、1・2・3・4から一つ選びなさい。

(19) みんなで、今失業で困って ＿★＿ ＿＿＿ ＿＿＿ ＿＿＿ くれませんか。

1　クミさんを　　2　やって　　3　助けて　　4　いる

(20) わたくしは、東京の出身(しゅっしん)なので、＿＿＿ ＿★＿ ＿＿＿ ＿＿＿ できます。

1　ご案内　　2　東京を　　3　のために　　4　リーさん

(21) 急用(きゅうよう)がございますので、＿★＿ ＿＿＿ ＿＿＿ ＿＿＿ 申し上げます。

1　ご遠慮(えんりょ)　　2　会合への　　3　今日の　　4　出席(しゅっせき)は

(22) 参加料は無料(むりょう)、募集人数(ぼしゅうにんずう)は30名。ただし、ご応募多数(おうぼたすう) ＿★＿ ＿＿＿ ＿＿＿ ＿＿＿ いただきます。

1　と　　2　抽選(ちゅうせん)　　3　の場合　　4　させて

(23) その日に、私がみなさまに ＿＿＿ ＿★＿ ＿＿＿ ＿＿＿ ましょう。

1　を踊って　　2　入れ　　3　ご覧に　　4　その踊り

★ 問題解答 ★

第一章

問題 1 p.39

❶ 4 翻譯：[A] 喂，你也會來參加我的生日派對吧。
[B] 當然會去。
[A] 那我等你。

解析：「もんか」表示反問；「かな」表示疑問等；「だろうか」表示推測等。這三個均不符合對話的語境。

❷ 3 翻譯：她今天穿運動衣、運動褲和涼鞋出現在我們的面前。

解析：從句子的意思來看，應該使用表示「累加」意義的助詞「に」。其他三個選項均無此用法。

❸ 1 翻譯：[A] 我說老媽，你不要老是說我朋友的壞話好嗎？！
[B] 我怎麼是在說壞話呢？難道不是事實嗎？

解析：「たら／ったら」用於提示話題，其他三個助詞無此用法。

❹ 4 翻譯：[A] 這叫什麼花？是不是「杜鵑」？
[B] 是的，是「杜鵑」。

解析：根據對話的語境，應該使用具有回憶和確認意義的助詞「っけ」。其他三個選項無此意。

❺ 4 翻譯：有人說愈有錢就會變得愈小氣，但這話也不能說得那麼絕對。

解析：「だけ」表示「與前項相應地發生後項」的意思，「ばかり」無此用法。另外只能用指示詞「それ」，而不能用指示詞「これ」。

❻ 1 翻譯：我相信他具備足夠完成該工作的能力。

解析：「だけに」和「だけあって」表示原因，而根據本句的意思來看，沒有因果關係；「だけで」表示最低程度，即「僅此而已」等意思，這不符合本句的意思。另外，從句子的結構來看，應該用表示定語的形式才對，即「足夠……的」語法意義。

❼ 1 翻譯：即使還不太理解大人做的事情，孩子們仍然會模仿大人的行為。

解析：根據前後文的意思，應該使用表示轉折意義的表達形式。「ものなら」表示假定；「ながらに」表示狀態；「ものだから」表示原因。

❽ 2 翻譯：不要邀請其他人，就我們兩個人去吧。

解析：既然「不邀請別人」，那便是限定了人數。其他三個選項都沒有表示「限定」的意義。

❾ 4 翻譯：（她）明明過著奢侈的生活，卻總是愁眉苦臉。

解析：「くせに」的後項要用和前項相矛盾的句子。另外要用「～そうな」的形式修飾（作定語）後面的名詞「顔」。

❿ 3 翻譯：儘管生活貧困，但她總是很樂觀，為此我也受到了鼓舞。

解析：「つつも」接在動詞連用形後，表示轉折。雖然其他三個選項都表示轉折，但接續都不對。

⓫ 1 翻譯：受到表揚時，無論是誰都會感到高興。至少不會不開心。

解析：謂語應該是「不會產生……」的意思。「～とは言えない」表示「不能稱為……」、「很難說是……」等意思。選項 3 和 4 的意思反了。

⑫ 2 翻譯：她跟史密斯先生結婚後去了美國，到現在從來沒有回國。

解析：「～たきり（で）」的後項要用表示否定意義的句子，意為「從那以後再也沒有做（至少在說話人看來）本來應該做的事情」。

⑬ 2 翻譯：我用減少用餐次數和做運動等方法在努力減肥。

解析：從句子的前後可以看出，應該是表示舉例的形式，即舉出減肥的幾種方法。其他三個選項都不符合。

⑭ 2 翻譯：[A] 爸爸今晚會不會（比平時）早點回家呢？
[B] 怎麼可能早回家呢？因為（這段時間）每天要加班，都很晚回家。

解析：根據「毎晩残業があって遅いんですから。」可以斷定，「父親」不可能早回家。

⑮ 1 翻譯：當看完那部講述人間大愛的電視劇後，我深深地被打動了。

解析：要使用「自發態」的表達形式，即表示「情不自禁、不由自主」等意思。「～たばかり」表示某種狀態，而「～ただけ」卻沒有此語法意義。

⑯ 3 翻譯：雖然我也想去旅行，但是因為沒有時間，所以無法去。

解析：根據前項的意思，後項應該是表示「沒法實現」、「沒有可能性」意義的句子。「行かない」「行かなかった」意為「不去」和「沒去」；選項 4 表示不想去。

⑰ 4 翻譯：那孩子嬌生慣養，稍稍批評他幾句就會大吵大鬧起來。

解析：從孩子的角度看，哭鬧的理由應該是「一旦遭到了批評」。雖然「ものなら」可以接在可能動詞後面，比如接在選項 2「叱れる」的後面，但這時的後項必須是表示「嘗試」、「願望」等意義的句子。

⑱ 4 翻譯：那傢伙老是看扁我，不過我們的關係還算不錯。

解析：從表示轉折意義的接續詞「でも」來看，前項不可能是好話。「～をばかにする」表示「愚弄人」等意思。

⑲ 4 翻譯：跌倒了爬起來，起來了又摔倒。就在這反反覆覆的過程中，嬰兒學會了走路。

解析：選項 1、2、3 為錯誤用法。選項 4 還可以說成「転んでは起き、転んでは起きる」，意思不變。

⑳ 2 翻譯：竟然在因地震崩塌的大樓裡不吃不喝地生存了兩週，這簡直難以置信。

解析：「とは」用於感嘆，符合句意。「とも」表示讓步等；「ものの」表示轉折；「ものなら」表示假定。

㉑ 3 翻譯：[A] 請勿踐踏草皮。
[B] 也就是說不可以進入草坪的意思吧。

解析：如果不看人物「B」的對話，四個選項基本上都對，但根據人物「B」的對話，只有選項 3 才符合句意。

㉒ 1 翻譯：[A] 如果你也想去旅行的話，那就跟我們一起去吧。
[B] 好啊，那就一起去吧。

解析：既然人物「B」表示有意參與，那人物「A」就應該是表示「邀請」或「建議」意義的說法。其他三個選項的意思均不符合和人物「B」的對話語境。

問題 2 p.41

㉓ 4 翻譯：人工衛星一邊繞著地球轉動，一邊進行地球上的氣象觀測。

原文：人工衛星は ★地球の 周りを 回りつつ 地球上の 気象観測を行なう。

24 2 翻譯：我去了她家。但別說跟我打聲招呼了，連一面也沒見著。
原文：彼女の家に行ったが、★声をかけて くれる どころか 姿も見せて くれなかった。

25 3 翻譯：因為我有急事要辦，所以就先離開了。
原文：急用が ある もので 先に ★席を外させて もらった。

26 1 翻譯：如果（將來）宇宙旅行很容易實現的話，你會跟誰一起去呢？
原文：もし宇宙旅行が 簡単に できる ものなら ★君は誰と 一緒に行きたいんですか。

27 1 翻譯：希望能提出可以向國民交代的改革方案。
原文：国民に 説明できる だけの ★改革案を 打ち出して ほしい。

28 4 翻譯：這一天裡一直不停地在走路，累死我了。
原文：一日中、歩き ★に 歩いた ので すっかり疲れてしまった。

29 3 翻譯：我本人倒沒什麼可擔心的事情，我只牽掛著家父的身體狀況。
原文：私 ★自身には 何の 不自由な ことも ないが、ただうちの父の健康のみが心配だ。

30 3 翻譯：突然爆發的火山活動得越來越厲害了。
原文：突然噴火した火山の 活動は ★ますます 激しくなる ばかりだった。

31 2 翻譯：因為已經有四十年沒見，所以剛見面時已經認不出誰是誰。
原文：40 年も ★会っていない ので はじめは 誰が誰やらさっぱり分からなかった。

第二章

問題 1 p.48

1 1 翻譯：記了又忘，忘了再記。就這樣反覆學習來記外語單字。
解析：「というふうに」修飾後面的動詞「繰り返す」。「というふうな」修飾名詞。「というふうで」用於中間停頓。沒有選項 4 的用法。

2 2 翻譯：這本書（的內容）太難，對你這樣的初學者可能起不到多大的作用。
解析：既然書的內容比較難，而且對方又是初學者，所以結果應該是「該書不適合對方」。選項 1「有可能發揮到作用」；選項 3 和 4 表示「希望發揮作用」，不符合題意。

3 3 翻譯：事到如今還有必要跟對方談下去嗎？完全沒有了。
解析：「か」接在意向形「(よ)う」後面有表示「反問、反詰」的意思，其他三個選項的助詞無此用法。

4 1 翻譯：把女性之美描寫得如此到位，可以說正好顯示出他的才華所在。
解析：「(よ)う」接在動詞連用形後面，表示推測等意思。

5 4 翻譯：我有點猶豫應該要先回家，還是要再等一會兒。
解析：「～(よ)うかな～(よ)うかな」用於表示不確定的選擇，後續「猶豫不決、舉棋不定」等意思的句子。「決めよう」、「迷おう」表「將要決定」和「將要猶豫」。在此句裡意思不通。

❻ 1 翻譯：當那孩子鼓起腮幫子時，就表示在說：「我在生氣了！」
解析：「ほっぺたを膨らませる」屬於慣用句，表示「生氣」、「不開心」等意思，正好跟後面的「怒っている」相呼應。其他三個選項不表示此意思。

❼ 4 翻譯：今後我再也不做讓父母擔心受怕的事情了。
解析：「二度と～ない」表示「再也不做曾經做過的事情」的意思。其他三個選項無此用法。

問題2 p.49

❽ 1 翻譯：同學們目光炯炯有神的聽著老師講有關宇宙的故事。
原文：生徒は 目を 輝（かがや）かせながら ★先生の宇宙（うちゅう） についての話を聞いている。

❾ 3 翻譯：今天因為媽媽出門了，所以不僅要我煮飯，還要我打掃房子。
原文：今日は母が出かけているので、 料理 だけでなく 掃除も ★させられてしまった。

❿ 2 翻譯：如果能讓身處受災地區的女兒回家的話，真希望她馬上回來。
原文：被災地（ひさいち）に いる娘を 帰らせられる ものなら ★すぐ帰ってほしいが。

⓫ 2 翻譯：由於惦記著住院的父親的病情，我昨晚都沒睡好。
原文：入院（にゅういん）している 父の ことが 案（あん）じられて ★ゆうべよく眠れなかった。

⓬ 4 翻譯：和往年一樣，將於 12 月 28 日舉行尾牙。
原文：例年（れいねん） ★のように 12 月 28 日 にて 忘年会（ぼうねんかい）を行なうことになっている。

第三章

問題1 p.63

❶ 3 翻譯：[A] 像今天這樣的傷亡事故實在是難以預測的一件事故。
[B] 是啊，確實是一件意外事故啊。
解析：「まったく～ない」是慣用表達形式，所以選項 2 和 4 不對。選項 1 意為「不應該防止」，不符合題意。

❷ 4 翻譯：如果每天的安全保養作業稍有疏忽，就有可能釀成大禍，所以決不能掉以輕心。
解析：既然「有可能會引發事故」，那就不能疏忽大意。「～(よ)うじゃないか」表示建議、勸誘等；「～てならない」表示程度很高；「～かねない」意為「有可能」。

❸ 2 翻譯：(她)很傷心地站在被車撞死的小狗身旁。
解析：其他三個選項均為錯誤用法。

❹ 1 翻譯：我已經解釋成這樣了，你怎麼還不明白啊！
解析：因為後項的「まだ分からないの」帶有譴責的語氣，所以前項應該是表示轉折意義的句子。

❺ 2 翻譯：他年紀輕輕，思想卻很保守。
解析：「～くせして」表示轉折，帶有「驚訝、譴責、遺憾」等意思。選項 1、3 和 4 都屬於褒義，所以不符合題意。

❻ 3 翻譯：我想幫助處於困境中的他，但是又擔心會不會傷害他的自尊心，所以一直沒開不了口(提出來)。
解析：既然是「言い出しかねている」(難以開口)，那麼前項應該是表示猶豫不決或自我懷疑的句子。其他三個選項都有表示「不會(傷害到對方)」的意思，所以不符合題意。

❼ 3 翻譯：開墾滿是石頭的山坳，將其改造成了耕地。

解析：其他三個選項均為錯誤用法。

❽ 2 翻譯：衝刺階段爆發力很強的他，在快到終點前超越了跑在他前面的選手。

解析：既然是「ラストに強い」的運動員，那麼就有可能取勝。「追い抜く」表示「追上並超過」的意思。其他三個選項不能跟動詞「追う」復合。

❾ 1 翻譯：員警不僅批評我不該隨意地把自行車停在這裡，同時還開單罰款。

解析：「～っぱなし」表示對動作的放任不管。其他三個選項均不符合題意。

❿ 2 翻譯：因為她是個守口如瓶的人，所以，即使跟她打聽，她也絕對不可能告訴我們那件事情是怎麼回事。

解析：從慣用句「口が重い」就可以看出，「她」不能說出那件事。「教えてもらいづらい」表示講話人不好意思請求對方。「教えてくれたっけ」表示「我好像記得告訴過我們」。

⓫ 3 翻譯：出了如此重大的政治事件，媒體卻沒有作任何報導。單單從這一點就不難讓人發現，這個國家對媒體的管制是何等的嚴厲。

解析：從句子的整體意思來看，說話人對前項在發感嘆，「どれだけ～か」符合此意。

⓬ 4 翻譯：剛上漆，請勿觸摸。

解析：其他三個選項均為錯誤用法。

⓭ 2 翻譯：我們科長他每天都板著臉，很難跟他交流。

解析：「話しよい」表示「容易交流」；「話しかける」表示「搭話、打招呼」。沒有「話し得る」的用法。

⓮ 1 翻譯：我有三個孩子，三個都是女孩。

解析：「ども」接在第一人稱後面。選項 3 和 4 在本句不能用。

問題 2 p.64

⓯ 3 翻譯：今天的工作就到此結束吧。

原文：今日の仕事は　この辺　★で　終わり　に　しましょう。

⓰ 2 翻譯：將來，隨著醫學的進步，一些一直被稱為不治之症的疾病也有可能得到根治。

原文：将来、医学が進めば、不治(ふち)の病(やまい)　といわれている　★病気も　治ることは　ありえます。

⓱ 2 翻譯：謝謝您在前幾天，我們出發的時候特地來送行。

原文：先日(せんじつ)、わたくしどもの　★出発(しゅっぱつ)の時には　わざわざお見送(みおく)り　くださいまして、ありがとうございます。

⓲ 4 翻譯：針對年輕人銷售的汽車，在款式設計方面特別受到汽車生產商的重視。

原文：若者　向けの　車では　特に　★デザインが　メーカーに重視(じゅうし)されている。

⓳ 4 翻譯：那孩子把還沒有吃完的蘋果放在書桌上後，不知道跑到哪兒去了。

原文：食べ　かけた　リンゴを　★机の上に　置いて、あの子はどこかへ行っちゃった。

⓴ 1 翻譯：最近，本店的銷售額略有下降趨勢，有點令人擔心。

原文：最近、店の　売り上げは　★下がり　ぎみで　ちょっと心配です。

第四章 壹

問題1 p.77

❶ 1 翻譯：那個食品裡因為沒有添加防腐劑，所以開封不久就發黴了。
解析：選項 2 和 3 的謂語不能用過去式。選項 4 表示「在做某事情之前」，沒開封一般不會發黴，所以不符合題意。

❷ 4 翻譯：請您稍等。您要的東西一到，我馬上通知您。
解析：表示前後順序意義的「次第」的謂語不能用過去時，所以選項 1 和 3 為錯誤用法。這是講話人的行為，而選項 2(請您趕快聯繫我們)說的是請求對方做的事情，所以不符合題意。

❸ 2 翻譯：總統在任期間，一個不漏地巡視了各州縣。
解析：「ごと」表示「一個不漏地」的意思，其他三個選項沒有這個用法。

❹ 4 翻譯：在出發前夕，我會再一次確認排程的事宜。
解析：確認排程須在出發前完成才符合常理，所以選項 1 和 2 不妥。「最中」表示「最旺盛的時候」，不符合題意。

❺ 3 翻譯：突然有一個小孩衝了出來。當我剛踩剎車時，只見那孩子已經從我車前跑了過去。
解析：「～か～ないかのうちに」是固定的慣用表達形式，所以其他的三個選項不能用。

❻ 2 翻譯：我剛進房間，他就「呼」地一下站起來走了出去。他大概還在為上次吵架的事耿耿於懷。
解析：「～とたん(に)」的謂語必須是一次性做完的動作，所以選項 1 和 3 為錯句。選項 4 表示物品剛上市等意思，不表示「走出屋子」。

❼ 4 翻譯：比賽還沒有結束，所以現在既不是歡呼的時候，也不是感到沮喪的時候。再看一會兒吧。
解析：只有「～ている場合でも(ない)～でもない」的用法，其他三個選項為錯誤用法。

❽ 4 翻譯：大樓剛開始搖晃，瞬間就倒塌了。傷亡人數很多。
解析：選項 1「在大樓臨近搖晃的時候」；選項 2「每當大樓開始搖晃的時候」；選項 3「在大樓開始快要搖晃的時候」。這三個選項的意思均不符合題意。

❾ 1 翻譯：在建設新機場之前，務必要聽取當地居民的意見。
解析：「～に先立つ」只能接在動詞辭書形後面，所以其他三個選項為錯誤接續。

❿ 3 翻譯：昨天，正當我因弄丟錢包而一籌莫展的時候，朋友借錢給我了。
解析：選項 1 的意思在本句子裡意思不通；選項 2 和 4 的後項不能用過去時結束句子。

⓫ 3 翻譯：不管是好是壞，希望兄弟之間不要嫉妒比較。
解析：「～につけ～につけ」表示「無論是……(的時候)還是……(的時候)都會」的意思，其他三個選項沒有重複使用的形式。

⓬ 2 翻譯：跟他認識不久，他就向我求婚了。
解析：只有「～てまもなく」的用法，沒有其他接續形式。

⓭ 4 翻譯：我正在看電視的時候，突然(感覺)房子開始搖晃了起來。
解析：「～最中」必須接在動詞的進行時後面，表示「正在……當中」的意思。

⓮ 2 翻譯：昨天，我在課堂上正打瞌睡的時候被老師(叫醒後)訓了一頓。

解析：執行「訓話」的人肯定是「老師」，而被訓的人肯定是「我」，所以要用被動態。另外，從助詞「から」也可以判斷。

問題2 p.78

⑮ 3 翻譯：布告欄裡寫著有關參加面試時的注意事項。
原文：掲示板(けいじばん)に、面接試験を 受ける ★に際しての 注意事項(じこう) が書いてある。

⑯ 4 翻譯：要是在 C 國，說那種過激言論的人早就被抓了。
原文：C国だったら、そんな過激(かげき)な発言(はつげん)をする 人間は 政治犯(せいじはん) ★として 逮捕(たいほ)されて いるところだ。

⑰ 1 翻譯：「失敗是成功之母」。有時候每次的失敗會使人更進步。
原文：「失敗は成功の元(もと)」だ。失敗する ★ごとに 上手になる ことが ある。

⑱ 2 翻譯：每當想到今後的生活時，只有不斷地嘆息。
原文：これからの暮らしの ★ことを考える につけて 出てくる のは ため息(いき)ばかりである。

⑲ 4 翻譯：在總統到達之前，總司令發來命令，要求再次確認警備工作是否到位。
原文：大統領(だいとうりょう)の到着(とうちゃく) を前にして 司令官(しれいかん)から ★警備(けいび) を再確認(さいかくにん)する ように命(めい)じられた。

⑳ 2 翻譯：身為氣象觀測員，她每小時都會對氣溫、風速等進行觀測。
原文：気象観測員(きしょうかんそくいん)の 彼女は 1時間 ★ごとに 気温や風速 などを計(はか)る。

第四章 貳

問題1 p.92

❶ 3 翻譯：溫柔善良的她，將來一定能成為一名好老師。
解析：因為說的是將來的事情，而選項 1 和 2 說的是正在當老師的事情，所以不符合題意。選項 4 表示「不能當好老師」。

❷ 2 翻譯：既然我已經說我自己來做了，早有準備付出相對的代價。
解析：「～うえは」的謂語為採取與之相適應的行動，多數為講話人的決心等，而其他三個選項的意義消極。

❸ 1 翻譯：為了保護災區人民的生命安全和財產免遭大雪侵襲而受害，政府派遣了軍隊守護災區。
解析：「～から～を守る」屬於慣用句型，不能隨意用其他形式代替。

❹ 1 翻譯：因為忘記熄滅煙頭而釀成了火災。
解析：選項 2 和選項 3 意為「既然……就……」，後項必須是說話者有意識的動作；選項 4 只能接在（形式）名詞後面。

❺ 4 翻譯：真不愧是專業廚師做的菜，外觀和味道都不錯。
解析：「さすがに～だけに」屬於慣用搭配，其他三個副詞不能用。

❻ 3 翻譯：因為是半年一次的大拍賣，所以櫃檯前擠滿了主婦們。
解析：選項 1 和 2 跟說話者本身的意識有關，但句子說的是現象，所以用語不當。沒有選項 4 的用法。

❼ 1 翻譯：既然準備參加考試了，那當然想通過。

解析：要用他動詞，所以選項 3 和 4 不能用。而選項 2 意為「不參加」，前後意思矛盾。

8 3 翻譯：A 教授通過電視媒體，向民眾提示了預防新型流感的要點。
解析：選項 1 和 2 表示「由…而造成的…」，在本句中意思不通。選項 4 的「ため」如果作「原因」理解的話，跟題意不吻合，作「目的」理解的話，不能接在過去時後面。

9 4 翻譯：以前為了防止生鮮食品腐爛，進行了各種嘗試。
解析：「～(よ)うと(思って)」的後項必須是某人採取的行為，而其他三個選項都跟行為無關。

10 4 翻譯：正因為事情重大，所以應該謹慎處理。
解析：在本句中使用表示存在或擁有的動詞「ある」不妥，因為「対処」是動作行為。選項 3 的意思反了。

11 4 翻譯：因為最近發生的一次交通事故，父親不再開車了。
解析：選項 1 和 2 意為「既然是(因為)最近引起的交通事故」，這跟謂語形成不了因果關係。選項 3 表示「臨近某個時期」的意思，這更不符合題意。

12 2 翻譯：田中選手不僅游得快，而且姿勢也很棒，不愧是奧運冠軍啊。
解析：雖然四個選項均表示原因，但除了選項 2 外，其他三個選項都不能構成「～のことはある」的表達形式。

13 3 翻譯：這不是什麼運氣。是因為非常努力，才獲得了優勝。
解析：選項 1 為錯誤語法；選項 2 的意思不同；選項 4 的「ばかりに」的後項多為消極意義的句子。

14 2 翻譯：第三次實驗又失敗了。我開始重新審視至今為止的實驗方法。
解析：既然需要「見直す」(重新審視)，那麼說明之前的實驗可能有問題。

15 2 翻譯：有時候稍不留神就有可能會受傷。
解析：「注意を怠る」表示「放鬆警惕、疏忽、大意」等意思。選項 1 和 4 意為「不會受傷」，意思反了。選項 3 意為「並非是受傷」，不符合題意。

16 4 翻譯：因鋪設道路，(車輛)請慢行。
解析：選項 1 和 2 表示意志等意思，不符合題意；選項 3 意為「為了防備……」。

問題2 p.93

17 3 翻譯：我認為正因為(該同學)平日裡很用功，所以期末考試考得很好。
原文：普段よく 勉強した だけあって ★期末(きまつ)試験は よくできた と思う。

18 2 翻譯：醫生對我說，我是因為過勞才生了這樣的病。
原文：働きすぎた ★ことから こんな 病気になった のだ と医者は私に言った。

19 1 翻譯：聽說酒駕引發的交通事故連年增加。
原文：飲酒(いんしゅ)運転 からくる 交通事故が ★年々(ねんねん) 増えている という。

20 4 翻譯：[A] 咦？沒買啤酒嗎？
[B] 我以為冰箱裡還有，所以就沒買。
原文：[A] えっ、ビール、買わなかった？
[B] まだ冷蔵庫 にある ★と思った もの ですから、買いませんでした。

21 3 翻譯：既然情勢已經到了這個地步，只能放棄了。
原文：事態(じたい)が こう ★なった 以上は 諦めるしかない。

第四章 參

問題1 p.114

1 2 翻譯：儘管那家店在促銷，但你竟然一次就買了一百萬日元的東西，這簡直令人難以置信。
解析：選項 1「狠心買了一百萬日元的東西」；選項 3 我認為有比這更便宜的商店；選項 4「不能進行各種比較」。從前項句子的意思來看，只有選項 2 才符合題意。

2 4 翻譯：[A] 這個產品如果能暢銷，估計可以賺到 1 億日元左右吧。
[B] 再怎麼搶手也賺不到那麼多啊。你也太樂觀了吧。
解析：副詞「どんなに」跟「〜ても」搭配，意為「即使再怎麼……(也不能)……」。選項 1 和後續表示感嘆的句子。副詞「いくらか」表示「若做數量」。

3 2 翻譯：如果沒有合適的辭典，是很難進行翻譯的。因為原文裡面有很多不懂的專業術語。
解析：因為是「辭書を」，所以必須用他動詞「入れる」。選項 3 和 4(如果不一邊……的話)不符合句意。

4 4 翻譯：如果你不道歉，我就不會原諒你。快道歉！
解析：從謂語可以看出，說話者必須要對方道歉後才有可能原諒對方。選項 1「我原諒你吧」；選項 2「我想請你原諒」；選項 3「不原諒也行」。這三個均不符合題意。

5 4 翻譯：打擾到你們的談話，真不好意思。
解析：選項 4 省略了助詞「を」。前項是講述對方目前的狀況，後項是說話者在此情況下給對方添麻煩，此語境其他三個選項無法表達。

6 1 翻譯：雖然統稱為亞洲，但其地域廣闊，文化千姿百態。
解析：「ひとくちに〜といっても」是慣用搭配。

7 4 翻譯：雖說 3 級考試比較簡單，但是如果不用功學習的話就不可能得高分。
解析：選項 1「如果認真學習」；選項 2「儘管很用功，但沒想到的是……」；選項 3「為了好好地學習」。這三個意思都不可能得出謂語「高い点数は取れない」。

8 1 翻譯：剛才還在這裡的說，我以為你跑去哪裡了呢，原來在臥室裡睡午覺啊。
解析：前項為「不解、疑惑」的語感，後項為「發現真相」，此語境只有選項 1 符合。

9 4 翻譯：儘管工作十分繁忙，他每天還是按時打電話給她。
解析：句子的前後為轉折關係，所以選項 1 和 3 不能用。雖然選項 2 有轉折的意思，但是後項多為表示說話者「被打擾」或「得到幫助」等意義的句子。

10 1 翻譯：由於下午還有事，就算我要去，現在也無法決定去的確切時間。
解析：因為事情還沒做，所以只能用現在時。

11 2 翻譯：原以為美女久美生的女兒應該也是個小美女，但其實並不是。
解析：「〜(か)と思ったら」的前後應該是相互對立或相互矛盾的事情。選項 1 的意思反了。選項 3 和 4 的意思相同，表示「或許(是)」。

12 2 翻譯：雖然我也認為自己目前的成績不如人意，不過還是想參加考試。
解析：選項 1 的接續不對；選項 3 和 4 表示推測，在本句中意思不通。

13 4 翻譯：以為雨停了，可是剛剛又下起雨了。
解析：「〜(か)と思うと」的前後必須是相反或相對立的事項。因為講述的事情已經發生，所以前項也必須是過去時。

14 1 翻譯：如果遲交作業肯定會遭到那位嚴師的訓斥。

解析：從句子的前後關係可以看出，前項應該是表示假定意義的句子，而其他三個選項都表示「讓步」，所以不能用。

15 1 翻譯：雖然一個人的生活很寂寞，不過因為自由，而且沒什麼牽掛，也蠻不錯的。
解析：句子的前後為轉折關係，所以其他三個接續詞不能用。

16 3 翻譯：你要不是在家裡拖拖拉拉的，現在早已經到了宴會現場，正在品嚐美食呢。
解析：從謂語的「～ていただろうに」可以看出，講話人在批評對方。選項 1 的意思反了。「～ないことには」不能接在進行時後面。選項 4「因為必須要……」，在本句裡意思不通。

17 3 翻譯：只要身體健康，我就會努力（做）下去。
解析：如果把選項 1 改為「元気でさえあれば」就可以了。選項 2 和 4 的意思為「即使身體健康」，不符合後項的意思。

18 3 翻譯：如果需要，即使辭去工作也在所不惜，打算上法庭（跟公司）抗爭到底。
解析：「～てでも」的後項為說話者的意志、打算等，不能用於正在做的事情（選項 1）或已經完成的事情（選項 4）。選項 2 表示否定的推測，不符合題意。

19 2 翻譯：據說我們人類只要有喝的東西，即使什麼都不吃也能存活 1 周左右。
解析：只有「～さえ～ば／たら／なら」的用法，而沒有其他用法。

20 4 翻譯：若說我家的孩子學習勤奮那是有些過獎，不過至少，不算懶惰。
解析：選項 1「即使說」; 選項 2「因為說」：選項 3「雖然說」。這三個都不符合題意。

21 1 翻譯：美國對中日兩國的關係發展具有很大的影響力，所以如果撇開美國，中日兩國的關系就無從談起。
解析：「～ぬきでは」的後項要用能動態否定形式。選項 2(難道就不能談起嗎？) 其實為肯定。

22 2 翻譯：如果不為人生設立具體的目標，恐怕看不到未來吧。
解析：「する」後續「ねば」時只能用「～せねば」的形式。

問題 2 p.116

23 3 翻譯：雖說每天都在用功，但好像成效不佳。
原文：毎日よく 勉強している とは 言いながら ★その成果(せいか)はあまり上がっていないようだ。

24 4 翻譯：多虧朋友提醒，我差點把非常重要的事情給忘記了。
原文：友だち ★に 注意された から よかったものの、あぶなく大事なことを忘れてしまうところだった。

25 4 翻譯：正覺得最近都沒有看到久美小姐，好像是去非洲出差的樣子。
原文：最近、★クミさんの 顔を見ない と思っていたら 出張で アフリカへ行っているらしい。

26 1 翻譯：如果你一開始就說實話的話，大家就不會不理你了啊！
原文：はじめから ★本当のこと を言っていれば みんなに 見捨てられる まいに。

27 2 翻譯：聽說有些人如果不一邊聽音樂就沒辦法工作或唸書。
原文：音楽を聞いたり しながら でないと 仕事や勉強 ★ができない 人がいるそうだ。

㉘ 2 翻譯：如果沒有了主角，電視劇是無法製作完成的。
原文：主役（しゅやく） をぬき ★にしては ドラマの 完成は ない。

第四章 肆

問題 1 p.129

❶ 3 翻譯：根據你的努力，要考上理想中的大學並非是夢想。
解析：根據前文，後項應該是鼓勵對方的話才是。選項 1「哪裡談得上是夢想」，不符合題意；選項 2 和 4 都表示「只是夢想」。

❷ 4 翻譯：那個人過著跟自己的收入極不相稱的生活，十分奢華。
解析：只有「～に応じた」才能修飾後面的名詞。

❸ 4 翻譯：他從業界受賄取得的財物中，既有高級進口車，又有高爾夫會員卡。
解析：「～あるかと思えば～もある」屬於慣用句型，不能用其他三個選項的任何一個替代。

❹ 4 翻譯：身為新人歌手，出道後每天忙於媒體宣傳，根本沒有時間休息。
解析：選項 1「不僅僅是休息」；選項 2「不是依據休息」；選項 3「不依賴於休息」。這三個在該句的意思中都不通。

❺ 2 翻譯：根據親臨戰爭的人的敘述，製作了這部電視劇。
解析：「～次第では」的謂語不能是已經完成的事項；「～のもとに」表示狀況等，在此句中意思不通；「～にしても」表示讓步，不符合後項的意思。

❻ 1 翻譯：將在 12 月出生的孩子，不管是男生還是女生，只要健健康康的就好了。
解析：除了正解外，其他三個選項都不能重複使用。

❼ 1 翻譯：在日本的梅雨期間，由於悶熱和陰雨綿綿，整天濕漉漉的，令人心情不太爽快。
解析：「暑さ」「長雨」是同時存在的兩個事項，所以使用表示「並列、累加」意義的「に」。

❽ 1 翻譯：大氣污染的問題越來越嚴重，政府就不用說了，企業也不能忽視這個問題。只有互相合作才能有效防止。
解析：從句子的整體意思來看，應該是「不能忽視」。選項 2「並非忽視」，在此句子裡意思不通；選項 3 和 4 都有「可以忽視」的意思，所以不符合題意。

❾ 2 翻譯：依據需要訂立工程計畫，並且根據預算籌集資金。
解析：從句子的整體意思來看，應該是在講「制訂計畫」和「籌集資金」這兩件事情所依據的方針或標準。其他三個選項沒有這個意思。

❿ 2 翻譯：在老師的指導下完成了論文寫作。
解析：「～にしたって」表示讓步；「～に加えて」表示累加；「～の限りで」表示範圍。這三個選項均不符合題意。

⓫ 2 翻譯：兄嫂結婚以後兩人幾乎沒有一天不吵架。哥哥有錯，嫂子也不對。兩個人都太過分。
解析：「～も～なら～も」的情境必須是批評兩者都存在問題。

⓬ 3 翻譯：遵照總統的命令，決定出兵。
解析：選項 1 表示範圍；選項 2 表示「依賴、依靠」；選項 4 表示累加。

⓭ 3 翻譯：人們認為死亡人數愈來愈多，是因為饑寒交迫所致。
解析：選項 1、2、4 為錯誤用法。

14 1 翻譯：交通事故不僅會帶給被害者傷害，也會使其家庭陷入愁雲慘霧。
解析：句子的前後為並列、累加關係，而選項 3 和 4 沒有這個用法。選項 2 雖然有「添加」的意義，但必須前接事物名詞。

15 3 翻譯：不管是直接感染還是間接感染，只要不出去就不要緊吧。
解析：選項 1「會造成嚴重後果吧」，不符合常識；選項 3 和 4 只說了片面的一項。

問題2 p.130

16 1 翻譯：依據實驗數據作出來的圖表顯示，數值在不斷遞增。
原文：実験データ　をもとに　した　★グラフから　数値(すうち)が　だんだん増えていることがわかる。

17 1 翻譯：我靠著出版社支付的稿酬生活。
原文：私は出版社(しゅっぱんしゃ)　から　もらった　原稿(げんこう)の報酬(ほうしゅう)　★を頼りに　暮らしている。

18 4 翻譯：填寫完報社發的有關休閒娛樂的問卷調查後，就寄出去了。
原文：レジャーの過ごし方　についての　新聞社の　★アンケート　にこたえて　回答(かいとう)を送りました。

19 2 翻譯：非正職的員工不僅薪資低，而且職業身份也不穩定。
原文：フリーターは　★安い　給料　にくわえて　身分(みぶん)が　不安定(ふあんてい)だ。

20 3 翻譯：如果沒有空氣，不僅是我們人類，所有的生物都無法生存下去。
原文：空気がなければ人間　のみか　★すべての　生物も　生きていけない　のだ。

第四章 伍

問題1 p.142

1 2 翻譯：因地震損壞的那棟大樓至今還沒有修復。
解析：「～ずにある」表示不變的狀態，常跟「まま」一起使用。

2 4 翻譯：現在，日本出現一個新詞彙，叫「家庭主夫」。妻子上班，丈夫在家帶孩子的家庭形式在不斷增加。這說明無論是男性還是女性，他們對工作和人生的價值觀都有了改變。
解析：從句子前面部分的意思可以看出，無論是男性還是女性，他們價值觀都發生了改變。選項 1「似乎無法預測將來會怎麼樣」；選項 2「今後可能會發生改變」；選項 3「一如既往」。

3 1 翻譯：因為你不適合做生意，所以我勸你還是不要開店了。
解析：動詞「向ける」和「向かう」沒有表示「適合、適應」的意思；「向こう」是名詞。

4 2 翻譯：隨著一天天長大，煩惱也多了起來。這大概就是所謂的「成長的煩惱」吧。
解析：如果不是「煩惱也隨之增加」的話，就沒有後項了。

5 4 翻譯：散步的時候，順便去了搬到我家附近的一位朋友家一下。
解析：這是表示「前後項的事情同時做」的意思，而其他三個選項都不能用。

6 2 翻譯：雖然這裡的手冊可以隨意拿取，但也沒有必要多拿吧。拿個一兩本就夠了。
解析：「～つつある」不能前接他動詞；選項 3 和 4「一直沒拿」不符合題意。

7 1 翻譯：無法知道他是不是還活著，至今依然行蹤不明。

解析：既然不知道是不是還活著，那麼肯定是處於失蹤狀態。選項 2「沒有（失蹤）」；選項 3「假裝（失蹤）」；選項 4「正走向（失蹤）」。

8 3 翻譯：為解決歷史問題，兩國都在做出努力。

解析：選項 1 的後項要用表示移動動詞；選項 2 表示對比，即「一方面…，而另一方面…」的意思；選項 4「隨著歷史問題的解決」跟謂語「正在努力」形成不了通順的意思。

9 2 翻譯：在日本，伴隨著少子化的趨勢，出現了諸多問題。

解析：從前後句子的意思看，應該選擇表示「伴隨、隨著」等意思的表達形式才對。其他三個都沒有此語法意義。

10 1 翻譯：如果遇到那個猛獸，躺下來裝死就行了。

解析：「死んだ」相當於「死んでいる」的意思，即表示狀態。選項 2 和 3 表示「即將要死」；選項 4 表示「過去處於死的狀態」。

11 2 翻譯：這世上的事知道得越多，覺得不可思議的事情也越多。

解析：「～つつある」要接在無意志自動詞後面。選項 3「有了解的傾向／有了解的人」，跟整個句子的意思不吻合；選項 4「如果裝作不知道」，這不可能導致後項的結果。

12 4 翻譯：您這麼忙還親自趕過來，辛苦了。

解析：從句子的前後看，應該是「在您繁忙的時候」的意思，除了選項 4 外，其他三個沒有表示「時間、時期」的用法。

13 3 翻譯：自從那件事情發生以來，他看問題事事都帶有悲觀的傾向。

解析：「～向きがある」屬於慣用句型，表示「存在……傾向」的意思。

14 3 翻譯：雖然中了彩票，但是考慮到孩子留學需要花錢，所以那筆錢一直沒有動。

解析：既然考慮到了今後孩子留學需要花錢，那就應該把那筆錢留下來才是。選項 1 和 2 都有「花掉那筆錢」的意思；選項 4「幸虧沒有花掉那筆錢」，用於表示事後的慶倖，不符合題意。

問題 2 p.143

15 2 翻譯：田中還不知道自己要被調去地方上的事情。

原文：田中さんは ★地方に 転勤(てんきん) させられる ことを まだ知らないでいる。

16 4 翻譯：妻子的病情越發嚴重，我十分擔心。

原文：妻の病気は ★ますます 悪くなる 一方で とても心配 です。

17 1 翻譯：他嚴厲地向工程的當事者闡述了該工程將會給環境帶來的危害性。

原文：彼は工事(こうじ)の当事者(とうじしゃ)たち に向けて ★工事が環境(かんきょう) に与(あた)える 危険性を厳重(げんじゅう)に伝(つた)えた。

18 2 翻譯：自從病倒後，因為種的花木沒有人照顧，院子荒廢得不成樣子。

原文：寝たきり になってから 植木(うえき)にも花にも 手入(てい)れをして ★やらないので、庭が荒(あれ)放題だ。

19 1 翻譯：為了獲得 N2 考試的合格證書，大家都非常拼命地學習。

原文：N2 試験の 合格に 向けて みんな必死(ひっし)に ★がんばっている。

第四章 陸

問題 1 p.161

❶ 3 翻譯：一般來說，日本人的身高比歐洲人要矮。不過田中雖然是日本人，但他的身高算高的。

解析：根據前後文可以看出，這是對比並帶有轉折的句子，而其他三個選項都沒有此意思。

❷ 2 翻譯：使用電腦有它方便的一面，但是也有不利的一面。那就是時間長了就很容易忘記漢字怎麼寫。

解析：既然是「反面」，那麼結果應該是存在不利的一面才對。選項 3「始終沒有記住漢字」，在此句不通。

❸ 1 翻譯：按照米跟水 3：1 的比例煮飯。

解析：這是表示比例的用法，其他三個選項均沒有這個用法。

❹ 4 翻譯：從房間的燈還亮著來看，鈴木好像還沒睡。

解析：從主語「電気が」可以看出，不能用他動詞「消さない／消す」；既然估計鈴木還沒睡，那麼從常識來看，燈應該是開著的。

❺ 3 翻譯：[A] 這筆生意虧得太慘了。
[B] 是啊。不過，這是當初誰也沒想到的事情。就連社長在簽合同時也認為這絕對是一筆賺錢的買賣。

解析：既然是「みんな予想もしなかった」，那麼「社長」也應該是其中之一，所以要用「社長にしても」。

❻ 3 翻譯：兒子被視為民族英雄受到國民的尊敬。作為父母也會感到很欣慰吧。

解析：選項 1 意為「按照…」等意思；選項 2 意為「關於」等意思，這兩個在本句中都不能用。如果把選項 4 改為「にとっても」就可以成立。

❼ 2 翻譯：[A] 你認為小金的日語說得怎麼樣？聽說他在日本待了十年噢。
[B] 是嗎？不過，與十年的日本生活經驗相比，他的日語水準還真不怎麼樣。

解析：用於對比，表示前後不相稱的意思。選項 3「怎麼樣」和 4「會變得怎麼樣」在此句子裡意思不通。

❽ 3 翻譯：日本正在為低出生率發愁時，中國正在拼命地抑制人口。

解析：「一方で～他方で」「一方は～他方は」屬於固定搭配形式，不能隨意改變。

❾ 4 翻譯：吃了藥，到了第二天，雖說還沒有全好，但基本上退燒了，所以稍稍放心了一點。

解析：「全快」（痊癒）跟「熱が下がる」（退燒）是程度高低的關系，所以只能用選項 4，其他三個都反映不出此關係。

❿ 1 翻譯：什麼？他生氣了？我並沒有批評他的意思啊。

解析：因為是講述已經發生的事情，所以「つもり」要接在動詞過去式後面。願望助動詞「～たい」後面不能接續「つもり」。

⓫ 2 翻譯：從他不來參加派對這一點看，估計是有什麼急事。

解析：只用「～ところから／ところを見る」的用法。

⓬ 1 翻譯：除了本國的國土，絕大部分東西都依賴從國外進口。

解析：在此句子裡，除了選項 1 外，其他三個都不能用。

⓭ 1 翻譯：我就把自己想成是一名奧運的正式選手拼命地跑。

解析：「～たつもりで」用於講話人以某種心態去做了後面事情。選項 2、3 和 4 都是用在建議第三人稱做某事的場合，而本句子的主題是第一人稱「僕」。

14 1 翻譯：本次選舉，出現了和很多人預料相反的結果。

解析：其他三個選項在句子裡的意思不通。

15 1 翻譯：人們都說日語和韓語很相似，但是，日語的發音相對比較簡單，而韓語的發音相對比較難。

解析：「～にしては」要用在前後都是同一主體的句子裡。選項 3 和 4 沒有正反對比的用法。

16 4 翻譯：這東西在你看來可能沒什麼價值，但對我來說卻是寶貝啊。

解析：從的語感來看，應該是用表示「限定評價的對象」的表達形式，而選項 1 和 3 沒有這種用法；「～にすれば」不能用於第一人稱推測自身的感受，所以選項 2 不對。

17 1 翻譯：[A] 能戰勝這個困難的狀況，除了你沒有別人。拜託你了，木村。
[B] 那好吧，就交給我吧。

解析：從謂語的「頼むよ」可以看出，「木村」是唯一的人選，所以選項 2(其他也還有)、選項 3(其他就沒有了嗎) 和選項 4(也可能有其他人) 的意思反了。

18 1 翻譯：他不僅把自己的工作做得很出色外，(另一方面) 還幫助別人。

解析：前後是並列的兩個方面，而選項 2 和 3 用於對比並帶有轉折的意思。選項 4 用於前後相反的兩個事物。

問題2 p.163

19 1 翻譯：每位乘客可以攜帶 15 公斤的隨身物品。

原文：乗客(じょうきゃく)一人　につき　15 キロの　手荷物(てにもつ)を　★持ち込む　ことができる。

20 2 翻譯：雖然不要求你從頭再做一次，但真心希望你再好好地確認一遍。

原文：はじめ　から　★やり直せ　とまでは　言わないが　、もう一度丁寧にチェックしてほしいのが本音(ほんね)だ。

21 4 翻譯：在日本，老年人占總人口的比例越來越大。

原文：日本では、人口全体　★に対する　老人の割(わ)り合(あ)いが　大きくなる　一方である。

22 3 翻譯：剛才的事情，你就當我什麼都沒說。

原文：さっきのこと　★については　僕はなにも　言わなかった　こと　にしてください。

23 3 翻譯：用不著別人說，我知道失敗的原因在我自己身上。

原文：他の人から　言われる　までもなく　★失敗の原因が　自分にある　ことは分かっている。

24 2 翻譯：她的男朋友因交通事故去世了。不過，她抱著已經跟他結婚了的心情，住進了男方的家，擔負起照顧雙親的任務。

原文：恋人が交通事故でなくなった。しかし、★彼女は彼と　結婚した　つもりで　恋人の実家(じっか)に住み、両親の世話を始めた。

25 1 翻譯：從父母的角度來看，當含辛茹苦養大的孩子離開父母去遠行時，仍然會很牽掛吧。

原文：親にしてみれば大切に　育ててきた　子どもが　★親離(おやばな)れして　遠いところに旅(たび)だつのは心配事(しんぱいごと)の一つになるだろう。

第四章 柒

問題 1 p.173

❶ 3 翻譯：交貨期臨近了，所以工廠不分晝夜地加緊趕工。

解析：「～はともかく」或「～はもちろん」必須用在前後兩項做對比的句子裡，而本句子裡沒有對比的含義。「～にもかかわらず」表示轉折。

❷ 3 翻譯：如果是清涼飲料的話倒也罷了，竟然勸未成年的兒子喝酒，真是荒唐。

解析：「おめでたい」表示「過於樂觀」等意思，不符合句子的意思；選項 4 意為「難道是荒唐的嗎」，這跟前面的「清涼飲料ならいいが」矛盾了。

❸ 2 翻譯：據科學家研究證明，月球的引力是地球的六分之一。

解析：很容易看出，要用表示「相當於…」這個意思的形式。其他三個選項都沒有這個用法。

❹ 2 翻譯：隨著時間的流逝，友情會變得淡薄起來，這也是情理之中的事。但是，我和他在這 50 年中，一直保持著良好的關係。

解析：「しかし～ 仲なか良よく付き合ってきた」可以看出一直是「哥倆好」。其他三個選項的意思均不符合句子的意思。

❺ 2 翻譯：不顧腳受傷，堅持跑到了終點。

解析：「走りすぎる」（跑過頭）；「走りぬく」（跑完全程）；「走り回る」（兜圈子）；「走り書く」（潦草寫字）。

❻ 4 翻譯：在使用燈泡的時候，盡可能選擇那種對氣候暖化影響不大，也就是不太會造成溫室效應的產品。

解析：因為前項已經有「あまり温暖化に影響がないもの」的說明，所以後項也必須是與此相關的句子。選項 1「不問……」；選項 2「不顧……」；選項 3「並非……」。

❼ 1 翻譯：每天忙於生意，好累啊。哪怕一天也好，真想過個不談到生意的日子。

解析：根據「毎日商売で忙しくてくたびれている」這句話可以看出，講話人希望休息。「～にかかる」和「～にかかわる」表示「關係到……」；選項 3 的「抜け」表示「遺漏」，不符合本句子的意思。

❽ 3 翻譯：可以說農作物的收成如何，在相當程度上取決於氣候的好壞。

解析：「～をぬきにしている」（撇開）；「～をこめている」（飽含）；「～にくわわっている」（加上）。這三個選項均不符合句子的意思。

❾ 2 翻譯：照料病人的護士所從事的工作，是人命關天的職業。

解析：選項 1「相當於……」等意思；選項 3「飽含……（情感）」；選項 4「撇開……」。這三個選項都不符合句子的意思。

❿ 1 翻譯：滿懷著心意，為他畫了一幅畫。

解析：只有「～がこもった＋名詞」的用法，所以選項 2 為錯誤用法；選項 3 和 4 沒有「充滿……」「飽含……」等意思。

⓫ 4 翻譯：婚禮的形式我不想按照傳統的規矩，而是想照自己喜歡的方式舉行。

解析：既然是「自由に、好きなように」，那就應該是「不按照老一套來」才對。

⓬ 3 翻譯：如果是小學生倒也罷了，你一個高中生，連這麼簡單的數學題都不會解，到底是怎麼回事？

解析：因為是「問題が」，所以不能使用他動詞「解く」；「一体どういうことか」用於批評對方，所以不可能是「解けた」。

問題2 p.174

⑬ 3 翻譯：推出不論學歷高低，只要有實力就行的職員招募條件。
原文：学歴 をとわず 実力が ★あればいい という 社員募集条件を出した。

⑭ 3 翻譯：無論是誰，只要取得好成績就會得到獎品。
原文：誰 ★によらず いい成績 を取った 人には 賞品を出します。

⑮ 4 翻譯：不必客套，今晚讓我們通宵暢飲吧。
原文：固い話 を抜き にして ★楽しく 飲明そうじゃないか。

⑯ 1 翻譯：如果肯借給我錢就算了，我可不會去那種幾乎沒有可能借我錢的人那裡對他低三下四的。
原文：貸してくれる ならともかく 貸してくれそうもない ★人のところへ 、頭を下げに行くことないよ。

⑰ 1 翻譯：因為是大家一起制訂的規則，所以不應該（隨意）打破，而是要好好遵守。
原文：みんなで決めた規則だから、破る ことなく しっかり 守る ★ようにしなさい。

第四章 捌

問題1 p.185

① 4 翻譯：我的兒子已經長到能自己用筷子吃飯的程度了。
解析：沒有「～あげくになる」「～すえになる」的用法；「～ことから」表示導致後項的依據等意思，也不能跟「になる」形成句型。

② 2 翻譯：要不要借給他錢，我猶豫了很久，最後決定不借給他。
解析：只能接在動詞的過去式後面。

③ 2 翻譯：在這人海茫茫的大城市裡，找不到離家出走的女兒也無可奈何。
解析：「～ても／のもしかたがない」是慣用句型，所以其他三個選項都不能跟「しかたがない」搭配使用。

④ 4 翻譯：許多學校和專家學者，針對「無壓力教育」的教育模式，提出了寶貴的意見。
解析：意為謂語是被動態「出された」，所以只能使用「から」或「に」。如果要使用選項1，謂語則要改成「意見を出した」。

⑤ 3 翻譯：特此通知開會的時間和會場如上所說。詳細情況稍候再聯絡。
解析：從句子的整體意思來看，是說話者在進行狀況說明，所以只能用「～次第だ」。

⑥ 4 翻譯：雖然撞車了，不過幸運的是，只是受了一點輕傷。
解析：既然「只是一點輕傷」，那麼應該是「不幸中的萬幸」。

⑦ 1 翻譯：因為你的所作所為太過分了，所以被她甩了也是情理之中的事情。
解析：因為是「彼女に」，所以只能使用被動態。雖然選項4也是用的被動態，但意思反了。

⑧ 3 翻譯：經過反覆研究，提出了這樣的決議方案。
解析：因為是反映「重復、疊加」的意義，所以只能用助詞「に」或「と」。「など」和「なんか」同意，用於舉例，不能用於並列兩個名詞。

9 __2__ 翻譯：經過長期的調查，終於弄清了熊貓的生活作息。

解析：「明らかにするまい」「大概不搞清楚」，不符合句子的意思。如果用選項 3 或 4 的話，前面的句子應該是轉折關系，即「儘管進行了長期的調查，但還是沒有……」，而本句裡沒有轉折的表達形式。

10 __2__ 翻譯：如果不聽取別人的意見而自說自話的話，(你的意見)是不可能需被人接受。

解析：從句子的前半句的意思看，後項應該是否定，所以選項 1 和 3 不能用。沒有選項 4「～たことにはすまない」的用法。

11 __1__ 翻譯：銀行不再讓我借款了。這樣一來，即使(公司)倒閉了也沒辦法。

解析：「これでは」跟表示消極意義的謂語搭配使用。「これまで」(至今為止);「これぐらい」「これほど」(如此這般)用來表示程度。

12 __1__ 翻譯：已經來不及了，即使馬上去，估計也會遲到半小時吧。

解析：因為是對未發生的事情做推測，所以選項 2 不能用。選項 3 和 4 的意思相同，表示「不會遲到」，這不符合前項的意思。

13 __1__ 翻譯：她在做著要是能和有錢人結婚的話，這一生就用不著工作了的美夢。

解析：因為後面是動詞「すむ」，所以只能用助詞「に」修飾，「で、の、は」沒有這個語法功能。

14 __4__ 翻譯：這次事故，必須向被害人支付賠償金。只是道歉是解決不了問題的。

解析：沒有「～だらけで(は)すまない」的說法。「だけで＋すむ」「だけでは＋すまない」是固定用法。。

問題 2 p.186

15 __2__ 翻譯：那家公司業績蒸蒸日上，最後甚至進軍海外。

原文：その会社はどんどん ★成長(せいちょう)を続け 、ついに 海外へ 進出(しんしゅつ)する までになった。

16 __1__ 翻譯：這部車已經跑了 8 萬公里，相當於繞地球兩圈。

原文：この車はもう 8萬キロ 走っているから ★ちょうど地球を 2周した ことになる。

17 __4__ 翻譯：多虧徵兵時我正好生了一場大病，沒有上戰場。不然的話，恐怕我早就死了。

原文：ちょうどその時大病(たいびょう)になった おかげで ★戦場(せんじょう)へ 行かされずに すんだ。そうでなければ今ごろはもう死んでいただろう。

18 __2__ 翻譯：能去的地方我都去找過了，但是還是沒有發現女兒的蹤影。

原文：私は ★行ける ところまで 探しに 行った が、娘の姿が見られなかった。

19 __1__ 翻譯：在有課的時間裡還一味地打工，並且覺得無所謂的人。即使成績退步也在所難免。

原文：授業のある時間にアルバイト ばかりして 平気(へいき) ★でいる 人は成績(せいせき)が落ちてもしようがない。

第四章 玖

問題 1 p.200

1 __1__ 翻譯：我常常懷著感恩的心情逢人便說：「我有一個好妻子，真是我的福氣啊。」

解析：從後項有「表示感謝」意思的心情可以看出應該用選項 1。「いい妻に恵まれて幸せだ」相當於「いい妻がいて幸せだ」的意思。選項 3 和 4 用於表示信息來源。

❷ 3 翻譯：其他的人我不知道，唯獨為人誠實的她才不會說出那樣的謊言。

解析：謂語一定是表示「不會跟其他人一樣地做」等意思的句子，用於講述說話者對某人的絕對信任。

❸ 3 翻譯：根據專家預測，今後人民幣還會升值。

解析：從句子的整體意思來看，應該是用「資訊來源」的表示形式，而選項 1 和 2 沒有該用法。如果要用選項 4 的話，把句子改成「～予想したかぎりでは」即可。

❹ 2 翻譯：研究小組的成員拿出了看家本領，對導致這次實驗失敗的原因進行了調查。

解析：既然是利用已有的知識，那就應該用「知っている」這種表示狀態的表達形式。因為涉及的是「知識、智慧」，所以不能用表示「做、做」意思的動詞「やる」。

❺ 1 翻譯：我本人（過得好不好）無所謂，唯獨家人我一定要讓他們過得幸福。

解析：「幸せにしてもらいたいです」（希望從家人那兒得到幸福）和「私はどうでもいいが」（我本人無所謂）的意思相互矛盾。後項必須是行為動作，而選項 3 和 4 的「なる」是表示自然轉變。

❻ 3 翻譯：如果拼命練習也還是不行的話，也只有放棄。

解析：「～なら～だけのことだ」表示「如果出現了前項的事情，做後項就算了」的意思，其他三個選項沒有這個意思。

❼ 4 翻譯：偏偏在擔心機器故障的時候，屢次發生故障。

解析：在本句子中，只能用表示時間、場合意義的名詞。

❽ 2 翻譯：據氣象預報說，昨晚，整個北海道降大雪。

解析：這是在講述整個區域、範圍，所以選項 3 和 4 不能用。選項 1 要用「A から B にかけて」的形式。

❾ 2 翻譯：據說參加葬禮最好是穿黑色的衣服，所以今天得趕快去買。

解析：「～（から）～にかける」表示範圍；「～に限る」表示限定；「～における」表示時間、區域等方面；「～に恵まれる」表示「受惠於…」。

❿ 4 翻譯：[A] 聽說你在練習書法，真的嗎？
[B] 是的。不過，每天也就練習 30 分鐘左右，所以也算不上在學習什麼書法。

解析：「～うちに（は）入らない」是固定句型，其他三個選項在此不能用。

⓫ 1 翻譯：我認為家庭教育對孩子最重要。

解析：後面是名詞「教育」不是動詞，而其他三個不能用來修飾名詞。如果把選項 2 改為「におけての」即可。

⓬ 1 翻譯：塞車這個大問題，不僅僅在這個城市，在大多數城市裡都存在。

解析：用於兩項事物對比時，一般用「も／でも／さえ／まで」等表示對比並暗示其他含義的助詞，而「～にしたって」相當於「～でも」的意思。

⓭ 3 翻譯：即使面臨危機，也必須採取冷靜的態度。

解析：「～に恵まれる」表示有益；「～にわたる」表示範圍；「～にかけても」用於高度評價。

⓮ 4 翻譯：反正來不及了，所以按照平常速度開車就行了。要是開快車，可能會出事故的。

解析：從「普通のスピードで運転すればいい」可以看出，講話人建議駕駛員開慢一點，否則可能會出事故。選項 1 和 2 都有「不會出事故」的意思。選項 3「引發一場事故就行了」，這似乎在鼓勵犯錯誤。

⑮ 3 翻譯：零件都已經備齊了，接下來只剩組裝了。
解析：「ただ」常跟表示限定意義的「だけ／のみ／ばかり」等搭配使用。

⑯ 3 翻譯：不僅是老年人，任何人都喜歡溫泉。
解析：從句子的前後關係可以判斷，這是遞進關係的句子，即「不僅……而且……」的意思。這是「限りなく」表示「極其接近」的意思。選項 2 和 4 都用於限定一項排除其他。

⑰ 4 翻譯：我只說我能夠說的話，並不想苛刻地譴責對方。
解析：從句子的前後關係不難看出，應該是轉折關係，所以只能用選項 4。

⑱ 2 翻譯：在電器產品修理方面，可以說沒有他不會修的東西。
解析：「～にかけては」用於高度肯定某人的技能等，所以選項 1 不能用。選項 3「可以說想請他修理」和選項 4「可以說不想請他修理」在本句中意思不通。

問題 2 p.201

⑲ 3 翻譯：我兒子也已經大學畢業了，至少吃飯問題他自己要解決。
原文：息子も、この春 ★大学を 出まして 食うだけは 自分で稼かせいでおります。

⑳ 1 翻譯：雖說她開始練習打網球了，不過依我看那也僅僅是玩玩而已。
原文：彼女がテニスを始めた といっても ★私に 言わせれば それは単たんなる趣味にすぎない。

㉑ 4 翻譯：昨天的事我也只不過是隨便說說的，你還真的那麼在意喔。
原文：昨日の話はただ ★思いつきで 言った だけのこと なのに、そんなに気にしていたんだ。

㉒ 3 翻譯：飯菜都煮好了，只差端上桌。
原文：食事の ★準備が終わって あとは テーブルの上に 並べるばかりになっている。

㉓ 4 翻譯：據我打電話確認，他那天不在現場。
原文：電話の内容を 聞いている かぎりでは ★彼はその日に 現場にいなかった。

第四章 拾

問題 1 p.214

① 2 翻譯：我很喜歡睡懶覺。休假時我能夠盡情地睡下去。
解析：從前面的句子可以推斷，到了休假會起得更晚。選項 4「有睡著的可能」，在本句裡意思不通順。

② 2 翻譯：雖然我有不好的地方，但是竟然把我說得那麼壞。我實在忍無可忍，於是就頂撞了幾句。
解析：從謂語的「於是我就反唇相譏」可以看出，「我」已經是忍無可忍。選項 1「打一開始我一直忍著」；選項 3「因為說我壞話的人是上司，所以沒辦法」；選項 4「說我什麼都無所謂」。

③ 3 翻譯：去是去了，但是沒有一件值得看的作品，所以很快就回來了。
解析：選項 1「不該看（的作品）」；選項 2「無奈只好看（的作品）」；選項 4「有觀賞危險（的作品）」。顯然這三個意思都不符合本句子。

❹ 1 翻譯：[A] 字印得太淡，有點看不清楚，你再把字印得深點吧。
[B] 好的，我知道了。

解析：從句子的語氣來看，這應該是人物「A」請求（或指示）人物「B」做某事情。選項2的意思反了。選項2和3「必須要…嗎？」不符合句子的意思。

❺ 2 翻譯：在人多的地方聽音樂的時候，為了不影響到別人，最好戴上耳機。

解析：從謂語的「最好是戴耳機」可以看出，講話人建議在聽音樂的時候不要打攪別人。選項3和4為錯誤語法。

❻ 1 翻譯：好不容易發現一口池塘，但污染很嚴重，想喝也沒法喝。

解析：「～ても～ようがない」是慣用句型。

❼ 4 翻譯：父親常對我說，錢要花在刀口上，不要浪費。

解析：從句子的大致意思可以看出，這是「父親」的告誡，而其他三個選項都沒有這個用法。

❽ 3 翻譯：你要更加注意健康保養噢。

解析：「する」接「ねば」或「～ねばならぬ」時要用另一個未然形「せ」。

❾ 3 翻譯：至今為止，不管母親說什麼都從不發火的父親，昨天突然大聲地沖著母親發火了，嚇死我了。

解析：從後項的句子可以看出，平時「父親」是不大發火的人。其他三個選項都有「發火」的意思。

❿ 1 翻譯：我無法在娘家悠閒地呆著，因為我老公連衣服都不大會洗。

解析：既然「老公」幾乎不能自理，「我」能安心在娘家住得久嗎？「～てもらえる」是說話者請求別人做事情，所以不符合題意。

⓫ 3 翻譯：我感冒了，所以不得不放棄旅行計畫。

解析：從句子的前後關係不難看出，應該是原因句。雖然「なぜなら」屬於表示原因意義的接續詞，要跟「～からだ／のだ／わけだ」等表示原因意義的形式搭配。

⓬ 1 翻譯：妹妹她威脅我說：「今天的事，我一定會告訴爸爸，讓爸爸揍你一頓。」

解析：選項2「我揍你」和選項4「（爸爸）逼著我揍你」都不符合句子的意思，因為從句子的整體意思來看，應該是「我告狀，讓爸爸收拾你」的意思。

⓭ 3 翻譯：再怎麼降價，不好賣就是不好賣，因為品質不好。

解析：從「質が悪いんだから」可以看出，因為產品的質量不好，所以不好賣。

⓮ 4 翻譯：讓我在人前丟盡了臉，實在無法忍受。我絕不原諒他。

解析：既然謂語是（不能原諒），那麼講話人肯定接受不了某事情，而其他三個選項都有「能忍受」的含義。

問題2 p.215

⓯ 2 翻譯：有消息說，最近有可能發生地震。

原文：近頃、 地震が起こる ★おそれがある との 情報が 入ってきた。

⓰ 3 翻譯：不要一味地學習，要到外面去走走，活動活動身體。

原文：勉強ばかり しないで 外に出て 散歩したりして ★体を動かす ことだ。

⓱ 3 翻譯：大家為了公司的振興一起努力。

原文：みんな 会社の再建（さいけん） のために ★力を合わせて がんばろう ではありませんか。

⑱ 1 翻譯：現在的政府真是一塌糊塗。首相不行，大臣也不如人意，都不得人心。
原文：今の政府はだめだ。★首相(しゅしょう)が　首相なら　大臣(だいじん)も　大臣で　、信用ならない。

⑲ 2 翻譯：要寫出令人信服的文章，首先需要有正確的觀點。
原文：文章を　正しく　書くには　まず正しい　★考えを持つ　ことです。

第四章 拾壹

問題1 p.232

❶ 4 翻譯：如果每週加班一到兩次的話倒也罷了，像這樣每天這樣讓我們加班怎麼受得了。
解析：通常誰也不願意「加班」，所以應該是「被動接受」才對。其他三個選項沒有這個意思。

❷ 3 翻譯：那件事情也不是不會做，只是有點沒信心。
解析：「できている」表示已經實現了的狀態，而從句子的整體意思可以判斷，事情還沒有做，所以不能用選項 2 和 4；沒有「～まいでもない」的用法。

❸ 4 翻譯：無論做什麼，成功的背後除了努力沒有別的捷徑可言。
解析：「～よりほかに～ない」是慣用句型，表示「除此之外再也沒有別的了」的意思，而其他三個選項含有「另外還有（簡單的方法）」的意思。

❹ 1 翻譯：孩子比平時晚回家，我很擔心會不會出什麼事。
解析：沒有「～でなれない」「～ではなれない」的說法。「～ではならない」表示禁止。

❺ 2 翻譯：我之所以把錢借給你，正是因為信任你。
解析：從句子的整體意思可以看出，這是原因句，而選項 1 的「ため」在此不能用來表示目的。

❻ 4 翻譯：那件事與你無關，你別多嘴。
解析：既然講話人認為「與你無關」，那麼就不需要對方插嘴才是，所以只有選項 4 才具有這個意思。

❼ 2 翻譯：雖然貨物很多，但是如果有卡車的話就有可能運得走。
解析：除了選項 2 外，其他三個都為錯誤用法。

❽ 2 翻譯：歷經辛勞，實驗終於成功了。真的是「千辛萬苦」啊。
解析：因為「～というものだ」有感嘆的語氣，所以不能用選項 3 和 4。「まさか」雖然也有感嘆的語氣，但是常跟否定句搭配使用。

❾ 4 翻譯：若要維持健康，並不是只要多運動就可以了，飲食上的營養均衡也很重要。
解析：根據後面的句子的意思可以看出，應該是用表示否定意義的表達形式，而其他三個選項都表示肯定。

❿ 2 翻譯：我向貴店訂購的書至今還沒有送到，我只能說這太令人匪夷所思了。
解析：「～しか～ない」是慣用句型。

⓫ 3 翻譯：（他的）防衛也不是不正當，但我總覺得手段有點過火。
解析：「～でしかない」表示「只是……而已」，語氣消極。沒有「～できりない」的說法。「～でなくはない」表示「可能是……」。沒有「～で思える」的用法。

⓬ 3 翻譯：因為大風的緣故，船無法出航，所以只好選擇搭飛機。

解析：「～としか言えない」用於評價，但「飛行機に乗る」沒有評價的意思。選項 2「搭了飛機實在受不了」和選項 4「並非是搭飛機」在本句裡意思不通。

⑬ 3 翻譯：父親去世後，母親也離開了這個家。迫於生計，我只好輟學找工作。

解析：選項 1 用於勸誘別人；選項 2「働いてならなかった」是錯誤用法；選項 4「我只能說這是工作」，在本句裡意思不通。

⑭ 3 翻譯：運動員山田一口氣拿到了三塊金牌。只能說「真不愧是（山田）」。

解析：根據前項句子的意思可以看出，只有讚賞而沒有其他。「～にほかならない」只能接在名詞後面，表示斷定。選項 2「並非是說」和選項 4「沒法說」都不符合句子的意思。

⑮ 1 翻譯：她只不過是名偶像歌手而已，並沒有唱歌的實力。

解析：從前半句可以看出，「她」並不是實力派歌手。選項 2、3、4 都表示肯定。

⑯ 4 翻譯：雖然我不喜歡現在的學校，但是這個鎮上只有這一間，所以也只好去那裡上學。

解析：「～よりしかたがない」只能接在動詞辭書形（現在時）後面。

⑰ 1 翻譯：在這不景氣的時機，有企業願意錄用我就很好了，不管好壞先上班再說。

解析：選項 2「沒法就業」；選項 3「只不過是就業而已」；選項 4「不能總是就業」。這三個都不符合整個句子的意思。

問題 2 p.233

⑱ 2 翻譯：我並沒有做什麼大不了的事情，卻受到了如此表彰，實在是不敢當。

原文：たいした ことではない のに こんなに ★ほめられてはたえられない。

⑲ 3 翻譯：如果無論如何都不想上大學，那就只好退學了。

原文：どうしても大学に通う ★気がない のなら もう退学（たいがく）する よりないだろう。

⑳ 3 翻譯：既然病情發展到這一步，也只好接受手術了吧。

原文：ここまで 病状（びょうじょう）が進んだ ★のでは 手術をする よりほかないだろう。

㉑ 2 翻譯：我都那麼提醒你了，你竟然還是出錯，我只能說你太不認真了。

原文：あれだけ言ったのに、★間違いをする なんて 不注意と 言うほかしかたがない。

㉒ 1 翻譯：從認識的那天開始，兩個人的人生就走向了毀滅。這不是命中註定又是什麼？

原文：出会った時から二人の人生は 破滅（はめつ）へ ★向かって 進んで いった。これが宿命（しゅくめい）でなくて何だろう。

㉓ 1 翻譯：如果被那麼誠心拜託了，也不是不會接受。

原文：そのように 頼まれれば ★引き受けない ものでもない。

㉔ 4 翻譯：雖然尺寸好像大了點，不過我想應該沒關係。

原文：サイズがちょっと大きく ★なくはない けれど これで大丈夫 だろうと思う。

第四章 拾貳

問題 1 p.246

① 2 翻譯：丈夫微笑著安慰正在哭泣的我說：「打起精神來吧。病很快就會好的。你不會這麼快離開我們的。」

解析：既然「丈夫」在安慰「我」，那就應該是否定「我」馬上就去天堂的可能。選項 1「據說你要死」；選項 3「你可能會死」；選項 4「你不是正在趕往天堂嗎？」。

❷ 3 翻譯：既然部長不能出差了，那麼必須另外派人去。
解析：「～となると」表示既定或假定條件，符合句子的意思。「～ものか」表示反問；「～ことか」表示感嘆；「～と聞くと」意為「我一聽到……就……」。

❸ 2 翻譯：[A] 出席費需要多少錢？
[B] 好像說是包括交通費、膳食費等需要 3 萬日元。
解析：「で」有表示「累計、合計」的意思，而其他三個助詞則沒有。

❹ 4 翻譯：從穿戴打扮和說話的方式來看，那個人肯定是在政府部門任職。
解析：從前項句子的意思可以看出，這是說話者通過自己的觀察在進行推測，而選項 1、2、3 都表示傳聞，即「聽（別人）說……」，所以不能用。

❺ 1 翻譯：雖然我很想去旅行，但是，家裡有臥病在床的老人需要照顧，所以我一時無法決定要不要去。
解析：正因為謂語是「為此而煩惱」即難以定奪，所以道出了說話者十分猶豫的心情。其他三個選項在本句子裡意思不通。

❻ 1 翻譯：因為一開始自己說過自己會做，所以事到如今總不能反悔說不會做吧。
解析：從人物「B」說的話可以看出，人物「A」一開始應該是認為自己「會做」。

❼ 4 翻譯：據說，從明年開始公共事業費將上漲。
解析：因為「という話だ」表示傳聞，而能跟其搭配的表達形式只有「によると／によれば」。

❽ 3 翻譯：你不在家的時候，有一位叫什麼佐藤晃的人來過電話。
解析：除了選項 3 外，其他三個在本句中都為錯誤用法。如果把選項 4 改為「か」，即形成「とか言う」的表達形式即可成立。

❾ 4 翻譯：據說，她已經是三個孩子的母親了。
解析：副詞「何でも」常跟表示傳聞意義的表達形式搭配使用。「何だか」（總覺得……）；「何とか」（設法……）；「何にも」（一點也不……）。

❿ 2 翻譯：不要去做那種玩命的冒險，（不然的話）也許會走上一條不歸路。
解析：其他三個選項都含有「不會有生命危險」，這與前面一句話的意思相矛盾。

問題 2 p.247

⓫ 3 翻譯：要說是否繼續建設核電場，這需要更進一步的調查。
原文：原子力発電所(げんしりょくはつでんしょ)の建設(けんせつ)を 続けていくか ★となると さらなる 調査が必要となります。

⓬ 2 翻譯：員警們接到命令，要求他們為各國首領提供安保服務。
原文：警官(けいかん)たちは各国(かっこく)の首脳(しゅのう)の 警備(けいび)を ★せよ との 命令(めいれい)を受けていた。

⓭ 2 翻譯：我最近常常在想，我在這家公司裡是不是已經不中用了。
原文：私は、この会社には もう必要ない のでは あるまいか ★と最近よく考えている。

⓮ 4 翻譯：各位，就沒有比剛才更好的建議了嗎？
原文：みなさん、さっきの ★より もっといい アイデアが ないものでしょうか。

⓯ 1 翻譯：據說引起那種疾病的原因是由於病毒的傳播，有防止感染的方法嗎？
原文：その病気の原因は ウイルス による とのこと ★ですが、感染を防(ふせ)ぐ方法がありますか。

第四章 拾參

問題 1 p.261

❶ 3 翻譯：該人如果失蹤二十年，將被視為已經死亡，其家屬可以向有關部門領取死亡證明書。
解析：其他三個選項都含有「沒有死亡」的意思，不符合句子的整體意思。

❷ 3 翻譯：我怎麼也想不到那麼善良的她會做出那種傻事。
解析：副詞「どうしても」跟否定形式搭配，所以選項 2 和 4 不能用。選項 1 的「～とも限らない」可以跟副詞「必ずしも」（未必）等搭配。

❸ 4 翻譯：可以說，他的一句話讓我重新回到了現實生活。
解析：「～と言って（も）いいぐらい」是固定的慣用句型。

❹ 1 翻譯：最近，新的電腦軟體的普及程度令人驚訝。
解析：因為前項有表示存在的抽象場所「～には」，所以謂語必須有表示存在的動詞「ある」。

❺ 3 翻譯：若說她的一生就是為了錢而活著。這樣說毫不過分。
解析：「～と言っても言い過ぎではない」是慣用句型。

❻ 1 翻譯：好像大家都認為那是一起因邊用手機邊開車而引發的交通事故。
解析：因為謂語的「考えられている」屬於被動態，所以只能用「には」或「から」。

❼ 2 翻譯：部長說：「請大家注意，不作回答的人將視為贊同。」
解析：事情尚未發生，所以不能用選項 4；選項 1 和 3 都表示「感覺到……」，不符合本句的意思。

❽ 1 翻譯：難道說只有丈夫不好嗎？其實夫妻倆都有不對的地方。
解析：從後項的意思可以看出，並不是「夫だけが悪い」，而「とでも言うのだろうか」正是利用反詰的用法說明了這一點。

❾ 2 翻譯：儘管東京欲申請舉辦 2016 年夏季奧運會，但是我感覺人們並不認為東京已經成為世界知名的體育城市。
解析：「～東京だが」的「が」表示轉折，也就是說，儘管東京欲申請舉辦奧運會，但不被民眾看好。「～のではないか」其實是表示肯定。「～とは見られていないのではないか」意為「並沒有被視作……吧」。

❿ 2 翻譯：爺爺住院的時候，我跟爸爸常常去醫院探望他老人家。
解析：選項 1「當時想去」；選項 2 感覺想去；選項 4「覺得去過了」都不符合句子的意思。

⓫ 3 翻譯：一場事關重大的考試，我卻考砸了，當時我差點精神崩潰，感覺自己已經掉進了地獄。
解析：因為是講述過去的事情，所以要用過去式，不過沒有選項 4 的用法。

⓬ 3 翻譯：令人高興的是，那部電影將再次放映。
解析：「～ことか」只能用在句末；「～もので」表示原因，而本句中沒有因果關系；「～ものには」在本句裡屬於錯誤用法。

問題 2 p.262

⓭ 4 翻譯：和從前相比，現在真是個好世道啊。
原文：昔と比べて、 いい 世の中に なった ★ものだと思う。

⓮ 2 翻譯：真想早一點見到剛出生的長孫啊。

原文：一日も早く、生まれた ★ばかりの 初孫(はつまご)の顔が 見たいものだ。

⓯ 3 翻譯：倒楣的是，期待了很久的全家旅遊和颱風撞在一起了。

原文：不運(ふうん)にも ★久しぶりの 家族旅行が 台風と ぶつかってしまった。

⓰ 2 翻譯：可以說，大氣污染正一點點地得到改善吧。

原文：大気汚染(たいきおせん) ★に関しては じょじょに 改善(かいぜん)され つつあると言えよう。

⓱ 3 翻譯：來到日本後，我的日語會話能力是有了一點進步，不過還沒有達到運用自如的程度。

原文：日本語の会話は、日本に 来てから少し ★上達(じょうたつ)した と言えなく もないが、まだ思うままに話せない。

第伍章

問題1 p278

❶ 1 翻譯：老師，請您務必光臨明天的派對。

解析：其他三個選項為錯誤語法。

❷ 2 翻譯：希望業者今後也能為我們提供更好的商品，從而改善我們的生活。

解析：從「メーカーに～と思います」可以看出，是說話者對對方的期待，所以用選項 2。選項 1 的意思反了。選項 3 在此不表示「希望（廠家……）」；選項 4 為錯誤語法。

❸ 2 翻譯：我們社長也將去參加貴公司的新產品展示會。

解析：因為是對客戶講述本公司人員的事情，所以不能使用尊敬語，即不能用選項 1 和 3；「お目にかかる」的前面一定是人物。

❹ 2 翻譯：因為也有喝酒的人，所以還是準備好清酒吧。

解析：從句子的意思可以看出，要用尊敬語，而選項 1 和 3 為謙讓語。雖然選項 4 是尊敬語，但意思是「去」或「來」等，不符合「喝酒」的意思。

❺ 3 翻譯：回信晚了，實在抱歉。

解析：動詞「わびる」不能用接頭詞「ご」。沒有「お～て申し上げる」的用法。

❻ 4 翻譯：不好意思，能不能請您把這個搬到隔壁房間去？

解析：應該是「我能不能請您」的意思，所以選項 2 和 3 不能用。沒有「お～願ってもらえませんか」的用法。

❼ 4 翻譯：專程從大老遠的地方趕過來聽敝公司的說明會，我們在此表示感謝。

解析：其他三個選項為錯誤語法。

❽ 1 翻譯：過幾天我會帶敝作過去（給您看），到時還請多多指教。

解析：從句子的前後意思來看，應該是說話者給對方看「敝作」。「拝見する」用於說話者拜見別人的物品等，而本句裡說的是說話者自己的作品。

❾ 2 翻譯：只要有興趣，誰都可以參加，恭候報名。

解析：應該使用尊敬語，而選項 1 和 3 為謙讓語。選項 4 為錯誤語法。

❿ 2 翻譯：[A] 佐藤小姐怎麼樣？
[B] 是位很善良的人。

解析：只有「～くていらっしゃる」的用法。

⑪ 1 翻譯：接下來向各位展示我們新研發的產品吧。
解析：「お目にかかる」表示「跟人見面」。其他兩個選項在此為錯誤用法。

⑫ 1 翻譯：大家上班時也很賣力，再加上這段時間加班也多，所以就放他們一天假吧。
解析：從前項的意思來看，是說話者在請求對方讓員工們休息，所以要用使役型。

⑬ 4 翻譯：小李既不認識路，也不怎麼會說日語，你帶他去銀行吧。
解析：從前面句子的意思可以推斷出，說話者希望對方陪同「小李」去銀行。選項 1 和 2 都是讓小李去；選項 3 為錯誤語法。

⑭ 3 翻譯：在此，我代表本公司邀請各位務必參加明天舉辦的派對。
解析：如果把句子裡的「皆様に」改為「皆様が」，就可以使用選項 1 和 2。選項 4「要不要請你們來參加呢」，這很失禮，而且跟後面的句意不吻合。

⑮ 1 翻譯：目前，從全國各地，還有從海外派來的專業的救援隊們正在受災地區全力以赴地展開救援工作。
解析：從尊敬語詞語「方々」可以看出，謂語也要用同樣的表達形式。選項 2 為謙讓語；選項 3「我做給你（們）看」和選項 4「你（們）試試看」都不符合句子的意思。

⑯ 2 翻譯：在此向因東日本大地震受災的諸位表示衷心的慰問。
解析：從前項的意思看，後項應該是說話者本身的行為動作，而其他三個選項都是對方的動作。

⑰ 1 翻譯：這本書可以借給我兩週左右嗎？
解析：「拝借」是謙讓語，而「なさる」是尊敬語，不能復合使用，所以選項 2 和 4 不能用。漢語詞語「拝借」不能跟「お」一起使用。

⑱ 4 翻譯：現在開始接受訂單，歡迎（大家）多加利用。
解析：沒有「いただき中」的用法，但如果改成「ご注文をいただいております」即可成立。「いたす」和「もうす」也不能跟表示正在進行的「～中」復合。

問題 2 p.281

⑲ 4 翻譯：大家一起來幫助因失業而處於困境中的久美小姐吧。
原文：みんなで、今失業で困って ★いる クミさんを 助けて やって くれませんか。

⑳ 3 翻譯：我是東京人，所以我可以陪同李先生遊覽東京。
原文：わたくしは、東京の出身（しゅっしん）なので、 リーさん ★のために 東京を ご案内 できます。

㉑ 3 翻譯：因為我有急事需要處理，所以今天的會議我就不參加了。
原文：急用（きゅうよう）がございますので、 ★今日の 会合への 出席（しゅっせき）は ご遠慮（えんりょ）申し上げます。

㉒ 3 翻譯：無需參加費，招收人數為 30 名。但是，如果報名者太多的話，將實行抽籤的方式。
原文：参加料は無料（むりょう）、募集人数（ぼしゅうにんずう）は 30 名。ただし、ご応募多数（おうぼたすう） ★の場合 抽選（ちゅうせん） と させていただきます。

㉓ 1 翻譯：我就在那天跳那支舞給大家看吧。
原文：その日に、私がみなさまに その踊り ★を踊って ご覧に 入れましょう。

★索引★

●あ

●か

●さ

●た

● な

●は

合格必勝!N2新日檢：必考文法總整理/劉文照, 海老原博著.
-- 三版. -- 臺北市：笛藤出版, 2021.10
面； 公分
ISBN 978-957-710-832-6(平裝)
1.日語 2.語法 3.能力測驗
803.189 110016525

2021年10月22日 三版第1刷

作　者	劉文照・海老原博
編　輯	洪儀庭・羅巧儀・陳思穎・楊昆岱
編輯協力	立石悠佳・劉盈菁
封面設計	王舒玗
內頁設計	徐一巧
總編輯	賴巧凌
編輯企劃	笛藤出版
發行所	八方出版股份有限公司
發行人	林建仲
地　址	台北市中山區長安東路二段171號3樓3室
電　話	(02) 2777-3682
傳　真	(02) 2777-3672
總經銷	聯合發行股份有限公司
地　址	新北市新店區寶橋路235巷6弄6號2樓
電　話	(02)2917-8022
傳　真	(02) 2915-6275
製版廠	造極彩色印刷製版股份有限公司
地　址	新北市中和區中山路2段380巷7號1樓
電　話	(02)2240-0333・(02)2248-3904
劃撥帳戶	八方出版股份有限公司
劃撥帳號	19809050
定　價	新台幣 360 元

合格必勝!

JLPT Japanese-Language Proficiency Test

しんにほんごのうりょくしけん

新日本語能力試験

新日檢

必考文法

總整理